JN213287

野良猫の物語

河合宗二

桂書房

目次

第一話　ブーチン（その一）

一

今ではもう随分と昔。

二〇〇四年、十月下旬のある日。

別に何という用もなく、夕刻ブラリと外へ出た。

四階から計四十八段の階段を下り、一階通路を東口から出ると右に折れた。そして住宅棟南側にある小さな広場に至った。そこにはベンチが四台並び置かれており、一番西寄りのベンチ前に猫がいた。猫は私を見た。目と目が合った。猫は逃げなかった。私をじっと見つめた。

私は家に取って返すと、餌を手に再び広場に向かった。猫はまだその場にいた。少し離れた所にドライフードを盛った。猫は寄ってきて餌に口をつけた。

翌日、同じ時刻、同じ場所に行った。

猫は来ていた。翌々日も、またその次の日も。猫はベンチの前で私を待っていた。

いつしか、夕方が来るのが待ち遠しくなっていた。四時半になると、せっせと階段を下りた。

この時から丁度二年前、月も同じ十月に、私は事故を起こした。運転する車が大型トラックの後尾に撃突、フロント部が七十センチへこみ、足をへし折り、ハンドルが腹に食い込んだ。左足首の複雑骨折、および内臓破裂。

搬送された病院で先ず緊急を要する腹部の手術が行われたが、ＭＲＳＡの感染もあって高熱が続き、駆け付けた身内には

「持ってせいぜい二週間」

との宣告がなされた。

ところが、よほどに現世への執着未練が強かったのか、あるいは冥界が「こんな奴が入ってきたら秩序が乱れる」とでも案じたからなのか、さあこれから冥途の旅への出立、という間際になって急遽娑婆に引き戻された。

彼岸に向かって一歩踏み出すのか、それとも、このまま此岸にとどまるのか彷徨(さまよ)っていた間(かん)のことだろう。病室の暗灰色天井一杯に白い蜘蛛の巣状の網が分厚くモウモウと張り巡らされている……、そんな幻影を見たのを覚えている。

三カ月後に退院できたが、歩行には杖を必要とした。又、追突した仕事用保冷車も修理不可で廃棄処分。結局、身体、資金両面で営業再開の目途が立たず廃業の憂き目に。生活に暗雲が垂れ

込めた。悶々となり鬱状態になった。

退院から半年後、家にいた猫を他人に渡した。かたちは譲渡であったが、内実は捨てた。直後、激烈な後悔に襲われた。

これが私の心を苛んだ。暮らしの困窮より、猫を手放した罪悪感に苦しめられた。身体の方は徐々に回復の途を辿ったが、猫を捨てたという悔恨の意識はいつまでも消えなかった。

そんな時である。この猫が私の前に現れたのは。


この猫の存在自体は以前から知っていた。早朝、家を出て魚市場に向かう時、団地のゴミ集積場の辺りで時々目にした。が、その頃は全く気に留めなかった。

どう見ても野良だった。だのに痩せてはいなかった。否、むしろ肉付きが好かった。誰かから食べ物を恵んでもらっていたのは間違いない。

猫は骨太の大柄な雄だった。毛の色は黒とこげ茶の縞柄で、いわゆる〝雉トラ〟。ヤンチャで不敵な面構えをしていた。が、どことなく愛嬌があった。〝ブーチン〟という名を付けた。


年が明けた。二〇〇五年。

年老いた一人暮らしの母親を看るため、正月早々元日に家内が大阪にある実家に行った。

独りで正月は寂しかろうと、近くに住むこれまた一人暮らしの妹が、二日の夕食に招待をしてくれた。

十分に馳走になり、妹の家を出たのが八時過ぎ。およそ半時間、人気のない夜道をほろ酔い気分で歩いて帰った。時刻が時刻である。幾ら何でもこんなに晩くまでブーチンが居ろうはずはない。が、念のためいつもの場所を覗いてみた。案の定そこにブーチンの姿はなかった。

「そりゃあそうだ。でもブーには悪いことしたな」

こっちはたらふく食ってしかもアルコールまで入ったポカポカ上機嫌。それに比し、散々待たされた挙句、獲物無しの空腹引っさげて、今にも小雪が舞い落ちてきそうな暗がりを、トボトボ虚しく帰って行かねばならなかったブーチンを想うと、ちょっぴり気がとがめた。

その時である。

ベンチのある広場を、一つ道路を隔てた向かいの団地駐車場から、真っ黒な塊が躍り出てきた。

「おおーっ、ブーチン、お前!こんな寒い中、こんなに晩くまで……、私を待っていてくれたのか」

この出来事が、私とブーチンとの繋がりを決定づけた。

二

この年の冬は大した雪にもならず比較的穏やかに過ぎた。

春になった。ブーチンとの付き合いも半年を経過した。ブーはすっかり私に馴染み、餌場には毎日来た。餌やりも夕方だけでなく、朝にも行うようになり、日によっては昼間でも求めに応じた。

その餌の与え方も、当初は地べたに直接ドライフードを置いていたのだが、それでは餌に土や砂、はては石粒が混ざって猫の歯や消化器を傷めるのではないかと懸念、お皿に容れて供した。といっても大層な代物ではない。豆腐の空容器にすぎないのだけれど。が、そうなると、その容器を回収する必要が生じた。そのためにはブーが食べ終わるまで待たなければならない。自ずとブーと一緒にいる時間が長くなった。ブーは喜んだ。ますます私に懐いた。私が帰ろうとすると、「行くな」と啼いて訴えた。ズボンに前足の爪を立て、「もっとここに居ろ」と引き止めた。

餌やりは最初(はじめ)、ブーと出遇った場所、即ち私の居住棟横の小さな広場で行っていたが、そこは南面しており、夏は灼熱の太陽が容赦なく照りつけた。そこで木陰が豊富な近くの緑地帯に移った。この場所は犬の散歩コースだった。犬を連れている人たちの目に、いつも猫と一緒に戯れているおっさんが奇異に映った。何人かが話しかけてきた。ブーは犬を怖がらなかった。そうすると、この場がいつしか犬を散歩させている人たちのたまり場と化した。これが又、通りかかる人々の好奇心を掻き立てた。一人のご婦人が近寄ってきて訊ねた。

「あなた方、毎朝ここでなにをなさっているんですか」

中型犬〝シロ〟の飼い主さんが
「うん。犬端会議」

と答えたので一同大笑いとなった。


ブーチンは、野良猫にしては人への警戒心が薄かった。というより、おっちゃんがいる限りおっちゃんが自分を守ってくれる、と安心していた。だから人が近づいてきても逃げ出さなかった。そんなブーチンに親しみを覚える人も出てきた。

シロの飼い主さんは、ブーを見るたび、

「ブーチン、ブーチン」

と呼ばわった。

又、私よりもはるか以前からブーに給餌をしていたという、茶色の中型柴犬〝モモ〟のお母さんも、自分が付けた〝ミャー〟という名前で、しきりにブーに呼び掛けた。

が、ブーはその誘いに、気軽に応じなかった。ブーはこの頃すでにおっちゃん一筋であった。

毎朝毎夕、そして時には昼間にも、着実に餌を運んでくれるおっちゃんに特別な感情を抱いていた。私にまとわりついて離れなかった。ブーは決して二人を嫌っていた訳ではなかったのだが、ブーの目にはもうおっちゃんしかなかった。二人はあきれ、しょげ返って、

「まあ、ブーチンの愛想がないこと」

と苦笑した。

秋が深まり雨の日が多くなった。緑地帯を覆っている苔混じりの草地が湿っぽくなった。餌やり場を元のベンチ広場に戻した。

十二月に入るとすぐ、ドカッと雪が来た。断続的に寒波が襲来。年が改まってもしばしば降雪に見舞われた。久しぶりに雪の多い冬になった。

脚が短い猫は雪が苦手である。ズボッズボッと足が雪にはまって思い通りに歩けない。その上、吹雪ともなれば尚のこと。ブーはそうそう出歩く訳にはゆかなくなった。

ブーには私以外にも餌をくれる人がいた。モモのお母さんもその一人であった。が、その人たちは、犬の散歩や通勤時の、いわば通りすがりの餌やりであったために確実性に欠けた。雪のせいでブーはその人たちと出会う機会がグーンと減った。然るにおっちゃんだけは別だった。どんなに悪天候であろうと、ベンチの近くで待っておれば、雪や雨の止み間を見て、必ず姿を現してくれた。

とはいっても、日中、吹雪いて出られない日もあった。そんなとき、ブーは夜中に来た。住宅

棟の出入り口で、大きな啼き声を張り上げて知らせた。

「ニャオ〜ウ、ニャオー、おっちゃん来たでー。下りてきてやー」

と。

その声を耳にしたら、放っておく訳にはゆかなかった。布団からモソモソ抜け出して着替え、餌を手に急いで階段を下りた。

そんな私を、ブーはより一層信頼した。

もはや一点の疑いも無かった。ブーにとって私は命綱となった。私に甘えた。

私が棟を一歩出ると、どこからともなく姿を現した。私のズボンや長靴に、頭や顔を擦り付け身を絡ませた。雪の上だろうと何のその、時には仰向けになって腹を見せた。食事を終えても立ち去ろうとせず、私の長靴の甲の部分に自分の前足と上半身をのせて、暖をとった。そうやって半時間でも一時間でも動こうとしなかった。


この冬の三カ月間は、ブーにとって随分と辛かったろう。朝、下りてみると、新雪の上に点々と足跡がついていた。時にそれが赤く染まっていた。冷たさで肉球がひび割れし、出血したのだ。それでもブーは毎日餌場に来て私を待った。そうやって苦しみながらも、ブーは何とかこの厳しい冬を乗り切った。

三月になった。

三

二〇〇六年三月十三日は月曜日だった。

三月も半ばとなればもう完全に春である。が、まだ寒気の名残りなのか、空気が全体ひんやりとしており、この日も薄ら寒かった。空は一面雲に覆われ鬱陶しかった。そのため外に出るのが億劫で、階段を下りたのは正午に近かった。

ブーの姿が無かった。

「ん？　おかしいな、どうしたんだろう。あんまり遅いから痺れを切らし帰ってしまったか」

辺りを捜した。ブーは律儀なところがあって、私の気配を察すると必ず啼いて知らせる。それが何の反応もない。

「あれっ、どうしたのかな」

植栽の中を覗いたり、そこいらをウロウロしていると、やがていずこからか
「ニャーン」

と微かな声。

声のした方向に目をやった。すると、住宅棟、手前から二軒目、その一階戸のベランダから、

高さ一メートルのコンクリート壁を乗り越えて、ブーが飛び出してきた。こんな所からブーが出てくるなんて極めて珍しい。ブーは一直線に駆け寄って来た。そして例のごとく私にまとわりつき長靴に顔をつけてスリスリした。お皿に餌を盛ってブーの前に置いた。ブーはそれに喰らいついた。よほど腹を空かしていたと見え、貪るように食った。やがて一息ついた。顔を上げた。

「ウワッ！」

びっくり仰天弁天さん。

ブーの左眼が潰れていた。

上の瞼、下の瞼、両方共に内側から外にめくり上がり、ムックリと大きく膨れ上がっていた。そしてそれが眼球を完全にふさいでいた。瞼には血と膿がベットリとくっつき、その上、涙なのか目脂なのか、得体の知れないネバネバした液体が溢れ出ていた。

「おいっ、どうした。誰にやられた。猫か、人間か?!」

ブーはそれには答えず、ただ、弱々しく「ニャーン」と啼くだけだった。

「そうか、あんな所にいたのは、そんなわけがあったのか」

それにしても、こんな、眼が潰れたブーをこのまま戸外に放置しておくわけにはいかない。とにかく、すぐに医者に診せなくては。それには先ず、ブーを家に入れなくては。ケージがいる。だがそれを取りに行ってる間にブーがいなくなってしまったら……。仕方ない。一か八かやってみるか。

ブーの背後に回った。ブーの両腋の下に手を差し込み、そうっと抱き上げた。棟の中に入り、階段を上り始めた。

ブーチンは並の体格ではない。これが野良か、とおもうほどに肥えている。六kgは優にある。力が強い。それが階段途中から身体(からだ)を揺さぶり始めた。抱きかかえる私の腕と腹を後ろ足で蹴り上げた。首を振って私の手に噛みついた。ここでひるめばブーは腕から飛び出す。

「おのれ逃がすものか」

渾身の力で、懸命に抱きしめた。難儀は玄関のドア。自分で開錠、引き開けるとなると、一方の手が留守になる。とても片手一本でブーを制御できない。右足でドンドンとドアを蹴った。大声で、中にいる家内を呼んだ。が、聞こえないのか、なかなかドアが開かない。やっとこさ開いた。素早く中に身を滑り込ませた。ドアが閉じるのを待ってブーを下ろした。

「えっ、ここはどこ?」

ブーは戸惑った。いきなり見も知らぬ空間に連れ込まれ恐怖におののいた。頭が真っ白になった。

「怖い。脱出しなくては」

ブー、台所に走った。手前に置いてあったゴミ箱を跳躍台にしてブー、ガラス戸に掛かっているカーテンに飛びついた。搔き登った。カーテンレールを掴んだ。そのままぶら下がった。宙づりになっているブーを抱き下ろした。

ブー、今度はカーテンの掛かっていないガラス戸に跳びついた。

二度、三度と試みた。が、出られない。

急遽反転。茶の間に突進。折り良く押し入れの襖が左半分開いていた。ブー、飛び込んだ。押し入れの下段右奥に、ちょうど猫一頭がスッポリと納まる程度の空間があった。二面が板壁、一面が小さな本箱の背で囲まれていた。ブーにとって、当に、持ってこい、うってつけの避難場所だ。ブー、そこに身を伏せた。


「医者に診せなくては」

しかし、こんなにも興奮動揺しているブーを再度ひっ捕まえ、ケージに押し込めるのは至難の業と映った。

取りあえず動物病院に電話した。事情を話した。「薬だけでも出す」と言う。

この病院にはまだ私が車を所有していた時分、二、三度お世話になったことがある。が、車のない現在としては甚だしく不便。直通バスが日に二本しかないのだ。でも馴染みのない医者よりもマシかとおもい、短い二本の脚をフル回転させ、片道一時間半かけて病院へと向かった。

医者は笑いながら言った。

「そうですか。大変でしたね。私が聞いた話では、一週間出てこなかったという例もありますよ」

ブーは頑固だった。その日は飛び込んだ押し入れの奥に籠城、一歩も動かなかった。いくら私に懐いているといっても、それとこれとは別らしい。懐いたのはそれが外、勝手知ったる我が領域であっての話である。

俗に、「猫は家に付く」と言う。これは、見知らぬ場所には不安を覚え、恐怖を感じることによるものらしい。

後年、ラジオの深夜放送で面白い話を耳にした。半分居眠りしながら聞いていたので正確ではないのだが、話し手は確か旭山動物園の園長さんではなかったか。

トラのつがいを檻に入れて、従来の飼育場所から、新設なった広い場所に移した。檻の扉を開けた。がなかなか出てこない。かなりの時間が経って、ようやく一頭が檻から出た。そして恐る恐る新しい場所の探検を始めた。

ライオンでも同じような状況であったらしい。とすると、新しい環境に慣れるのに時間を要するのは、ネコ科動物一般に共通する性質であるようだ。

ちなみに、園長さんの話では、トラもライオンも、最初に檻から出てきたのは、いずれもメスだったとか。オスは怖がってなかなか出て来ず、メスが出て、安全だと確認してから後、ようやく出たという。

人間にもどこか当てはまるような。

適応力が高いというか現実的と言おうか、「いざ」となったら、クソ度胸を出すのは、やっぱり女性ですか。


二日目、火曜日になってもブーは押し入れから出てこなかった。

動物学者や人類学者、また、言語学を研究している人たちの本を読んだり、あるいはラジオで講演を聴いたりすると、皆、異口同音に
「動物には明日がない」

とか、

「動物には過去、未来がなく、あるのは現在だけ」

とおっしゃる。

つまり、動物にとって大切なのは、今、現在の状況であって、過去がどうであったか、また、未来がどうなろうかに関しては考えが及ばない、というのである。

ブーが左眼に傷を負った。

これを私という人間から見ると、

「あ、大変だ。眼球にまで損傷があったら失明してしまうんではないか。そうなるともう戸外では生きてゆけない。ならば家に入れて一生面倒見なくては。これは新たな負担となるな」

なんて、これから先のことを気遣う。

一方、ブーチンにすると、将来のことなんかどうでもよい。第一、失明とはどういうことなのかさっぱり理解できない。ブーにとって不安、恐怖なのは、

「こんな見も知らぬ狭っ苦しい空間に押し込められた」

という、その現実である。

願いは、

「何とかここから脱出して、勝手知ったる自分のテリトリーに戻りたい」

それのみなのだ。失明したら自分がどうなるか、どんな不自由をするか、なんてことは全く考えない。とにかく、現在、この状態から解放されたい。そう願うだけである。

という次第で、生きるだとか死ぬだとか、そんな概念が全くなく、ただ、今この時この瞬間を、懸命にまっしぐらに生きようとするブーチンと、一方で、瞼の怪我がもとで失明、はては死んでしまったらどうしよう、とゴチャゴチャ気を揉み、何とかして治してやりたいと願うおっちゃんとが、狭いアパートの一室で激しく角突き合わせることになった。

ブーチンにしたら、「何としてでも怪我を治してやらなければ」と思うのはおっちゃんの勝手で、大きなお世話である。それよりも全く馴染みのない場所に連れ込まれた、その事こそが大問題、最大の恐怖なのだ。

ブーチンの籠城は二日に及んだ。

が、空腹には耐えられないらしく、差し入れた餌や水には口をつけた。これは幸いだった。餌に混ぜ込んだ薬がブーの体内に取り込まれたからだ。


水曜日。籠城三日目。

もうそろそろ気が落ち着いたのでは。

そっちが出て来ないのであれば、「ではこちらから」と城攻めにとり掛かった。

ブーチンとの付き合いはかれこれ一年半。気心は十分通じ合っている。ましてやこの冬、私が示した献身的給餌行為はブーも認めるところ。いくら何でもこのおっちゃんに対して、いつまでも反抗的態度を取り続けることはできない筈だ。そう判断し、私は身を屈めて押し入れの中に入り壁板に背をもたせ掛け、ブーの真横で床に尻をつけ脚を投げ出した。

ブーもこの辺りが潮時と見ていたらしい。もじもじしていたが、やおら立ち上がった。上目遣いに私を見、私の太腿に片方の前足を掛けると、おずおずと乗ってきた。それが端となった。私が押し入れから出るとブーも続いた。

こうなると元来が甘えん坊のブーチンである。私にくっ付きたおして離れなくなった。炬燵に脚を突っ込んでいる私の横に来て、ピッタリと身体を寄せた。トイレに立ったり風呂に入ったりすれば付いてきて、ドアの前で私が出てくるまで座って待った。ブー以外の外猫給餌や買い物で留守にすると、寂しがって、戻ってくる私を玄関ドアの前にたたずみ待ち続けた。

夜は夜で、ブーは私に寄り添うようにして眠った。


薬が効いてきた。

四日目から瞼の腫れが退き始めた。膿が消えた。涙、目脂の流れ出る量が減った。

当初てっきり眼球がやられているとばかり思い込んでいたが、どうやらそれは杞憂であった。

やれやれ、一安心。

一週間経った。眼の開きがほぼ正常に戻った。まあ、この分なら大丈夫か。二十日、月曜日の朝、ブーを家から出した。

これが、ブーの我が家への入居、第一回目の顚末である。

しかし、僅か三日後にして、二度目の入居とあいなった。

四

怪我で外側に捲り上がっていた左瞼の腫れが退いたので、未だ完治とはいえなかったが、家に入れてから丸一週間経った三月二十日、早朝にブーを抱いて階段を下り、ベンチ広場で下ろした。

別に頼みもしないのに勝手に家の中に連れ込まれ、今度は突然出ろという。ブーにしたら、

「何が何だかさっぱりわからん」

広場に置かれたブーは、初め、ベンチの前で、キョトンとしていた。が、やがてノコノコと西の方に向かって歩み始め、団地の駐車場を抜けると、緑地帯の方に姿を消した。

その日の夕方は、ブーはベンチに来て餌を食べた。これでよし。元の生活に戻った。目出たし目出たし、となる筈であったのだが……。

翌火曜日の朝、ブーはベンチに姿を見せなかった。少しの間待った。が、来なかった。夕方も来なかった。

「どうしたんだろう……。でも、こんなこともあるさ」

さして気にも留めなかった。

水曜日。朝、ベンチで待った。来なかった。

「あれ、どうしたのか?」

ブーチンは給餌の時間帯を確りと覚えていて、大概は先に来ている。私が住宅棟内から一歩外に足を踏み出した途端、否、それどころか、時には玄関を出て階段をほんの数歩下り始めたところで「ニャーン」と啼く。よほどのことがない限り、殊更、私の方が捜し回ることはない。

それが、昨日は朝方も夕方も、そして今日の朝も、啼き声がしない。

土砂降りの雨の時、あるいは真冬の吹雪の日、来ないことはあった。が、昨日も今日も、曇り空だけど雨も雪も降ちていない。それなのに姿を現さない。

塞がっていた眼が開いた。といっても完治したわけではない。外に出た後、再び悪化したか。

「しまった。出すのが早過ぎた」

後悔の念が湧いてきた。にわかに心配になった。

昼もベンチに降りた。ブーは昼の間、ベンチの周辺にいることが多い。だからたとえ植え込みの中に身を隠していようと、私の足音を捉えたら必ず啼いて知らせる。しかし声が無い。

心配どころか不安になった。

「とにかく、ブーを見つけなければ」

周囲の探索を始めた。心当たりを片っ端から見て回った。

どこにも居ない。

夕方は早めに降りた。長い時間待った。

ブーは来なかった。

一旦家に戻り夕食を摂り始めた。が、食事が喉を通らない。再び下へ。薄暗がりの中、あっちこっち覗いて回った。団地住宅棟の一階戸には小さいながらも庭が付いている。細い出入り口から首を突っ込み、目を皿にした。だが居ない。灌木が植わっている庭もある。もし、その陰にでも潜んでおれば、暗闇では見えない。しかし、ブーは律儀だ。私の存在に気が付いたら、必ず啼く。が、何の反応も無い。

その晩はなかなか寝付かれなかった。

「又、膿が出たのではないか。どこかで身を伏せ、じっと痛みに耐えているのではないか。否、もしかして、片眼が見えないため、車に轢かれたのでは……」

不吉なことばかりが頭をよぎった。

木曜日。白々と夜が明けた。

寝床にじっとしておられなかった。たまらず布団を跳ね上げ表へ出た。

ブーは一度、側溝に迷い込んで出られなくなったことがある。もしやと思い、延べ三百メートルにも及ぶ周辺の排水溝を調べた。鉄製の溝蓋は、隙間の間隔が狭く意外に見えにくい。困難を極めた。

早朝、どぶを覗き歩いている姿は奇妙に映ったのだろう。散歩中のご婦人が近づいてきて訊ねた。

「お金でも落としたんですか?」

が、そこにブーの姿はなかった。

念のため、前日捜し回ったところをもう一度歩いた。見つけられなかった。

そこで、自分の住む団地以外にも足を伸ばした。

先ず、ベンチ広場前の南団地、それから順に西、北の団地と、それぞれ各住宅棟一階戸のベランダ下を覗き回った。いなかった。それでは、と、近辺四ケ所に点在する児童公園を巡り、花壇、植栽の中をかき分けて捜した。それを二度、三度繰り返した。見落としはない筈。でも、ブーの姿は無かった。

帰宅した。

後悔と不安とで引きつっている私の顔を見て、家内が案じ慰めの声を掛けた。

「大丈夫だったら。そのうち出てくるよ。落ち着いて。それよりご飯食べなくちゃ。そんな心配ばかりしてたら気がおかしくなるよ。そうだ、ご飯食べたら二人して買い物に出よう。気分転換しなくちゃ」

買い物中は幾分気が紛れた。が、だからといって問題が解決したわけではない。

家に戻ると正午を過ぎていた。一時までベンチに腰かけ、ブーが来ないかと待った。しかし、現れず。再び探索の旅に。

ブーチンと付き合って一年半になる。が、私はブーのねぐらも正確な行動範囲も知らなかった。又、その必要もなかった。給餌の時刻になると、大抵ブーの方が先に来ていた。夜間はいざ知らず、昼間は大方、ベンチ広場の周辺にいた。私はブーが現われるのを待つだけでよかった。

餌を食べ終わった後、ブーは私にまとわりついて離れなかった。私がベンチに腰を下ろすと、

横に座ってきた。時には太股に乗ってきた。そうやってひとしきり遊び、十分に満足したら
「おっちゃん、楽しかったよ。じゃ、又な」

と言って帰って行った。

帰り道は幾つかのコースがあったが、普段は、私の居住棟に沿って東側にある住人専用通用路を、北の方角に向かって去っていった。どうやらその先にねぐらがあるようだったが、私は見送るだけで尾行したことはなかった。だから何処を棲み処としているのか、私は知らないでいた。ブーの奴、ひょっとしたら、そのねぐらに身を伏せて、ひたすら苦しみに耐えているのかも、と心配しきりなのだが、捜しようがない。一体どこから手を付ければよいのか、その範囲は広大で、皆目見当がつかない。でも、そっちの方面を捜索しなければ、という強迫観念にも駆られたが、考えあぐねた末、それを抑え、今日のところは、いま一度、念には念を入れ、徹底的に住宅棟近辺を調べ上げた方がよい、という結論に至った。自分では見逃しはない、完璧だ、と思っていても、神様ではないのだ。どこかに見落としがあるかもしれない。あるいはすれ違い、という場合だってある。

……正解だった。

ベンチ前を出発。

先ず、西へ進路を取り、それから北、次に東へそして南と時計回りに順次見て回った。公園で

は植え込みの中、アパートはベランダ下、一戸建てはガレージ、庭先と覗いて回った。いなかった。残すは、ブーがねぐらへと帰って行く通い道、住宅棟東横の細い通用路だけ。

この、棟住人用の通用路は、片側が一階戸部分の庭、もう一方が幅二メートル半の細長い躑躅や皐月の植栽花壇に挟まれている。両側共に猫が身を隠すのに好適である。それだからこそ昨日から今朝にかけて、何度も何度も庭と花壇を見て回ったのだが、そのどこにもブーチンの姿を認めることが出来なかった。

今回も、「まあ駄目だろうな」と殆ど期待せずに北から南へと歩を進めた。時刻は三時を回っていた。

なかほど、三戸目の庭に差し掛かった時、

「ニャー」

という声がした。

「えっ？」

半信半疑で目を凝らしていると、高さ一・八メートルある庭囲いの生け垣の根元から、ブーがヒョッコリ顔を覗かせた。

「フー、ヤレヤレ」

嬉しいは嬉しかったが、どうにも合点がいかない、浮かない気分に。だって、この一両日、一体何度、否何十遍、この道を通ったか。その都度庭の中も覗いた。花壇も調べた。でもブーは居らず、何の反応も無かった。それがノッコリと顔を出すとは、何か解せない。腑に落ちない。狐につままれたような変な気持ち。まあしかし、何はともあれ、ブーを発見できたのだ。万々歳である。

ブーの奴、悪びれた様子は微塵もなく、

「よう、おっちゃん久しぶり。お待たせしましたね」

と、私に先んじてベンチに向かった。そして差し出された餌をゆっくり頬張り始めた。

瞼には異常は見られなかった。が、丸二日と半日、姿を見せなかったのには、何か理由がある筈、どこか他に身体の具合が悪いところがあるのでは、と案じ、この後、再びブーを家に入れた。

これ又、大正解であった。

五

火曜、水曜、そして木曜の午前を含めて、この三日間、ブーがベンチに来なかったのは、てっきり、瞼の怪我が悪化したものとばかり思っていた。が、原因は別のところにあった。

排尿難だった。

再入居させた木曜と翌金曜の両日、ブーは排尿に苦しんだ。

トイレには行く。しかしおしっこが出ないのである。便は出す。が、尿が出ない。ただの一滴も。

昼間は眠ってしまうのでトイレに行く回数はそれほどでもないのだが、夜になると頻繁にトイレに立つ。その都度啼き声を発した。

当時、我が家では、新聞紙を細かくちぎって紙吹雪状と為し、それをコンテナケースの底に敷き詰めて、猫用トイレとしていた。ブーはこの中に入ってしゃがみ、用を足そうとした。が、排尿音が響いてこない。かなり長時間しゃがんだ後、コンテナケースから出てくる。そこで中を覗くのだが、紙が濡れていない。ブー、不穏な呻き声を上げてしきりに下腹部を舐めた。それを一晩のうち何度も繰り返した。

土曜日の昼すぎ、ブー、とうとうトイレケースの中でへたり込んだ。

慌ててタクシーを呼んだ。嫌がって猛烈に抵抗するのを無理矢理ケージに押し込んで、動物病院に走った。

〝ストルバイト尿石による下部尿路症〟

尿石が尿道に詰まって尿路を塞ぎ、尿の出を妨げているという。即ち尿道結石である。放置すれば尿毒症になり、死に至る。

これは、通称カリカリと呼ばれるドライフードが原因だといわれている。ドライフードはその名が示す通り、長期常温保存を可能にするため、水分含有量が極めて少ない。そのため、猫は水を十分に摂取しないと、尿石の主成分、リン酸アンモニウムマグネシウムが体内で濃縮され、結石が出来やすくなる。そしてこれは尿路が長くて、尿道がペニス部分で極端に細くなっている雄猫に特有の病気だという。

ちなみに、下部尿路というのは膀胱から尿道口までを言い、腎臓から膀胱までの部分は上部尿路と呼ばれる。余談だが、以前、私は上部尿路結石で七転八倒、冷や汗垂らしながら病院に駆け込んだ経験がある。こういう場合、大概の人は救急車を利用するのだろうが、私は迷惑をかけまいと思い、健気にも自らハンドルを握った。そのため、顔面蒼白になり、ウンウン唸っているにもかかわらず、待ち合い所で二時間以上も放っておかれた。

さて、ブーチンの尿道結石である。

麻酔をかけ、オチンチンの先からカテーテルを挿入、溜まっていた尿を出してもらった。獣医は大きなトレイを持ってきて、

「これが尿石」

と私に見せた。

大量の尿の底に一面びっしりと茶色の細粒が沈んでいた。石というので大きな塊かと思っていたが、それは砂であった。

医師が訊ねた。

「この状態になるまで、何か変わったことがありませんでしたか」

「?……」

言われてみれば、二月ごろからブーはしばしば嘔吐いていた。でも猫というのは、胃に溜まった毛玉を吐き出すためにしょっちゅう嘔吐する、と聞いていたので、そんな姿を見かけても、別段気に留めなかった。

それを伝えた。

「そうですか。その時、何か吐き出しましたか。吐き気を催しても何にも出さない場合、膀胱炎の疑いがあります。多分この猫はそのとき膀胱炎を患っており、それが引きがねとなって尿路症になったのではないか、と思われます」

治療薬、並びに尿路症対応用の餌をもらって帰宅した。

それにしても、木曜日の午後、ブーはよくぞまあ、私の前に姿を見せてくれたものだ。もしあの時出てこなかったなら、ブーは人知れず、いずこかでもがき苦しみ、そのまま昇天してしまったかもしれないのだ。

野良猫に給餌をしている人は少なくない。私も含め、そういう人たちが使用する餌はほとんどがドライであろう。ならば、そういう猫たちの中に尿路症を患う猫が出たとしても不思議はない。

単に、給餌人が知らないだけで、そうやって苦しみ、知らぬ間に命を落としている猫が案外多いのではないだろうか。「あの猫、最近来なくなったね。どうしたんだろう」と、それで済ましてしまう人が大半ではないか、と私は思うのだが。

ブーは幸い私と出会うことが出来、且その時そのまま、念のため家に収容したからこそ助かったのである。「ああよかった。じゃあ、明日またね」とならず、念のため家に収容したからこそ助かったのである。

つくづく、「ブーと私は、よくよくの因縁で結ばれているのだな」としみじみそう感じた。

さて、今回は運良く、ブーの尿路症を見つけることが出来たが、しかし、こうなった原因の一端は私にある。

猫には下部尿路症という病気がある、という事を私は本を読んで既に知っていた。そしてその原因が人工のドライフードにある、という事も。それなのに私は水を持参しなかった。考えてみれば、雨降りの直後を除けば、外暮らしの猫が街中で飲み水を得るのは存外難しい。ならば、ドライを与える時、必ず水も準備するべきであった。知ってはいるが、実行が伴わない。こういうのを一知半解、生半可な知識というのだ。この一件の後、私はペットボトルに水を満たし、携行するよう心掛けた。

事はこれで終わらなかった。

翌日の日曜日もトイレの紙が濡れなかった。

「どうしたのか。石は出たはずなのに……。あ、そうか、もしかして我が家の、この紙吹雪のトイレでは用を足しにくいのか」

店を訪れ、既製品の猫砂を買ってきた。別にもう一つコンテナケースを用意し、その中に猫砂を入れた。濡れると砂の色が白から青に変化するという触れ込みだったが、何時間経っても色は一向に変わらなかった。

日曜日の夜中じゅう、ブーは苦しみぬいた。それこそ何十回となく、ブーはトイレにしゃがんだ。が、紙片は濡れなかったし、砂の色は白のままだった。刺激を与えようとしきりに後ろ片足を上げ、チンチンを舐めた。トイレにしゃがむたび、

「ワ〜ン、ウォオーン」

低くて悲痛な呻き声を発した。見るのが辛かった。

月曜日、朝一番に病院へ。

前回より更に多く、大量の尿石が出た。膀胱の洗浄をしてもらって病院を出たのだが、家に戻った後も、ブーは排尿に苦しんだ。頻繁にトイレに行ってはしゃがんだ。

「尿路症だけか。他に何か原因があるのではないか。ひょっとしてあの獣医はヤブじゃないのか？」

ブーがトイレから出た後、血眼で中を調べた。紙がほんの数片濡れていた。猫砂が僅か数粒、青になっていた。

「ブーよ、苦しかろうが、何とか回数で補ってくれ」

ブーがトイレに入るたび、祈るような気持ちで見守った。

ところが……、

翌火曜日の晩だった。「えっ、これはどうしたこと？」

何とブー、今度は炬燵の中で〝お漏らし〟をした。それも一度や二度じゃない。

トイレまで持たないのだ。炬燵の下敷きとしていた桃色の毛布が、点々と黄色に染まった。その他、炬燵掛け布団、座布団、クッションに枕と、ありとあらゆる柔らかな物全てに黄色い模様が出現した。それらが異臭を放った。

あれだけ排尿難で苦しんでいたのに、何だこれは。一転、今度は頻尿お漏らしとは。あまりの激変にただただ唖然。そりゃ、出ないより出た方がマシ。とはいうものの、このお漏らしは尋常ではない。

ダイヤルを回した。

電話の向こうからは

「あっはっは、そうですか」

のんきな声が。

「この間お渡しした薬なんですけど、あれは膀胱の筋肉を弛める、つまり緊張をほぐす薬なんです。そうですか。お漏らしね。ということは薬が効いてきた証拠です。大丈夫、心配いりません。そのうち収まります」

心配いらないだって、フーッ！

それならそうと、初めから言ってくれればいいものを。聞いてりゃ動転し、よけいな心配しなくて済んだんだ。

そっちは分かっていてもこっちは素人。何にも知っちゃいない。言ってくれなくちゃ。

獣医に限らず、人医にもこういう手合いが少なからず存在する。薬を出す時、あるいは治療を施した後、

「こんな症状が出るかもしれません。でもご心配なく、いずれ収まりますから」

と教えてくれるのが親切、っていうもんじゃないか。それが良医じゃないのか。

それともう一つ、私に解せない点があった。

第一回目の入居の時だ。

瞼の具合が良くなったので、三月二十日に外へ出したのだが、その前日の晩、ブーはびっくりするほど、大量の尿を排出した。それはコンテナケースの底に敷いてあった新聞紙全体をびしょ濡れにし、なおかつ紙に吸収されなかった分が浮かび上がる、というほどの量であった。それが、僅か二日や三日で、一滴も出なくなるなんて、そんな事ってあるのだろうか。今回、ブーの尿路

症は何とか収まったようだが、大量の排尿があったにも関わらず、その直後に尿道が詰まるっていうのはどうしてなのか、という疑問がこの後長らく残った。

ところで、奇妙なことだが、私は、人間のお小水はご免蒙りたいけど、猫の尿は汚くも何ともないのである。況や、臭いなんて。

ところが、家内は違った。

あっちこっちに出現する尿痕と、そこから発する強烈な臭いを嫌悪。

「ああ、臭い臭い。汚い汚い。もう洗濯ばっかしや。カナワンわ。何とかしてよ」

大変なご立腹。けたたましいことこの上もなかった。

六

獣医の言葉通り、ブーのお漏らしは数日を経ずして止まった。排尿自体も、ブーが用を足しやすいよう、トイレに幾つか工夫を凝らしたかいもあってか、おしっこ一回分の量が少しずつ増してきた。それに伴ってブーに元気が出てきた。

こうなると元々が外の猫である。ブーの奴、

「出せ、出せ、外へ出せ。解放しろ」

と「ニャーニャー」啼いては訴えた。

猫は夜行性である。昼は炬燵の中で眠りこけ、おとなしくしているが、暗くなってくると活動を開始。九時十時を過ぎると動きが一入活発になる。玄関に行きドアを掻く。爪をドアと鉄柱の隙間に差し入れてこじ開けようと企てる。時には取っ手に跳びつく。ドアに体当たりする。らちがあかないとみると、洋間やサンルームに行き、窓から外に向かって大声で喚く。私のところに来て、顔を見上げ、「ニャーニャー」啼いて、「出せ出せ」と迫った。疲れてグッタリするまで、夜通しこれが繰り返された。

ブーの出自は不明である。元は飼い猫であったものが捨てられたのか、それとも生まれながらの野良なのか。いずれにしろ、ブーは長い間戸外の生活を続けてきた。子猫の段階で家に入れれば、室内の暮らしに馴染むであろうが、これだけ長期間外の空気に慣れ親しんでしまうと、内猫にするのは難しい。

私がブーと出遇い、給餌を始めたのは、一年半前の二〇〇四年十月であるが、それ以前、二〇〇二年の時点で既に私はブーの存在を知っていた。別にじっくりと観察したわけではない。ゴミ集積場の近辺にいる時、チラリ垣間見ただけだ。しかし、その時の猫はブーであった。間違いない。そんな程度でなぜ、同じ猫だと分かるのか……。

それが、分かるのである。

ブーは、ボブテイルだった。それもそんじょそこいら、どこでも見かけるというものではなく、極めて特徴のある稀な。

ボブテイル（bobtail）とは切り尾。即ち、付け根、もしくはその近くで、スパッとカットされた短い尻尾をいう。これは日本人には見慣れているので、特別注目されないが、欧米の猫愛好家の間では、英国のマン島に棲息するマン島猫、即ち、〝マンクス（Manx cat 尻尾の無い猫）〟と並んで、〝ジャパニーズ・ボブテイル（Japanese bobtail）〟と呼ばれ、人気のある種だという。

ブーのは、その典型ともいうべき、まさに小茄子のように可愛らしいのが、そのケツにちょこんと乗っかっているだけだった。短いのは結構見かけるが、ここまでのものは滅多に存ない。それで、私はこの猫を覚えていたのだ。

だからブーは少なくとも四年以上は自由なお外の暮らしを続けているわけだ。今更、室内猫にするには遅すぎる嫌いがある。

それに性格もあった。

人に懐きはしたが、支配されるのは拒んだ。己の好き勝手、気ままに過ごしたかった。それにはこんな狭っ苦しい監獄生活はまっぴらご免、一刻も早く無罪放免を願った。

「出せ、出してくれ、外へ出せ」

ブーは毎晩要求した。

出してやりたかった。が、暦の上では春というのに、この年の三月は冬の気象を存外に引きずり、四月に入っても雨の日が多く、肌寒い日が続いた。どうせなら天気の好い日に、と思った。それに尿が出るようになったとはいっても、本当に大丈夫か、もし外へ出した後またもや詰まったとしたら……。その時、家の中のようにうまく異変に気づくことができるかどうか。そんな懸念を払拭できなかった。

「外へ出せ」という訴求は日毎に強さを増した。ブーにイライラが募ってきた。私を見る目が険しくなった。

私は

「出してやる。だが、もう一日待て、もう一晩辛抱しろ。この前みたいになったらどうする」

ブーをなだめた。

前回は早まった。その経験が慎重を強いた。

ブーは自由を求めた。私は病気を心配した。ブーとおっちゃんとの間で熾烈なせめぎ合いが展開された。お互いのストレスが高まった。

そんな状況の下でのある日の夕方。

偶然、ブーがトイレに入り、しゃがむのを目にした。

ブーは、コンテナケースの縁に前足をかけ、上方に目をやり、一点を見据え、口をへの字にした。そのブーの足下で、

「ジャー」元気な音が響いた。

ブーが出た後、中を覗いた。新聞紙片が広範囲にビチョビチョに濡れていた。

「ああ、これなら」

再入居させた三月二十三日から数えて二十五日目の四月十六日、日曜日。空に昇った朝日は燦々と輝き、雲一つとない快晴好天気。

「よし、絶好の門出日和」

休日で、世間が未だ寝静まっている早朝、私は、そうっと玄関戸を押した。

ブー、開いたドアの僅かな隙間を、スーと通り抜けた。ドアの先で一旦立ち止まった。鼻の孔をピクピクさせ、外の空気を嗅いだ。やがて、一歩一歩踏みしめるようにして、階段を下っていった。

第二話　チビ

一

チビはブーチンが連れてきた。

二〇〇四年秋、十一月の初め、ブーチンに餌をやり始めて二週間ほど経ったある日、いつもどおり夕方四時過ぎに階段を下りた。

住宅棟、一階通路を西口から出て、左の方、植栽花壇に向けてほんの一、二歩踏み出すが早いか

「ニャーン」と猫の声。

声と同時に茂みの中からブーチンが飛び出してきた。例によって足に絡みつき、「早く早く」と矢の催促。

そのブーを伴い、給餌場たるベンチの方へと、これまた三、四歩進んだ時、花壇、先の方の植え込みが、「ガサッゴソ」音を立てて揺らいだ。

「ん、何事?」

目を凝らしじっと視ていると、……音がした皐月植栽根元から、ブーチンが顔を覗かせた。

「ええっ!……じゃ、さっきのは?」

思わず振り返った。

いる。ブーチンが。

「え、ええっ?!」

目をこすり、改めて前を視た。いる。

そこにも。

後ろと前、ブーチンが二匹。幻覚?

日の暮れるのが早くなったとはいえ、辺りはまだ明るい。お化けが出るには早すぎる。

何が何だか、さっぱり要領を得ないまま、歩を進めた。

後ろのブーチンは私を追い越し、先回りして花壇の先端を左に回り込むと、手前、一番近くにある1号ベンチの前に陣取った。ここがブーチンの食事席である。

遅れてもう一匹は、その先、2号ベンチの下に潜り込んだ。

給餌を始めてから、まだたったの半月しか経っていないのに、ブーはもうすっかり私に馴染んでいた。

その時も、「ニャーニャーニャーニャーニャー」けたたましく啼いて、しきりに餌を要求した。持参したキャットフードをブーの目の前に盛った。

「待ってました」とばかり、ブー、それに喰らいついた。

もう一匹は、2号ベンチの下で身を伏せ、首をすくめて私を見上げていた。

毛の色、柄模様、そして顔つきと、何から何まで全てがブーにそっくり瓜二つ。

しかし、よーく見ると、体格がブーよりいく分小さいか。顔も少しく違うような。ブーみたいに横に広くない。ちょっぴり寸が立っている。他にも幾つか細かな差異が見てとれた。だけどだけど、それにしてもよく似ている。こうやって、二匹が並んでいるからこそ区別がつく。一匹ずつなら識別不能だ。


さて、新顔にも餌を与えねば。

近づいた。恐怖を抱かせないようゆっくりと。が、新顔は警戒し、2号ベンチを這い出すと、もう一つ向こう、東寄り3号ベンチの下に逃れた。こんな場合、深追いは禁物。そこで私は2号ベンチの前にカリカリを一山盛ると、直ちにその場を離れ、更に花壇の円角(まるかど)をさっきとは逆に、右に曲がって自分の姿を植え込みの陰に隠した。

一分後、植栽越しにベンチの方を覗いて見た。果たせるかな、新顔は餌を食んでいた。

私は棟に入った。

それにしても新顔はブーそっくりであった。兄弟、それとも父子か。これだけ似ているのだ。血縁関係がなかろう筈はない。

「おい、あそこのベンチに行ったら、餌をくれるおっさんがいるぜ。ちょっと甘えてやったらホイホイ喜んで餌をくれたさ。チョロイもんよ。どうや、お前も来たら」

そう言ってブーが誘ったのだろう。

顔も身体も、ブーに比べると全体が小造りだったので、私はこの黒のトラ猫に、〝チビ〟という名を付けた。

チビはそれからというもの、ブーと一緒に朝夕植え込みの中に身を潜め、私を待つようになった。

こうして、チビとの付き合いが始まった。

二

十一月、十二月と、年内はほぼ毎日ベンチに通ってきたチビだったが、年が改まると次第に足が遠のいた。

原因は、新年になってから、新たにもう一匹が餌を食べに来るようになったからである。

黒白柄のこの雄猫は、見るからに野良であった。野良としての苦渋と悲哀とを、その一身に湛えていた。険しい面構えをしていた。相当に人間から虐められ、痛めつけられてきたのだろう。人間不信が強かった。

この頃、既に私の給餌は、餌を直接地べたに盛るのではなく、容器に入れて食べさせる様式にしていた。この猫は、器を差し出す私の手を掻いた。〝シロクロ〟と名付けたこの新参者には、もう一つ欠点があった。

『渡り食い』である。自分の前に置かれた餌を食べきらないうちに、他の猫の餌を奪いに行くという癖だ。

大柄のブーはこれを許さなかったが、小柄なチビは対抗できなかった。というより怖がった。こいつが現われるとチビは身を隠した。そうしていつしか、チビは姿を見せなくなった。


春になった。

ある日、何かの用で外出した。その帰り、川沿いの散歩道を歩いていた。弍番橋に差しかかったとき、不意に「ニャ」という微かな声が聞こえた。足を止め、声がした方向に目をやった。すると、道を挟んで川と反対側にある、幅一メートルほどの小さな用水の、その先にある草むらから、ヒョコッと猫が顔を出した。

チビだった。

チビは用水を跳び越え、私の足下に来ると私の顔を見上げた。餌が欲しいのだろう。が、私は外出帰りのこととで、餌は持っていなかった。だが、橋の袂を右に曲がると、自宅までの距離は百メートルもない。まあ、欲しいんだったらついて来い、と私は家に向けて歩み始めた。

途中、前方から中年女性二人連れがこっちに向かって歩いてきた。すると、私の後ろをトコトコついてきたチビが、さっと私を追い抜くや、その二人連れにツツーと走り寄って行った。一人がチビを見て、

「あれ、お前はどっちや、ミャーか」

と言った。続いて、

「ああどうしよう。今、カリカリ持ってないんよ」

とも。

チビはもうすっかりおっさんのことなんぞ忘れて、ひたすらおばさん二人の顔を代わるがわる見上げていた。

私は、チビをおばさん二人に任せ、その場を後にした。

橋の袂から私の住まいに至る直線通りの中ほど、北方向へ入る横筋の角に、一軒の空き家があった。そこが、チビのねぐらと判明したのは、それから間もなくであった。同時に、その空き

家で、チビが雌猫と同棲しているのを知った。

同棲といっても、若い娘っ子というのではない。そこそこ、いや、十分にお年を召されているお婆ちゃん猫であった。

この老ニャンコにチビは甘えた。

雌猫に自分の頭を擦りつけ、頭や顔、そして首筋をねぶってもらっていた。婆ちゃん猫もチビを可愛がった。二頭が身体（からだ）をくっつけ合って、仲良く川岸で日向ぼっこをしている光景は、見るからに微笑ましくも羨ましい限りであった。

雌猫はチビのお母さんだったのだろうか？

婆ちゃん猫は温和だった。

同じ黒白柄のシロクロが私に懐かず、時に「シャー」と吹いたのに、この猫は初めて出遇った際にも私が手招きをすると寄ってきて、私の足にスリスリし、私が差し出す手に顔をこすりつけた。顎を撫でてやると目を細めた。

それなのに餌は食べなかった。というより食べられなかった。お皿にドライを容れて与えても、ほんの数粒しか口にしなかった。歯が弱かったのであろう。抜けていたのかも。でも、それほど痩せてはいなかった。恐らくは柔らかな食べよい餌を誰かからもらっていたのに違いない。

白木蓮が大きな花びらを落とし、桜も散った。躑躅と皐月も咲き終わった。

その頃には、ブーは日中のほとんどを私の居住棟の周辺で過ごすようになっていた。餌やりも夕方だけでなく、朝にも、そして時には昼間にも行った。

ブーは食事を終えても私から離れようとしなかった。私の足下にうずくまったりしてまとわりついた。少しでも長くおっちゃんと一緒に居たい、という風であった。

一方チビはというと、この小柄な雉トラは存外に頑固だった。時には不遜でさえあった。

空き家には玄関横に屋根付きの車庫があって、そこに埃をかぶった白色の乗用車が放置されていた。チビはその車のルーフ上でよく昼寝をしていた。

ベンチに姿を見せない日が続くと、

「チビは大丈夫か、元気でいるか？」

と、空き家を覗きに行った。

車の上で寝ているチビに向かって
「チビ」

と呼びかけた。

空腹のときは、チビは車から降りてきて、私の後に従った。が、そうでないとき、チビはルーフの上で寝そべったまま、シラーと冷たい眼差しを、さも邪魔くさそうに、私に向けた。

「おっさん、何しに来たんや。オレ、今寝とるところや。邪魔すんなよ」と。

ブーチンなら決してこんな傲岸な態度を取るようなことはなかった。

植え込みの中や、よその家の庭とかベランダ下で寝ていても、私が傍を通ったら必ず、「ニャッ」と啼いて知らせた。

「おっちゃんご免ね。本当はさ、ちゃんとおっちゃんの前に出て、きちんと挨拶せんといかんのやけど、オレ、今眠たくってさ。体が言うこと利かんの。だからさ、申し訳ないけど、声だけにしとく。堪忍ね」

と言って、「ニャーン」と啼いた。


顔、格好は瓜二つといっていいほどよく似ているブーとチビだったが、性格はまるで逆、こんなにも違っていた。

それでもなぜかチビを放っぱらかしにしておくことは出来なかった。チビには私にそうさせる別の一面があった。

三

夏が来た。

住宅棟横の小広場は南面していた。ベンチの前に木が二本植えられていたが、いずれも丈が低く枝ぶりも見すぼらしくて、陽射しを遮る役目を果たせなかった。コンクリートの地べたは、容赦なく照り付ける太陽の熱で灼けつき、靴なしでその上を歩かねばならない猫が可哀想だった。

そこで、給餌場所を近くの緑地帯の一角に移した。二百メートルにもわたる南北に長いこの緑地帯は、広い箇所で幅が十五メートルほどもあり、両側及び中央部の三列に喬木が等間隔に立ち並んでいた。それが緑陰を造った。

ブーチンは素直に従った。が、チビは拒んだ。で、チビには別の場所を用意しなければならなかった。

空き家での給餌は困難だった。

私は餌をお皿に容れて供したので、その皿を回収する必要があり、その分どうしても滞在時間が長くなる。つまり人目に付きやすいのである。

ある時、近所のお年寄りに見つかってしまった。口論になった。私は別に構わなかったけれど、チビに危害が加わることをおそれた。

「今度猫を見たらやっつけてやる」

と捨て台詞を残して立ち去ったからだ。

仕方なく、通りを二つ隔てた北公園にチビを誘った。幸いそこならチビは嫌がらずについてきた。慣れてくると、時間を見計らい、先回りして公園で私を待ち受けた。

チビは食べ方が上手だった。ドライフード、いわゆるカリカリを入れるのに用いた豆腐の容器は四角形なので、どうしても四隅に粒が残った。それをチビは前足を使って器用に真ん中に寄せて食べ、一粒も残さなかった。

どこか茫洋としているブーチンに比べ、チビはシャキシャキしていた。また、そうでなければ、この小さな身体で、野良として生き抜いてはゆけなかったに違いない。


そんな理由で、この年は夏以降、チビには北公園で、ブーには緑地帯でと、それぞれ別々に餌を与えるようになったのだが、ここでも両者の私に向ける態度の違いが際立った。

チビは餌を平げると、さっさとねぐらとしている空き家に戻っていった。一方のブーチンは食事を終えてもその場に留まり、私にまとわりついて離れなかった。

チビは私を単なる〝餌配達人〟としか見ていなかったが、ブーは、おっちゃんは〝給餌人かつ遊び相手〟と捉えていた。私が帰ろうとすると、「行くな、もう少しここに居ろ」と私の足に絡みついて行く手を遮った。それで、毎日一時間も二時間も付き合わされた。


秋になり日が暮れるのが早くなった。

グリーン・ベルトの樹々の葉が色づき始め、やがて真赤になった。それだけでも充分に私の目を愉しませてくれたのだが、その後紅葉が散り始めると、地表の草や苔の緑の上に、舞い降りた落ち葉の紅が重なって、えも言われぬ彩を醸し出した。それは見事というしかない艶(あで)やかさであった。別に遠出する必要はない。宝山宝海は身の周り至るところに在る。

ところが間もなく訪れた晩秋の長雨が落ち葉を濡らし、草地に染み込むと、足下がグショグショになって不安定、不快になった。ブーも嫌がった。餌場をベンチ広場に戻した。

北公園の地面は、砂利混じりの土で、これも長雨で泥状と化した。それでこの場も給餌困難となり、チビもまた、ベンチへと誘(いざな)った。


十二月に入ると直ぐに、ドカッと雪が来た。北陸といえども、十二月初旬の降雪は稀で、早過ぎた雪の襲来に人々は慌てふためき、連日、ガソリンスタンドやタイヤショップが、タイヤ交換の客でごった返した。

意表をつかれたのは猫も同じ。

猫は四肢が短いので雪の上を歩くのは苦手だ。餌場にたどり着くのに難儀を強いられた。

暖冬傾向にある近年には珍しく、この冬は次から次と断続的ではあるが寒波が入った。それでもブーは毎日餌場に来た。日中、吹雪いて来られない場合は夜中に来た。住宅棟の一階出入り口の前で、

「ニャオーン、ニャオーン」

と大声張り上げて啼いた。

「おっちゃん、来たで、下りてきてや」

と知らせた。

私は温もった布団を抜け出して外出着に替えると、餌を手に、しんと冷え切ったコンクリートの階段を下りた。


他方、チビの足はピタリと途絶えた。

チビがねぐらとしていた空き家からベンチ広場までは、距離にして僅か六〇メートル。しかも直線。別にどうってことはない。しかし、たったそれだけの道程(みちのり)でさえ、このドカ雪はチビの行く手を阻んだ。

この道路は幅が狭かった。普段でも、軽同士ならともかく、普通車クラスになるとすれ違いに困難をきたした。そこへもってきて雪ともなれば、道の両脇にすかされた雪がうずたかく積まれて、通れるのは真ん中のみとなり、車はどちらか一方向、一台が通るのがやっと。加えて雪面が車のタイヤと人の足で踏み固められて、パンパンツルツルに。下手な運転ならタイヤが滑って車は右に左によろめいた。そんな危なっかしい道をチビは歩けなかった。

年が改まっても寒波は衰えをみせず、たびたび降雪に見舞われた。それにもめげず、ブーは毎日来た。冷たさで肉球がひび割れし、そこから出血。朝、ベンチに下りると、フワフワ真っ白な新雪の上に、点々と朱い足跡があった。ブーはその冷たいひび割れた足の裏を私の長靴の甲の部分に乗せて暖をとった。

チビは来なかった。

空腹でひもじい思いをしているのではないか、寒さに震えてるのではなかろうか。私は案じて毎日のように空き家を覗きに行った。

しかし、車庫は勿論、その他どこにもチビの姿は無かった。玄関にも、車庫の裏手に続く庭にも、ただ、白い雪がこんもりと積もっているだけだった。

四

新年も一月が過ぎた。

もうかれこれ二カ月近くチビを見ていない。

こんなにも長く餌を食べに来ない、となれば……、餓死したのか、それとも凍死か。

いずれにしろ、チビはもうこの世には存在していない。そう思わざるを得なかった。

それは二月の末だった。

夕刻、東の方角から、残雪に足を取られながらも懸命に、トットコトットコ、ベンチ広場に向かってひた走ってくる一匹のキジトラがいた。脇目もふらず、ただただ一目散に。

その一途な姿。

「おお、チビ！　お前、生きていたのか!!」

眼が潤んだ。


三月に入ると、さすがに寒気も緩んだ。

半ばを過ぎると、白木蓮の蕾が大きく膨らんだ。すると、にわかにチビが足繁くベンチに通ってくるようになった。暖かくなり、冬眠から目覚めたからか。まさか。クマじゃあるまいし。

ほどなく理由が判明した。


母親の如く慕い甘えていたお婆ちゃん猫が亡くなったのである。

一人の年配女性が私に語った。

「空き家にいた黒白猫の〝初ちゃん〟に、私はこの十年間ずっと餌をやっていた。その猫は三月になって一週間姿を見せなかった。それがある日突然私の前に現れた。その時が、初ちゃんを見た最後だった。初ちゃんはきっと『ありがとう』って、私に、お礼を、そしてお別れを言いにきたのね」

そして、こうも

「私が可愛かったのは初ちゃんだけ。だからそれっきり餌やりを止めた」

なるほど、合点がいった。

チビは、初ちゃんがもらっていた餌のおこぼれを頂戴していたのだ。

それが停止された。

ならば、あのおっちゃんの所へ。

以前出遇った二人連れからも餌をもらっていたのであろうが、恐らくこの人たちは年配女性見たいに毎日必ず、という次第ではなかったのだろう。

爾来チビは毎日来た。確実に来た。

シロクロも来る回数が増えた。

四月の下旬、ブーとシロクロの間で大喧嘩があった。

ブーは強い。第一身体が大きい。喧嘩になったら大概負けはしない。

が、シロクロはその上をいった。体格こそブーに劣ったものの、気の強さと闘争心、そして喧嘩の場数で勝っていた。何といってもその凄みのある面構え、加えて絶えることのない生傷が、それを物語っていた。思うに、生を受けて以来この方、喧嘩喧嘩で明け暮れた半生を送ってきたに相違ない。それ故に気は荒み、同じ野良といってもどこかお人好しの観が漂うブーチンとは、根本のところで違った。


その日、私は珍しく昼風呂を使っていた。浴槽に浸かり、ほど良い湯加減で好い気分になりかけてきた時、突然、猫の甲高い鳴き声が耳をつんざいた。

「あっ、あの声は」

湯舟を飛び出し、濡れたままにズボンを穿いて上着をはおり、一気に階段を駆け下りた。手には杖を持って。

棟を出ると、その前にいた老人が、

「おい、あっちや、あっち」

と指さした。

その先、遥か向こうをブーが走り、そのすぐ後ろをシロクロが追っていた。

ブー、鉄蓋の切れ間から排水溝に飛び込んだ。シロクロはそこで追うのを止めた。

これまでにも、この二匹の間にはたびたび小競り合いがあった。が、こんな派手なのは初めて。猫の喧嘩自体は、実はそれほど大した問題ではない。傷は負うだろうが、人間と違って殺し合いにまでは至らないからだ。

私がおそれるのは交通事故である。

逃げる方も追う方も必死、夢中になる。たとえそこが車道であったにしても。猛然と疾駆しているところに車が来たら……、
それが怖いのだ。

ここ十数年の間、私が何らかの形で関わった猫のうち五頭もの猫が、車に轢かれたり跳ね飛ばされたりして生命を断った。その他にも、飼い猫が轢かれた、という話を、知人数名から聞いた。

野良猫の寿命が短い、という原因の一つには、交通事故がある。

今、ブーとシロクロが疾走していたのは団地の敷地である。が、そこは歩道を兼ねており、その横は車道で、また、敷地が途切れたその先も一般車道である。幸いにもブーは車道に出る手前で排水溝に突入したから良かったものの、そのまま突っ走っていたなら……。

チビは心配なかった。初手からシロクロを敬遠した。こいつが現われるとスーと茂みに入り、身を隠した。ブーはそれを潔しとしなかった。シロクロに対抗した。

これは何とかしなくては。

ブーとシロクロとを切り離す必要が生じた。

折りしも季節はこれから夏に向かう、というのもあって、ブーの餌やり場を前年にならって緑地帯に移した。

するとと、意外や、チビも従った。

チビにすれば去年は、無理して緑地帯に行く必然性を感じなかった。初ちゃんがもらっていた餌のご相伴に預かっておればそれで事は足りており、おっちゃんがくれる餌は単なるスペアでしかなかったからだ。

が、この三月に給餌停止の憂き目に遭って以後、そんな悠長なことを言ってはおれなくなった。もはや命綱はおっちゃんのみ。否も応もない。ついていくしか。それにチビにしてもシロクロは嫌。なら、いっそ。

緑地帯は、ベンチのある広場から距離にしてたったの八〇メートル。だが、そこはチビの領分外。未知なる世界で不安があった。だからこそ、去年は敢えて冒険を冒したくはなかったのだ。

来てみれば、緑地帯は結構居心地が良かった。通りを隔てて、西と南に小さな公園があり、両公園とも周縁にはところどころ植栽部分があって、その中に入ってしまえば身を隠せることも可能であった。

「もう空き家に帰っても、初ちゃんはいない。想い出してかえって寂しくなるだけ。それなら悲しまずに済むだけでもここの方がマシだ。それにあのおっちゃんは、ブーが居る限り必ずここに来る。朝と夕、律儀に餌を運んできてくれる。そうだ、この場所をボクの新たなねぐらとしよう」

チビは、緑地に根づいた。

五

チビをおっちゃんに紹介したのはブーチンである。

ブーは大柄で毛色は同じ黒でもやや茶色がち。他方チビは小柄、少し灰色っぽい。が、いずれも雉トラ、遠目では全く区別がつかない。血の繋がりがあって当然。

実際、仲も良かった。

よく晴れた昼下がり、とある一階家の庭で、ブーが昼寝を楽しんでいた。そこへチビが入ってきた。チビ、ツツツーッとブーに近づくと、ブーの背中に乗った。ブー、びっくりして振り落とした。が、チビ、それに構わず、ブーに自分の頭と顔を押し付け擦りつけた。

「しゃあない奴っちゃな」

ブー、チビの頭や首筋をねぶった。

別の日、私は散歩をしていた。偶然チビと出会した。チビ、私の後追いを始めた。そこへ前方横合いからヒョイとブーが顔を出した。それを見てチビ、私を追い越しブーに駆け寄って行った。

いつの場合も、懐きに行くのは決まってチビの方だった。

二匹の間柄は兄弟か、それとも父子か。それは不明だったが、チビの方がブーに甘え、じゃれついた。ブーもそんなチビを鷹揚に受け止めた。


初ちゃんが存命の折は、チビはベンチに来ても、餌を食べ終えると、すぐさま空き家に戻っていった。前年の夏から秋にかけては、ブーの餌やりは緑地帯で、チビには北公園でと、それぞれ別々に行っていたから、両者がかち合うことはなかった。

ところが、シロクロとのイザコザを避けるため、ブーの給餌場を緑地帯に移動したら、予想に反し、チビも緑地に来た。そうなると二頭はしょっちゅう顔を突き合わせる羽目に。


午前六時、餌と水を携え緑地帯に出向くと、二匹は共に私の姿を目にするや一目散に駆け寄ってきた。

「早く、早く」

もう待ちきれないとばかりに競って餌を催促。一時に二皿は無理。そこでまずは一皿、となるが、ブーもチビも我先にと餌皿に首を突っ込み入れた。が、大抵はブーがチビに譲った。

「さすがは兄ちゃん、いやお父さんかな。ブーは偉いな」

チビは小柄でブーは大柄。小さいのとでかいのとは、情としてどうしても小さい方に心が行く。

しかし、日が経つにつれ、ブーのチビを見る眼が次第に険しくなった。

ブーもそれを黙認した。

「まあ、仕方ないか」

私も何となくチビを優先した。

以前であれば、チビは食事を済ますとさっさと初ちゃんが待つ空き家へと帰って行った。だが、今や初ちゃんはいない。帰る精がない。食べ終わってもチビは緑地帯に留まった。

チビは警戒心が異常に強い猫で、最初の出遇いからかれこれもう一年半をも経過していたのに、一向に私に懐かなかった。指一本私に触れさせはしなかった。撫でてやろうとして手を伸ばすとパッと跳び去った。そのくせ緑地帯に来てからは、チビ、私から離れようとしなかった。

「お、チビ、居なくなったな。どこへ行ったのかな」と、一旦姿をくらましたにしても、気がつくと、いつの間にか戻っていた。

そんなチビを、ブーは鬱陶しく思い始めた。

これまで、ブーはおっちゃんを独り占め出来た。ベンチでも緑地帯でも、他の誰にも邪魔されず、心ゆくまでおっちゃんと遊ぶことが出来た。それが今、間近にチビがいる。周りをうろつく。目障りだ。どうにも落ち着かない。

「チビよ、オマエ邪魔だ。向こうに行け。オレの視界(め)から消えろ」

ブーにイライラが昂じてきた。

実は……ブーは、やきもち焼きだったのだ。それもとびっきりの。ブーは、自分以外の猫がおっちゃんに近づき、そしておっちゃんがその猫に関わり構うことを非常に恐れ、嫌っていた。それなのにチビがおっちゃんに近づこうとしている。

ブーは不安を覚えた。

「このままだったら、もしかして、おっちゃんの気持ちがチビの方に移ってしまうのではないだろうか」


時節はもう六月になっていただろうか。

ある日の夕刻、お腹を十分に満たしたブーチンは、私の足下にうずくまってゆったりと寛いでいた。

蚊がワンサカ寄ってきた。言うまでもなく、猫はケダモノ、毛だらけだから、蚊のヤツら毛に止まっても針が猫の皮膚に届かない。そこで狙うのは毛の短い耳と鼻。特に耳を目掛けて集中攻撃。見る見る何匹、いや何十匹が耳に群がった。むろん猫は堪らないから耳をピンピン跳ね動かして蚊を追い払おうとする。昭和の太平洋戦争で、戦艦武蔵や大和と、空撃してきた米軍戦闘機や爆撃機との攻防戦とはこういう状況ではなかったのだろうか、と余計なことを想ったりした。

この日はどんよりした曇り空で、この時期としては少し早めに辺りが薄暗くなりつつあった。

そんな折である。西の公園から、チビがヌ～ッと姿を現した。チビはゆっくりと我々の方へ歩み寄ってきた。それに気が付いたブー、ムックリと起ち上がった。そして一歩、二歩と前進、チビの正面に立ちはだかった。チビの足が止まった。

「そこまでだチビ。それ以上近づくな。お前何しに来た。俺は今、おっちゃんとラブラブタイムを楽しんでいるところだ。邪魔するんじゃない。さっさと帰んな」

が、チビは動かなかった。それどころか、ブーを睨みつけた。牙を剥き、フィーッと吹いた。

暗がりが濃厚になった。樹木の枝葉から漏れてくる街灯の明かりが二頭を照らし出した。

両者の隔たりはおよそ一間。

ブー、じりっ、じりっとにじり寄っていった。

チビは一歩も退かなかった。精一杯の気力を振り絞り
「ブー、何する者ぞ」と身構えた。


しかし、体力の差は歴然。取っ組み合いともなれば、どう見てもチビに勝ち目はない。それはチビ自身誰よりも承知していた。

間隔が徐々に狭まっていく。必死に耐えるチビ。

パッ！

突如、チビは地を掃った。身を翻した。全速力で西公園に走った。

ブー、すかさず追う。地面を蹴り立て、猛追に次ぐ猛追。遂にブー、チビを捕えた。

パアーッ！

二頭は組み合い絡み合って路上の中央、一メートルほども高く宙に舞い上がった。

落下。

チビ転げ逃れた。公園の中へ突入。ブー追った。

「ウギャー、ギャオーウ、ギェーッ」

辺り一面、絶叫がこだました。

…………

静かになった。


私は公園に入った。植え込みを順々にかき分けかき分け中を覗き込んだ。元より夜の暗闇、ましてや両猫ともに黒のトラ。発見は容易ではない。

多分ブーは大丈夫。心配なのはチビ。

あんなにも派手にやり合ったのだ。一時は仰向けに組みふせられた。無事であろう筈がない。

公園を四分の三周。南出口に差し掛かった。大きな四角い石の門柱の上に、何やら黒い影。

近寄った。

チビだった。

憂い顔した私を尻目に、チビ、ケロッとした表情で、毛づくろいに余念がなかった。そして
「あれ、おっちゃんか、どうしたの？」と。

その時、

「旦那さん」

突然背後から声が掛かった。振り返ると女性が一人立っていた。ミニチュア・シュナウザーを
いつも散歩させている顔見知りの老婦人だった。

私に訊ねた。

「猫の喧嘩って、あんなんですか？」

「ええ、まあね」

「あっら恐ろしい。私、初めて見た。ああ、怖っ！」


これが、ブーチンのチビに対する攻撃第一弾であった。

焼き餅とは恐ろしい。

そしてチビ、何て物哀しいことか。

春には母親の如く慕っていた初ちゃんと死に別れ、今また、兄か父かと親しんでいたブーチン
から縁切りを宣せられた。

チビは孤独になった。

この後もチビへのブーの威嚇排撃は執拗に続いた。並みの猫ならよそへ行ったろう。しかしチビは動かなかった。

チビは心の強い猫だった。

ここを去っても餌にありつける保証はない。ならば、どんな辛くひどい目にあおうともこの場にへばりついていた方が良い。おっちゃんは信用できる。雨の日でも雪の日でも止み間をついて必ず来てくれる。

「この場を死守するんだ」

チビは固く心に決めた。


そんなチビの心情に何とかして私は応えてやらねばならなかった。二匹がくっついているから喧嘩になる。ならば離せばよい。はて、どうすれば？知恵を出せ、おっちゃんよ。

「そうだ。餌やりの順番を変えてみたら……、それまでのチビ優先を逆にしたら……」

朝、お腹が空いているのは、ブーもチビもどちらも同じ。一刻でも早く食べたい。おっちゃんが来るのが待ち遠しい。二匹は揃って緑地帯で待っている。これを別々な場所で待たせるようにするには。

私は先ず、ブーの前に餌皿を置いた。ブーが餌を食べ始め、それに集中するのを見届けて、チビの分はそこから三、四メートル離れた場所に持って行った。そして日毎にその距離を広げた。

チビは勘が良かった。私の意を直ぐに察した。何日か後、同じ緑地帯ではあるが、それまでの南端近い給餌場所から遥か遠く、三、四十メートルも離れた物陰にチビは身を隠し、そこで私を待つようになった。

六

いつの頃からか、自転車に乗った一人のお爺さんが西公園に姿を見せるようになった。短躯短髪、筋肉質で無表情なこの老人は、人の噂では、あちこちを巡って、そこに居る野良猫たちに餌を与えているのだと言う。

公園には、東側緑地帯寄りの一角に公衆便所があった。外回りの仕事に従事している人たちにはとても重宝で随分と繁昌していた。自転車の老人も通りすがり、ちょくちょくこのトイレを利用した。

降雨時、チビはこの小さな建物の裏で外壁に身体をくっつけるようにして雨をしのいでいた。それは良いのだが、生憎なことに屋根の軒が短くて、風向きによっては、雨脚が容赦なくチビの顔と身体を叩きつけた。それでもチビはじっと耐えた。その様子は哀れ、健気であった。

そんなチビの姿がお爺さんの目に留まった。お爺さんはチビをいじらしいと思った。やがて、チビに餌をやり始めた。

野良猫に給餌を行う人が用いる餌は大概がドライフードである。斯く申すワタクシもこの時分はドライが主であった。然るにお爺さんは缶詰やレトルトパウチのウエット・フードを持参した。猫にしたら、パサパサで味が単調なドライより、たとえ肉質が下等なものであっても、しっとりとしたウエットの方が好ましい。大ご馳走だ。人間だって、毎回毎食、乾パンやビスケットばかりではウンザリするだろう。

チビは喜んだ。公衆便所の裏、もしくはその脇にある植え込みの陰で、ウエットを運んでくれるお爺さんを待ちわびた。

ところが……、ウエットはチビのみならず、ブーにとっても魅力であった。お爺さんの餌にブーも吸い寄せられた。私が制止するのも聞かず、ブーはウエットに近づいた。

そんなブーをお爺さんは嫌った。ブーが接近すると、

「シッ！」と拳を振り上げ片足を一歩踏み出してブーを牽制した。

「お前はあっちにいるあのおっさんからもらえばいいんだ」

お爺さんにすれば、小柄で痩せたチビは痛ましくも可憐であったが、大柄で太っちょなブーは図々しく憎たらしかった。

そんなお爺さんの来訪をチビは心待ちにした。私にしても、虐めるのではなく可愛がってくれるのだから、お爺さんの存在は実にありがたかった。

が、一面で困った。


野良猫を不快とし、且つそれに餌を与える者を憎悪するという御仁が、この世の中にはゴマンと居られる。そういう方々は、概して性格が狭量で自己中心的であるから、ズケズケ文句を言ってくる。私も随分とその標的になった。

緑地帯に来てからも
「野良猫に餌をやるな」

と言ってきた近隣住民は男女を問わず五指に余る。そのうちのお一人、かなりのご高齢の方でおられたが、チビに食べさせているときにやってきて、

「おいあんた。そんな所で猫に餌をやるな。あんたみたいのが居るから、野良猫が減らんのや、そいつらが庭に入ってきて、ミンナどれだけ迷惑しとるか。町内会でも問題になっとるんや。餌やりたいんやったら、あんた家に連れて行ったらどうや。家で飼うたらええやないか」

私に苦情をぶつけてくる人の言い分は、人は違えど内容はほぼ同じで、大体がこの論調である。でもこの人の言い様は未だおとなしい方で、他はもっと喧嘩腰だ。が、口振りはどうあれ、文句を言われて面白いはずはない。私は年齢はくっていても人間は未熟だから、この時も黙って聞き

流せばよいものを、ついつい反論してしまった。

「『餌をやるな』とおっしゃいますが、餌をやらなければこの猫はどうなりますか。死にますよ。死ぬと判っていてそれを放ったらかしにするなんてことは私には出来ません。また、『家に連れて行け』と言われますが、私はアパート住まいで、動物飼育は禁止されています。それと、『ミンナ迷惑している』とのことですが、ミンナとは誰ですか。ミンナとは地区住民の少なくとも三分の二、七割以上を指すのではないですか。それは本当ですか。では、そのミンナという人たちの氏名・住所を教えていただけませんか。一軒一軒訪ねて、私の見解を説明したいと存じますので」

　すると、

「そんなもん教えられるか。名前とか住所は個人情報や、個人情報は教えられれん」

　と申された。

　ちなみに、この御仁をはじめとして世間の人たちは誤解している。野良猫が減らないのは、餌をやるからではなくて、猫を捨てる人が後を絶たないからである。そして、これは後日、判明したのであるが、猫を捨てるのは常習者なのだ。つまり、同じ人物が何度も繰り返すのである。

　お爺さんは心優しい人だった。

　チビがひもじい思いをしたら可哀想と、いつも多い目に餌を置いていった。身体の小さなチビ

はそれを一時に全部食べられず残した。それを公園の大木を根城にしていた烏が狙った。事情を知らない住民は
「あいつ、猫ばかりか烏にも餌をやっている」

と非難の目を私に向けた。で、後始末は私の役目に。

「仕様がないな。やりっ放しじゃ」

心の思いがいつしか顔に出るようになった。

やがて、お爺さんは私を認めると、

「チェッ」

と舌打ちし、自転車を反転させた。

お爺さんにも言い分があったろう。

「後片付けをしようにも、太っちょ猫といつも一緒にいる、あのちんまい男が目を光らせている。気に食わん。だから早く立ち去るんだ」

お爺さんもおっさんと同じで、人付き合いが苦手のようだった。野良猫に向ける哀情は変わりないのに、二人揃って意思の疎通を図るのが下手だった。

七

九月に入ると、もう一人、チビ並びにブーチンの両方に餌をやろうとする人が現れた。こちらはお婆さんであった。空き家に居た初ちゃんに十年にわたって餌を与えていたというあの年輩ご婦人である。確か、

「初ちゃんが死んだので餌やりを止めた」

と、半年前に語っていたはずなのだが、どうした心境の変化か、再び給餌を開始したのである。察するところ、やめてはみたものの、十年も同じ事を続けていれば、何となく気が抜けたようで寂しくなったのであろう。

こちらの餌はドライであった。

お爺さんは、それがウエットということもあって、餌に土や砂が混ざるのをおそれ、地面にビニールやポリシートを敷いてその上に餌を置く、という細やかさがあったけれど、このお婆さんにはそのような気遣いは一切なかった。大胆豪快と言うのか、緑地帯及びその周辺、そこが土の上、砂の上であろうと何のその、所きらわずドライフードを、それも大量山盛りにばら撒くようにして置いて立ち去った。ところが、お婆さんが餌を置く時間帯は彼女が出勤・退勤の通りすがりで、朝も晩も猫は私の餌を食べた後。腹がくちくなっており、チビもブーもその餌に何らの興味を示さなかった。そしてこれにもまた烏が群がった。住民の私を見る眼は益々険しくなった。

で、私は毎朝夕それらを掃き集めた。事情を話し止めるようにお願いしたが、

「猫が食べない？　そんなことはない。道を通ったらいつも綺麗に無くなってるよ。食べてるんだよ。あんたが知らないだけ」

勘違いをなされていた。


十月になると、ブーもチビも夕方給餌に出てこなくなった。不思議だなと思って、ある日、近辺を探索してみると、とあるアパートの駐車場で、二匹がそれぞれ両端に別れて座っているのを発見した。両者とも、おっさんに気づいても知らん顔。一心に上空を見上げていた。

やがて、アパート階上の、ある一室の窓が開かれ、そこから何やら怪しげな物体が数個放り投げられた。二匹は競ってそれらに飛びついた。

その瞬間、窓の内側から
「キャッキャッ、アハハハ」

という笑い声が起こった。

投げ落とされたのは、カニカマでありソーセージだった。これら人間用加工食品は塩分含有量が多く、腎臓が弱い猫にとって好ましくない。それより何より、神聖なる食べ物を放り投げるという行為、そしてそれに飛びつく猫を見て笑うという、まるで猫を見せ物の如く扱う態度に不快を覚えた。

何度かそういう場面を目にしたので、とうとう我慢出来ず注意した。するとその部屋の住人は奥に引っ込み、代わりに主人らしき男が窓際に立った。男は見上げている私に向かって、

「あんた、オレにメンチ切ったな。そんなことするとどうなるか、分かっとるんか。そこを動くな」


と言い残して窓から消えた。


見たところ、男は一メートル八十センチは優にあろうかという、筋肉もたくまし気な大男。対してこちらは百六十センチにも満たない痩せた小男。

「あれ困った。殴り合いになったら勝ち目はないな」

内心ビクつき、逃げだしたい気持ちを必死に抑え、男が下りて来るのを待った。

が、幾ら待てども男は現れず、代わってパトカーが来た。駐車場の横に停まった車の中から、これまた大柄な警官二名が出てくると、そのうちの一人が言った。

「不審者というのはあんたか。この辺をけったいな年寄りがうろついている、という通報があった」


人間は色々だ。

猫とみると怒鳴り立て、血相変えて追い回す御仁も居れば、逆に餌を与える人も居る。しかし後者にしてもその給餌行為の裏にある思考は一様ではなく、心底猫のことを思ってそれを為して

いる者も居れば、単に我がの慰みのためにそうしている人もいる。でもその人たちは自分では善い事をしていると思っている。それを注意されたら、「何で文句を言ってくるのか、己の飼い猫でもないのに偉そうに」と受け取られても仕方がない。相手にしたら、注意する私の方が思い上がっていることになる。

一言で野良猫への餌やりと言うけれど、そこには人それぞれ様々な思惑がある。

一方でこんな人も現れた。

その女性は私がブーに餌を食べさせているところにやってきて、こう言った。

「私も餌をやってもいいですか」

と。

「あ、それはご親切に。でもこの猫は尿路結石になりやすい体質なので、普通のドライでは駄目なんです。それに複数の人から餌をもらうと、私の餌を食べない場合、それが満腹のせいなのか、はたまた、身体の具合が悪いからなのか、その判断に迷います。そんな理由で、餌やりは控えて頂けたらありがたいんですが。この猫は私にとても懐いており、私が責任を持って面倒を見ていますので、どうぞお気遣いなく。ただし、お気持ちは十分に戴いておきます」

と応じるとその女性は

「はい解りました」

と言って帰って行かれ、その数日後、
「あのー、これほんの僅かなんですけど、この猫の餌代にでも」
と小封筒を差し出された。

何やかんやと面倒が続いたのと、秋の長雨の到来で、またまた餌場を古巣のベンチ広場に戻した。そもそもの緑地帯移動の因となったシロクロは、十月二十四日を最後に、ベンチに来なくなった。

その前日の二十三日、シロクロは食事終了後、私の足下に来て箱座りをした。そして何度も「ウェーン、ウェーン」と切ない声を出した。何かを訴えていた。

シロクロは痩せていた。頭部に出来ていた疥癬は額にまで拡がり、皮膚は白い粉を噴いたようにボロボロになっていた。そこに至るまで、幾度も駆除液を注入しようと試みたが、私が手を伸ばすと引っかきにかかったので、注入は出来ずじまいだった。

二十四日の日には、シロクロは来るには来たが、餌はほとんど食べられなかった。ドライを口に含んで食べようとしたが、ギシギシと歯と歯が擦れ合うような変な音を出した。その日はウエットの在庫がなかった。そこで翌日に来たら食べさせてやろうと、その日の午後、パウチと缶詰を買いに出たが、結局、それらを供する機会は二度と訪れることが無かった。

この猫は何年生きたのだろうか。どのような一生を送ったのか。怪我・傷が絶えなかった。毛は薄汚れ、見るからに汚らしかった。容貌も険しく可愛らしさのかの字も無かった。そんな外見から、随分と人間からも虐げられてきたに相違ない。人間不信が強かった。私の所に来ない時はどのようにして食べ物を調達していたのだろうか。一度でも、否、ただの一瞬なりとも幸せを感じるときがあったのだろうか。

そういう私も、シロクロには冷たかった。ブー可愛さに、ブーに詰め寄るシロクロに手を挙げることもあった。シロクロはそういう私の心を敏感に察した。いつの間にかベンチに来なくなった。姿を見せなくなって二カ月近く経った八月お盆の頃、偶然シロクロと出くわした。がりがりに痩せ細ったシロクロは、私を見て逃げようとした。私は、「ほらおっちゃんだよ。怖がらなくてもいいよ」と精一杯の愛想をしてシロクロに餌を食べさせようとした。その後、シロクロはベンチに来るようになったが、疥癬の患いもあって体力の衰えは如何ともし難かった。

十月の二十三、二十四日の両日、シロクロは私の足下で蹲って動こうとしなかった。そして小さく甘えたような声で啼いた。何かを言いたかった。それは身体の痛み、苦しさだったのだろうか。それとも人間から長年被ってきた理不尽な仕打ちに対する抗議・苦情であったのか。あるいは、もっとボクの心を分かってほしいという切ない訴えだったのか。今となっては知りようがない。

不幸な猫だった。

さて、ベンチへの帰還は思わぬ好結果をもたらした。

緑地帯では地面が湿っぽかったので、私はお尻を地べたにつけられなかった。相撲でいう蹲踞、もしくは和式便器に屈むような姿勢をとらねばならず、腰や膝に負担が掛かった。ところがベンチであれば腰掛けることが可能。これは楽だ。疲れない。そのため、猫と共に過ごす時間が増えた。ブーは私の太股にのっかって思う存分甘えることができた。おっちゃんを独占できればブーにとって異存はない。大満足、超ご機嫌さんである。それなら、少々チビが周りをうろついたにしても、緑地に居た時ほど気にはならない。以前ほど、ブーはチビを襲わなくなった。

八

チビは不思議な猫であった。

懐いているようでもあり、懐かぬようでもあるという、何とも複雑、不可解な態度を取った。それは、我が身とおっさんとの間に、確固とした一線を画しているようにも見えた。

餌場を緑地帯からベンチ広場に再度戻したこの時点で、チビとの付き合いは既に丸二年を数えていた。それほどの年月を経ていながら、チビは給餌者たるこの私に、指一本その身に触れさすことを許さなかった。ちょっとでも手を伸ばせば、ぱっと体をかわしたし、時には逃げ出しもした。それが二年も続くとは。こんな猫は極めて珍しい。

野良で、人間から虐げを受けた経験の無い猫は先ずいないであろう。いい歳こいて、鬼の形相で猫を追いかけている中年の男女、及び爺さま・婆さまは無数に存在するし、また、遊び半分、単なるふざけのつもりかもしれないが、猫を追い回している園児や小中学生も多い。だが、本人に悪意があろうがなかろうが、いずれにしろ追われる身にしてみれば、そういう連中は恐怖以外の何者でもない。チビもそんな風にして随分と嫌な目にあわされてきたのは疑いようがない。実際、ある一軒家の庭から「こらーっ」という怒声とともに塀を乗り越え、恐れおののき飛び出してくるチビの姿を目撃したことがある。

何で、こんなか弱い存在を目の敵にするのか、私には分からない。そうして、こういう輩は総じて権力には従順、阿るのである。

それはさておき、チビは人間に対する警戒心が異常に強かった。といって私を忌み嫌っているのでもなかった。結構、私の後追いもした。

車を所有しないので、買い物は徒歩になる。

その頃、私はブーとチビの他にもおよそ七、八頭の野良たちに給餌していた。合計十頭ともなれば、餌の消費も相当な量となるし、且つ歩きならば持てる荷にも限りがあるから、餌購入のために外出は頻繁だった。

ブーもチビも昼間は住宅棟や緑地帯近辺をうろついていることが多かったから、そんな折、たびたび私は彼らと遭遇した。その時、ブーもチビもほぼ例外なく私に尾いてきた。

私が利用した店はいずれも住宅より西の方面にあった。それで二頭は私の後追いをするといっても、その足は西公園で止まった。それより以遠は彼らにとって未知の領域、危険だと認識していたのだろう。

さて、買い物を済まして帰ってくると、ブーチンは大概姿を消していた。が、チビはその場を動かなかった。

キャットフードが安い郊外の大型ホームセンターは歩いて片道一時間、買い物に要する時間を加えれば、往復に三時間近くかかる場合だってあった。それでもチビは、例の公衆便所の裏やその近くで、私が戻ってくるのを辛抱強く待った。

チビにはそういう一途な面があった。

餌場をベンチに戻してからは、私に存分に甘えることが出来るようになったので、ブーチンは機嫌が良かった。一時間でも二時間でも、はたまた時にはそれ以上半日でも、ブーは私の太股の上、もしくは私の傍らで過ごし、飽きると帰って行った。

すると、どこで見ていたのか、あたかも入れ替わるようにしてチビがヌーッと現れた。緑地帯に居た時より、チビが私と接触する回数、時間が格段に増えた。その都度、私はお皿に餌を盛った。

食べれば肥える。目に見えてチビに肉が付いてきた。全体ふっくら大きくなった。とんがっていた顔が丸みを帯びてきた。大小の差こそあれ、ブーとそっくりの体型・風貌になった。

これは天候の影響も見逃せない。

前年と打って変わってこの年の冬は雪が少なかった。年明け二〇〇七年の一月は、当地気象台開設以来初めてという「一月の月間積雪量零」なる怪記録を打ち立てた。

雪が無ければ私にとって外へ出るのが億劫ではないし、猫にしても動き回るに支障が無く、ベンチに来るのに難儀しなくてよかった。いつもの冬に比べ、私が猫と共にする時間が多くなった。

近年急速に進む気候変動、いわゆる温暖化は地球環境に深刻な影響を及ぼし、特に北極圏に生息する諸動物、例えば北極グマに見られる凄惨な状況に思いを馳せるとき、彼らにどう詫びればよいのか、沈痛、心が抉られる。が、一方で、ブーにしろチビにしろ、暖冬によって冬の厳しさを免れるとあらば、それは幸い、と思う。そんな我が心の身勝手さに呆れるというか戸惑う。

車を所有しない、エア・コンディショナーを設置しない、できうる限り質素な暮らしに心がける。というのは、人間が犯してきた罪に対するせめてもの私流(なり)のお詫びでもあるのだが。

二月四日。

この日、立春と呼ぶに相応しい好天気になった。

朝九時過ぎ、洋間のカーテンを開けに行った家内が報せた。

「あんた、ブーが下に来てるよ。南棟の壁際に座っている」

「えっ、ブーが。そいつはおかしいな。さっき帰って行ったばかりなのに」

下りてみたらそれはチビだった。家内が見間違えるほど、チビは肥えていたのだ。

チビをベンチの方に誘った。チビはその頃にはもうすっかり自分の定席となっていた3号ベンチの上に跳び乗って、しきりに餌を催促した。

「まあ待て、慌てるな。今、お皿に容れてやるから」

私はベンチの前に蹲んで、下に置いた餌袋に目を落としたまま、何の気なしに、右手をチビの方に伸ばした。

「ん?」
・・・
撫でた後でビックリした。

チビが逃げなかったのである。

「え、ええーっ!」

チビ、初めて私に撫でさせた。

この日、出会いから実に二年と三カ月。

その間、唯の一度も、チビはその身に私が触れることを許さなかった……、そんなチビが、である。

それはそれは頑固一徹。強情・偏屈と言ってもよく、どんなに私が愛想をしようとも、一切の歩み寄りを示すことなく、私の心を拒み続けてきた……、あのチビが……。

疥癬を患った時、治してやろうと思い、何度も首筋に駆虫剤の注入を試みたが、チビはその都度、刹那に身を翻しすっ飛んで逃亡した。

「ええい、勝手にしろ、もうどうなったって知らんぞ。金輪際面倒なんか看てやらんからな」

と、その余りの頑なさに腹が立ち、怒りを覚えたことも一度や二度ではなかった。

そんなにまでして、厚くて高い、堅固な防御壁を構築し、自分を守ってきたあのチビが、今、私を受け容れたのであった。


手を伸ばした時、私の眼はチビに向けられていなかった。私の心の中に、チビを撫でてやろう、という邪念が無かった。ごく自然に腕がスーッと伸びた。そのため、チビに恐怖心が生じなかった。あたかも気持ちの好いそよ風がサッと頭を撫でていくように感じた。

私はその時の情況をそんな風に解釈している。しかし、それだけではなかった。チビの方にも、おっちゃんを受け容れよう、おっちゃんに甘えたい、という感情が芽生えていたのだ。

初ちゃんが亡くなった後、食べ物に窮したチビは、餌を求めておっちゃんの許へと馳せ参じた。その後、給餌場が緑地帯に移ってからは、チビはもう空き家には戻らなくなり、緑地帯に居付いた。そうしてそこでチビが目にしたのは、おっちゃんにベタベタに甘えるブーの姿だった。

初ちゃんがいなくなって、ポッカリと空いたチビの心を埋めてくれるものを、チビは無意識のうちに求めていた。いつしかチビは、ああボクもあんな風に、おっちゃんに可愛がってほしい、と思うようになっていた。が、それは許されなかった。

ブーチンの存在である。

偏執的とも言えるブーの嫉妬は、私へのチビの接近を拒んだ。ブーはチビを排斥、時には攻撃に及んだ。

チビの方にも幾分の引け目があった。何しろ、おっちゃんにチビを紹介してくれたのはブーチンである。チビはブーに対して遠慮があった。

だが……

前年の秋、ベンチ広場にかえってからのブーのおっちゃんに対する懐き様。それをチビは否が応でも間近に目にすることになった。というより見せつけられた。

チビは刺激された。

「ああ、ボクも」

チビの心の底に芽生えた、おっちゃんに甘えたいという懐きの情はしだいに、日を逐うに従ってその蕾を膨らませていった。

それが何となく私にも感じられた。どことなくチビの仕草や行動に微妙な変化が見てとれた。

二月四日の二週間前の一月二十一日、チビは私の眼前で仰向けになって、腹を見せた。こんなことはそれまで唯の一度もなかったことだ。

九

餌やりをベンチに戻してからのブーは、チビを襲う回数が減じた。と言って、皆無ではなかった。

ブーは食事を終えても直ぐには帰っていかない。いやむしろそれからが本番。私の太股にのり、一時間でも二時間でも私とのラブラブ・タイムを楽しむ。その折、周りをチビがうろつくと機嫌を損ねた。

「チビよ、いい加減に向こうに行け、邪魔だ、目障りだ、さっさと失せろ」

チビもそれは先刻承知していたから、食べ終わるとスッと姿を消した。

それが素直に従わなくなったのだ。

「何だよブー、僕に命令すんなよ」

と反抗的な態度を示し始めた。


チビは食事を済ませても居残るようになった。隣のベンチに伏して、私の太股に乗って甘えているブーにチラッチラッと視線を送った。時には羨ましそうな表情を見せた。

「ああ好いなあ、ボクもあんな風に抱っこしてほしいなあ」

だがブーの方はそういうチビの存在が面白くなかった。苛立った。

「何してるんだチビ、帰れよ。いつまでもここに居るんじゃない。とっとと去れ、ウウウー、ウウー」

唸り声を挙げ、威嚇した。

が、チビはこのブーの脅しに屈しなくなった。

以前ならスゴスゴと退散した。が、一旦芽を吹いた、おっちゃんに甘えたいという感情はそうそう簡単に摘み取ることは出来なかった。それどころか日毎に育ち大きくなった。チビはブーに嚇されてもたじろがず、むしろ挑戦的になった。そして遂に公然と反旗を翻した。ブーを挑発、更には虚仮にした。

私にお腹を見せてから五日後の二十六日の事。

チビ、餌を食べ終わると、トンとベンチを降りた。トットットと小走りして道路を渡るかに見えた。が、中ほどで止まった。クルリと反転、今度はゆっくりと私の方に向かって歩いてきた。二メートルほどに近づくと歩みを止めた。前足を揃えて立て腰を地面につけた。チビ、その姿勢で、私の右脇にいたブーを見据えた。

ブー、

「アウッ」

低いが凄みのこもった鋭い一声を放った。

「なんだお前その態度は、どんなつもりだ」

チビ、これを無視した。

「フン」

顎をしゃくった。

「アウ〜、ウワーオーウ」

ブー、音量を一段上げた。

「チビッ、聞こえんのか。立ち去れ、帰れったら帰れ」

二度目の警告にもチビは平然。どこ吹く風の涼しい顔で受け流した。

ブー切れた。飛び降りた。前足を突き立て後ろ半身を高く上げてチビを威嚇した。

チビ怯まなかった。立ち上がってブーを睨みつけ、耳を後ろに倒し、口を大きく開け、牙を剥いて吹いた。

しばしの睨み合い。ブー、ソロッ、ソロッとにじり寄った。

チビ、一歩も退かず、体勢を沈めた。

ブー、寄った。ジワッ、ジワッ。間隔が狭まった。

チビ、クルリと背を向けた。

瞬間、ブーが踊り掛かった。

寸前、チビの身体が飛んだ。

チビ、道路を突っ切りジャンプ一番、道路面より三尺近く高い向かいの団地駐車場に飛び上がった。フェンスをかい潜り、迷うことなく一台の白い車の下に飛び込んだ。


チビは冷静だった。

ブーの接近をどこまで許すか、どのタイミングで身を翻すか、ちゃんと計算していた。その最たるものが潜り込んだ車であった。

駐車場には他にも多数車が駐まっていた。然るにチビが選んだのは、この白い軽ワゴンであった。車高が低いこのタイプの車の下には、太っちょのブーは容易に入り込めない。身を屈めて覗き込むブーの顔面めがけて、チビのパンチが速射砲のごとく炸裂した。

チビは身体こそ小さかったが、気の方は決して弱くはなかった。恐らくは軽度の口唇口蓋裂であったのだろう。チビの口元は歪んでいた。見ようによっては意地の悪さを感じさせた。が同時に、気の強さを表した。しかもチビはこのようにブーが簡単には入ってこられない車の下に身を隠すという、頭脳の良さをも具えていた。

身体(からだ)の小さなチビが野良の世界で生き抜いていこうとすれば、それ相応の気構えと知恵が必要だ。それがなければ即、死へと繋がる。チビは気を張り詰め知恵を絞って生きてきたのだ。そしてそれがまた、見る人の哀れを誘ったのである。


さあ、ブーも負けてはいない。ここで諦めてはブーチン様の名折れとなる。チビの良いようにされて黙っているわけにはゆかない。何とかして車の下に潜り込み反撃の挙に出なければ。ブー、ペタッと腹這った。さあ、いざ突入か……

と思った瞬間、
ブー、その場にコテン、横になった。

続いて右にコロン、左にゴロン。

コロンコロン、ゴロンゴロン、何とゴロンちゃん踊りをおっぱじめたのである。

何だこりゃ、現在(いま)、戦闘の真っただ中にあるのじゃないのか。これから突撃開始となるんじゃないのか。それがどうだ。このリラックス模様は！

あーあ、猫とは何とも不可解、不可思議千万。呆気に取られ、唯々茫然。

ま、何はともあれここいらが潮時。私は金網に沿って左に迂回、東口から駐車場に入り、ブーを説得、抱き上げてベンチに連れ戻した。


これ以後、チビはブーを怖れなくなった。以前のように脅されたら逃げる、そんな姿が影をひそめた。ブーが唸ろうが喚こうが平然と無視、敢然と立ち向かった。

内心ではブーを怖がっていたのかもしれない。でもその恐怖心よりも、おっちゃんに懐き甘えたい、可愛がって欲しい、という慕い心が勝った。


そして迎えた二月四日。

私は何ら意図することなく、ごく自然に腕を伸ばした。チビ、それを拒まなかった。

二年と三カ月、私に指一本触れさすことのなかったチビが、私の心を受け容れたのである。

一旦壁を取り払ったチビは、以後堰を切ったが如く私に懐き始めた。積極的になった。

もうチビの眼中にブーは存在しなかった。私の傍らにブーが居ろうが居るまいが全く意に介せず、私に接近した。

この激変にブーが戸惑った。遅れて広場にやってきたブーが、私と同じベンチの上にチビがのっかっているのを見て呆然、眼をまん丸にし、挙げ句しょげて帰っていくことさえあった。

と言っても、チビの馴染み方は、ブーみたいに、一旦信じたらとことんどこまでも、という単純一直線なものではなかった。慎重というのか遠慮からなのか、恰も石橋を叩いて渡るという風な、どこかぎこちなさがあった。

懐きたい、でも不安。そんな惑い、葛藤がありありと見てとれた。それ故に愛おしさもまた一入であった。

二月八日に見せたチビの仕草。それはもう何ともいえないほどに切なく、狂おしいものだった。

この日、珍しくブーがいなかった。

食事を済ました後、チビはベンチを降りた。それから、私の周囲を歩き回った。左に行ったか、と思えば右に、そしてまた左にと、2号ベンチに腰掛けていた私の前を、二度も三度も行ったり来たりした。

そして最後は右斜め前方、1号ベンチのその先で箱座りをした。

しばらくそのままじっと私を凝視（みつ）めていたが、やがて、意を決した如くに立ち上がり、おずおずと私の方に向かって歩み始めた。そうして私の真ん前に至ると、足下でゴロン、横になった。チビはそれから、身体を右に左にコロンコロン転がし始めた。何度かそれを繰り返した後、チビは仰向けになって静止した。チビ、胸のところで両方の前足首をチョコンと、丁度犬がチンチンをするような格好に折り曲げ、首を傾げて私の顔をマジマジと見た。

その眼は穏やかで優しく、従前にはしばしば見られたキッとした厳しさ鋭さが消えていた。

十

好事魔多し。

せっかく懐いたというのに、二月十日から十三日にかけてチビはベンチに来なかった。

初ちゃんの没後、再び私の許へ通って来るようになってからのここ一年、こんな、四日も連続で餌を食べに来ないなんてことは一度もなかった。どうしたのか。

十四日の水曜日。

この日、季節はまだ冬だというのに、フェーン現象で気温が二十度に上昇、南寄りの生温かな風が吹き、三十三メートルという瞬間最大風速を記録した。

餌やりで困るのは雨。が、それにも増して嫌なのは風である。皿ごと餌が吹っ飛ばされてしまうからだ。それがこの日は強風を通り越しての暴風。困った、嫌だなあ。はてどうしたものか、と午前中は風にたわむ樹木の枝を見ながら、出ようか出まいか、迷っていた。が、予報では午後に入ると風に雨も加わるという。それなら雨の無いだけまだマシか、それに何と言っても四日も顔を見せていないチビが気になってしようがない。もし、この悪天候を衝いてチビがベンチに来ていたとしたら……、それこそ可哀想だ。正午の時報と共に思い切って玄関ドアを開けた。

案の定、ブーもチビも居なかった。

「そうだよなあ、この天候だ。人間も億劫なら猫だって嫌だ。来なくたって当然、では上がるとしようか」

と思い定めたまさにその時、広場の東側、住宅棟通用路の角からヒョコッとブーが顔を覗かせた。と同時に、南の方角から黒い物影が弾丸のようにすっ飛んできた。それはブーの鼻先をかすめるようにして横切ると、ベンチの背後にある植え込みの中に消えた。茂みに飛び込む直前、特徴ある短い鉤状の尻尾が見えた。

中を覗いた。チビは、茂みの一番奥に身を低くして身構えていた。そしてその表情は引きつっていた。何かを怖れているみたいだった。チビは私を見ても近寄っては来なかった。

予報通り、ポツリポツリと雨が滴り始め、地面を、植え込みの葉を、そして私の肩を濡らした。チビは微動だにしなかった。出てくる気配がなかった。

私は棟に入った。

翌十五日（木）は天気が前日と一転。最高気温で六度。雨が降り、それが午後には霰となり雪に転じた。終日北風がヒューヒュー唸りを立て、それでも私は朝、昼、晩と三度ベンチに下りたが、ブーもチビも姿を見せなかった。

十六日（金）。

雪は夜半に降り止み、風も夜明けには収まった。八時に下りた。給餌場には前年十一月から当ベンチ食堂の新会員となっていた〝シロスケ〟が来ていた。シロスケは食事を終えると長居せず、トットコと帰って行った。

そのシロスケを見送った後、2号ベンチに腰掛けていると、左斜め前方にチビが姿を現した。チビは小走りで近づいてくると隣り、3号ベンチの上に跳び乗った。

間近でチビを見るのは、実に七日ぶりのこと。

まあ、何というその変わり様か。

全体ゲッソリと肉が削げ、脇腹がペコンと凹んで背骨が浮き出、顔も頬がこけてすっかり元のトンガリ面に戻っていた。

この一週間、食べ物という食べ物は一切、唯の一片も口にしていなかったことを如実に物語っていた。

早速お皿に餌を盛って供したが、食べっぷりは芳しくなかった。

この日からチビは毎日ベンチには来た。しかし食欲は無く、その代わり、ちと異常と思えるほど水を飲んだ。

この二つは大いに私を懸念させたが、他にも一件、チビの挙動に異変が。

〝脅え〟であった。

ベンチに来てもソワソワ落ち着かず、しじゅう周囲を見回し、警戒を怠らなかった。

何かを怖がっていた。

それは一体、何?、誰?

どうやらブーチンではなさそうだった。十六日以後、チビはブーチンと顔を合わすことが何度かあったけれど、逃げ出そうとはしなかった。

新メンバーのシロスケでもなかった。シロスケという雄猫はこの界隈ではボス猫と呼ばれてはいたが、それは風貌からくるものであって、その気性は頗る温厚。見境なく他の猫を襲うというような野蛮性は持ち合わせていなかった。

では誰なのか？　それはもしかして人間？

近所に少し風変わりな悪戯を為す児童二人組がいた。水を一杯に満たしたペットボトルを道路上に何本も並べ、サッカーボールを転がしてそれらを倒すというボウリング遊び、あるいは、公園の木の枝にぶら下がってその枝をへし折るというブランコ遊び。その他同類の悪ふざけを通り越した迷惑行為に嬉々として興じた。そしてこのコンビが、ベンチ裏や花壇の植栽を棒切れでバシバシ叩き歩いているのを目撃したことがある。子供らにしたら単なる遊びのつもりかもしれないが、もし植え込みの中に猫が隠れておれば、その行為は猫にとって大いなる恐怖となる。チビの脅えの対象はこの子らか？　それとも私が知らない他の誰かなのか。

とにかくチビの怖がりようは尋常ではなかった。


チビはベンチに精勤するようにはなったが、一週間を経ても食欲の回復が見られなかった。

そんな二十二日（木）。

私はチビを抱き上げ膝に乗せた。

突然だったので、チビは驚いた。面喰らって飛び降りようとした。が、そうはさせじ、と私は腕に力を込めてグイッと引き寄せた。するとチビ、観念したかの如く弛緩した。私の腕に身体を預け目を閉じた。

散歩に出ていた家内が戻ってきた。

家内は私の太股の上で安らいでいるチビを見て目をみはった。

「へえ、あのチビがねー」

そして、〝どうだ、あの頑固だったチビをここまで馴らしたぞ〟と言いたげな私に向かって
「でも、これってちょっとおかしくない？　これは甘えるというよりは、身体が弱って動けないんとちゃう？」

と言った。

「ええっ……、ああそうか、そういうことか、じゃあ大変だ。家に入れなくては。ケージ持って来て」

家内がケージを取りに植栽花壇の東端を曲がって棟の中に消えた直後、反対側、西の方の花壇の角から、同じ棟の一階に住む老女が姿を現した。お婆さんは覚束ない足取りでノッコノッコと近づいてきた。チビ、その接近に驚き、膝を飛び降りると植え込みの中に身を隠した。そしてそれっきり出てこなかった。

この日、ブーがベンチに来なかった。

これも気になった。というのは、前日、二十一日の夕刻、ブー、奇妙な行動を取ったからだ。枯れ葉の上に蹲み込んでは立ち上がるという動作を何度も繰り返した。ブー、その都度、上半身を屈めて下腹部を舐めた。丁度一年前に下部尿路症、尿道結石を患った時とそっくり、全く同じ仕草であった。そこでブーを捕まえようと試みたが、ブーは嫌がって逃げ回った。私は懸命かつ執拗に追跡したけれど、最後、ブーはよその家の庭に入ったまま、出てこようとしなかった。

そのブーが本日、姿を見せなかった。

新たな心配の種が生じた。

十一

チビが心配、ブーも気になる。

二十三日（金）。

一刻も早く下へ降りたかったが、こんな日に限って早朝から雨。やっと小止みとなった正午過ぎ、私は家を出た。

驚いた。この悪天候にもかかわらず、チビは来ていた。早速パウチの封を切り眼の前に。

ところが、何という意地の悪さよ。またもや雨が。それも大粒の。雨はパリパリバシバシと、容赦なく痩せたチビの身体を叩いた。

「これは堪らん」

チビ、向かいの駐車場に走った。


四日間姿を見せなかった後のチビは、とにかく水を飲む。それも異常と言っていいほどに。気になった。

書店に行った。『猫の医学・病気』に関する本のページをめくった。

「水の多飲を特徴とする病気は、糖尿病、及び腎臓病」

帰宅後しばらくすると、西の空が幾分明るみを帯びてきた。

二時半、再びベンチに。

まるで見計らったかのようにチビが姿を現した。今度は先ほどのレトルトパウチの他、ドライもお皿に盛って水ともどもチビの前に並べた。チビはウェットとドライ、代わるがわるに口を突っ込みはしたが、嵩は低くならなかった。

ベンチの板がたっぷりと水を含んでいた。ジュクジュクしており、チビはこれを嫌った。チビ、地面に下りた。

私は持参したビニールシートをベンチの上に敷いて腰を下ろした。それからチビを抱き上げ太股に乗せた。もはやチビ、一切の抵抗を示さなかった。それどころか抱きつくようにその身を私の腹に寄せてきた。私はそのチビの頭から背中にかけて撫でさすった。チビは顎を上げ、さも気持ち良さそうに目を細めた。

もしかして、チビはこれを望んでいたのかも。ブーが私に抱かれ、撫でられているのを、チビ、本心では羨ましく思っていたのでは。そうであれば、チビ、今やっとその念いが叶ったのだ。

昨日、初めて私の膝に乗せられた時、一瞬戸惑いはあったものの
「ああ、これだ」

と、ひしと感じたに違いない。それを十分噛みしめる前にお婆さんが来た。

チビ、

「今度こそは」

という思いで必死に私にしがみついた。

私もチビの心情に応えんものと、チビが得心いくまで、とことん抱いていてやるつもりだった。

然るに、何という天の薄情けよ。これでもかとまたしても雨を降らし始めた。

先ほどの西空の様子から
「もう雨はないだろう」

と推断、傘を持たずに降りた。

「しまった」

と思ったけれども、せっかく願いが叶い、懸命に抱きついているのに、幾ら傘を取りに行くためとはいえ、チビを膝から下ろしてしまうのは、余りに非情。それにこの程度ならそのうち止むかも、との希望的観測の下、このままベンチに留まることに決め、取りあえず首に巻いていたタオルを外し、それでチビの身体を包んだ。そしてチビに雨がかからぬよう腰を折って上半身をチビに被せた。


甘かった。

一時間経過しても雨は止まなかった。ザアザア降りではないが、シトシトダラダラ降り続いた。

着けていたジャンパーは十年以上にもなる着古しで、とうに撥水力が失われ、雨水が生地に染み込んだ。それが首筋から侵入した水滴ともども下着を濡らし、肌を冷やした。寒気がしてきた。加えて無理な前掲姿勢が腰を痺れさせた。

「限界だ。やっぱり傘が要る」

チビを持ち上げ横に置いた。

「えっ、何で？」

チビ、怪訝な目を私に向けた。

私は立ち上がった。それを見てチビ、ベンチの下に潜った。


傘を手にベンチに戻った。チビは帰ってしまわずそのままベンチの下で蹲っていた。シートはもうベチャベチャで腰掛けることも出来ず、仕方なくベンチの上に傘を広げて立てかけた。

やがてチビ、下から這い出すと後ろの植え込みの中に入った。それからチビ、植え込みを通り抜け、それに続く一階戸の庭も突っ切って、住宅棟の通路に出た。チビはその通路の端に駐めてあった大型バイクの前で止まると、ビニール製バイクカバーの裾にモゾモゾと頭を突っ込んだ。カバーはかなり大きくて、丁度マントを被せたよう、スッポリとチビの身体を覆った。これなら雨を完全に遮断できる。

「おお、チビ、これはいいぞ。お前うまいところを見つけたな」

と、喜んだのも束の間、次の瞬間このバイクの所有主である一階戸の玄関ドアが、ギイ〜と開いた。中から出てきたのは、ライダーのおじいさんではなくて女の人。そう、昨日ベンチでチビを抱いていた時、ノコノコと近づいてきたあのお婆さんである。お婆さん、何の用か知らないが真顔で私に迫った。チビはこれにビックリ、マントを飛び出し通路を挟んだお向かいの庭に突入した。ここはあんまり入って欲しくない場所だ。私は生け垣の隙間から首を入れて、チビに出てくるよう促した。

私がどんな情況にあるのか、てんでご存知ないお婆さんは、もつれる足の運びで私に近づき話し掛けてきた。背中にボソボソお婆さんの声が降り注いだが、こっちはチビが気になってしょうがない。婆さんが何を言わんとしているのか、完全に上の空。適当に相槌を打っていた。それでもお婆さん、延々と話し続けた。

やっと話を切り上げ、お婆さんは家に入ってくれた。チビ、ようやく安堵。庭から出てきた。私に従い屋根のあるところまで来ると、そこで私の長靴にピタリと身体をくっつけて蹲った。これで安心、ホッとした気分になった、と思ったら、今度は、階上から階段を駆け下りてくる、けたたましい靴の音。それがコンクリート壁にクワンクワンと反響した。チビ、パッと身を翻し、通路西口から雨の表へ飛び出した。

棟から出たチビはすぐに左へ折れた。植栽花壇に沿って半周、さっきまでいたベンチに戻った。そこでチビ、舵を右に切り足を速めて道路を渡り、向かいの駐車場に跳びのった。そしてチビは平べったい白い車の下に潜り込んだ。その車はセダンでそこそこ大きかった。真ん中に伏せておれば雨はかからない。地面からの跳ね返りも防げる。ん、これなら安心。そこで、

「じゃあなチビ、雨は上がりそうにもないし、おっちゃん帰るわ」

そう言い残し、私はクルリと背を向けた。

その時

「ニャン」

「ん？」

顎がピクッと上がった。

「ニャン、ニャン、ニャゴ、ニャゴ、ニャン、ニャン……」

一声(ひとこえ)ならず、二声(ふたこえ)、三声(みこえ)、四声(よこえ)と、次々に声が。それも段々と音量を増して。声は私の背中を突き刺した。

振り返った。チビはブーと違い、滅多に啼かない猫だ。

それが今、……啼いている。

「行くなお父さん、ここに居て、行かないで」

そう言って泣いている。哀願している……！

どれくらい経っただろうか。

やがてチビは、おもむろに車の下を出た。歩き始めた。が、向かったのは私の方ではなく、反対側の住宅棟目指して。チビ、そこの一階戸の窓の下の壁に身を寄せた。窓の上には庇があった。が、庇は短く、とても雨避けとして機能しなかった。チビ恨めし気に空を見上げていたが、ここはダメだと見切りをつけたか、再び歩み始めた。その棟は東西方向にかなり長かったが、チビは慌てずそれを東から西へとゆっくりゆっくり進んだ。端っこに達すると左折れし、次の角も左に曲がり、結局反時計回りに建物を四分の三周すると、裏手から南北に走る少し幅広の通りを突っ切って、向かいの路地に入った。そして左側、角から三軒目の家の前で足を止めた。玄関脇に車庫があり、黒色をしたスポーティーな乗用車が駐まっていた。チビ、車の下に潜り込んだ。

この車庫には屋根が付いていたので、コンクリートの床面が濡れていなかった。その分多少なりとも足の裏やお腹の不快感を和らげたらしい。チビは私の方に顔を向け、前足を胸の下に折り畳んで箱座りをした。

チビ、やっと落ち着いた。

私は私で膝を折り曲げ、蹲ってチビと向かい合った。

十分ばかり経過したか。

雨の横丁は閑かで、人通りが無かった。しかし、いつまでもこうしているわけにもゆかない。何せ、この土地の住人は何かというと直ぐ警察に通報したがる僻がある。またもや不審者扱いはご免蒙りたい。

チビは動きそうになかった。

「ご免なチビ。お父さん帰るわ」

立ち上がった。後ろ髪をひかれる想いだったが、心を鬼にして一歩踏み出した。そして二歩、三歩と。

するとチビ、車の下を這い出た。私の後を追った。先ほどまでとは逆になった。

チビ、団地の駐車場では泣いて私に行くなと訴えた。が、今は一声も出さず黙々と私の後に従った。

私は歩みを止めた。振り返った。チビも足を止めた。チビ無言で私の顔を見上げた。私もチビを見つめた。一向に止みそうにないシトシト雨がチビの顔面を濡らした。

チビは動かなかった。私も動けなかった。

雨の中、一匹と一人が、沈黙のままお互いを見つめ合っていた。

私に忍耐が無かった。チビに背を向けた。歩き始めた。チビは追いかけてきた。通りに出た。角を右に曲がった。歩道に、さっきまでは無かった大型のR・Vが乗り上げていた。チビは車高の高いその車の下に入った。私は屈みこんでチビを見た。チビは私を真っ直ぐに見据えたが、その表情には、もはや希うような熱いものは失われていた。

辺りはだいぶ暗くなっていた。雨は止まなかった。私は立ち上がり再び歩み始めた。

ベンチのある四つ角に達した。そこで振り返った。チビは車の下に居た。

私は住宅棟の中に入った。四階に達し玄関戸を引いた。閉めた。途端、いたたまれなくなった。

ドアを押し開け階段を駆け下りた。通りを走った。R・Vの下を覗いた。

チビの姿は消えていた。

再び家に入った時、時計は六時を回っていた。


この日も、ブーを見なかった。

二十二（木）、二十三（金）と二日続けてブーはベンチに来ていない。二十一日（水）に取った奇妙なブーの行動。あれはやはり下部尿路症の病状ではないのか。さてはブーの奴、おしっこが出なくなって、どこぞでもがき苦しんでいるのではないのか。

チビといいブーといい、頭の中を過ぎるのは不安、心配ばかり。

その夜はなかなか寝つかれなかった。

十二

二十四日（土）。

居ても立ってもおられず六時半に家を出た。

植え込みの角に達する前に声がした。ブーの声だ。良かった。何はともあれ、ブーは生きていた。

ブー、私がベンチに腰を下ろすと、すかさず膝に跳び乗ってきた。夜明けが早くなったとはいえ、この時刻、まだ太陽の位置は低い。日差しがベンチに届かない。気温は二度。寒い。しかも北風。マフラーを外しブーに被せた。それから刺激しないよう、そうっとブーの下腹を押してみた。思ったほど固くなかった。ブーも顔をしかめなかった。どうやら尿は出ているみたいだ。ヤレヤレ。

向かいの駐車場にチビが姿を現した。

フー、こちらも無事だったか。

チビはブーの存在を完全に無視。臆することなくズンズン近づいてきた。私の真ん前に至るとチョコンと座った。私の顔を見つめ、

「ニャッ」一啼きした。

これに抗してブー、

「ウウーッ」一声唸った。そしてブー、私の膝を下りた。

が、意外。ブーはたった今チビが来た道を逆にたどり、駐車場に跳び乗ると、そのまま姿をくらました。ブーが去って空いた私の太股に、チビをのせた。もうチビには何の躊躇もなかった。

私同様、心配している家内が下りてきた。試しに家内の膝にチビをのっけてみた。初めてなので少し戸惑ったのか、チビは降りようとした。が、家内がギュッと抱き締めるとそこで抵抗を諦めた。

私は脚が短いのでベンチに腰掛けると、膝が腰より低くなって、猫がずり落ちそうになる。対して脚の長い家内は膝の方が高く、無理して猫を抱え込まなくても猫の身体は自ずと腹部の方に傾き、安定度がよい。チビ、大いに気に入ったらしい。ほどなく家内のお腹に顔を埋めた。

小用を済ませて戻った。家内からチビを受け取り、再びチビは私の膝に。

そこへ、一度立ち去ったブーチンが左手より顔を出した。ブーはチビが私に抱かれているのを見て、

「あれっ?!」キョトンとした。

「え、まさか、そんな」ブーは焼きもち焼きで拗ね屋だ。

「これはまずい」チビを下ろした。ブーを抱き上げ膝にのせた。ところが、

「こんなもん、のってられるか」

ブー、私の裏切りにカンカン、私の太股を力一杯踏み蹴った。ピョーンと一メートルも先に着地すると、そのまま、今来た路をマッシグラ、あっという間に姿を消した。

再び空席となった私の膝に、チビ、今度は自分の方から飛びのった。私の腹に自分の背中を当てがって体を丸めた。チビがずり落ちないようにと抱き添えた私の腕を枕にチビは目をつぶり、その瞼を自分の前足で覆った。チビはそれから延々四時間、正午を打つまで昏々と眠り続けた。


午後は三時に下りた。

チビが居た。帰らずにずっと待っていたらしい。2号ベンチに餌を置いた。

ブーも来た。ブーの餌は3号ベンチに置いた。いつもと逆になった。

私はブーの横に腰を下ろした。

「ブーよ。お父さんは決してお前をないがしろにしているんじゃないんだよ」態度で示した。

しかしながらブー、完全にふてくされていた。私が真横に座っているのに、

「フン、何だ」と跳び下りた。が、ここからが猫心の微妙さ、いじらしさ。

「このまま帰ってしまったら、お父さん気を悪くしないだろうか。完全にチビに気を移してしまうんじゃないだろうか」

辺りをウロウロした。

"To leave or not to leave ; that is the question."

ブー足下に来た。気持ちが落ち着かない。地面に腰を下ろしたものの左の後ろ足を上げてお腹をねぶり始めた。次に顔を後ろに回して背中を舐めた。それから前足を。もう忙しい。

一連のそれら動作を終了、ブー私を見上げた。眉の間に皺を寄せ困惑の表情をしている。

一方、チビはというと、2号ベンチを下り、私が腰掛けている3号ベンチの背後を回って私の左側に立った。丁度お父さんを軸に前にブー、左にチビとまさに二等辺三角形。二匹がそれぞれお父さんの膝を狙うといった格好に。

ピョンと跳びのり、膝を制したのはチビだった。

瞬間ブーの顔が歪んだ。ブー、泣きべそを浮かべ、背を向けた。

今日は気温が上がらず、最高でも五度という予報。確かに寒い。痩せて食欲がなく弱っているチビをこのまま外に置き去りにするのは許されなかった。以前であれば触れられることさえ拒んだチビだが、今日の様子では抱擁も可能。一か八か、やってみよう。

家に戻り、

「チビを連れてくる。ドアを開けたままにしとくから」

そう告げ、再びベンチに。ケージを目にしたら警戒するかと思い素手で抱え込んで運ぶことにした。良かった。チビはまだベンチに居た。

そうっと抱き上げた。刺激しないようゆっくりと植え込みを回って建物の中へ。階段を上り始めた。

最初、チビは事情が飲み込めなかった。何が起こっているのか理解できなかった。が、お父さんは階段を上がっていく。一階の通路まではチビも熟知。だが階段となるとこれは初めて、未知なる領域。それをお父さん、どんどん上っていく。

「何？　どうなってるんだ。ここはどこだ」

何が何だか分からない。頭の中が真っ白。

三階に達した。

「これはおかしい。どこに行くんだ」

恐怖に襲われた。チビ、身体を揺らし始めた。腕から逃れようともがいた。動きが激しくなった。

「逃がしてなるものか。あと僅か」

両腕に渾身の力を込め、顎でチビの頭を抑えつけ、残りの階段を一気に駆け上った。

玄関に飛び込んだ。右足でドアストッパーを蹴った。玄関戸がバタンと大きな音を立てたのと、チビが床にドスンと落ちたのが同時だった。

チビ、どうしてよいのか分からない。とにかく脱出しなくては。左に走った。洋間の硝子窓に向かって突進。手前の手摺に跳びのった。しかしここからは出られない、と知ると反転、廊下の床板を爪でカシャカシャ鳴らしながら突っ走り台所へ。前方に見えるベランダに出ようとしてチビ、引き戸のガラス面に飛びついた。が、ここもダメ。次は物干し場サンルームへ。ここでも窓硝子に駆け上る。硝子を透かして外が見える。だからそこからだと外へ出られる、と思ったのだろうが。

チビ、完全にパニック状態。何が何だか、何をどうしてよいのか頭の中は大混乱。家中を無我夢中、死に物狂いで走り回った。そうしてどこにでも飛びつき跳びのった。冷蔵庫、食器棚、流し台、洗面台、洗濯機、本棚と。それらの上に置いてあった物が次々と蹴落とされた。部屋中がメッチャメチャのグッチャグチャ。台所のカーペット上にはウンチを漏らした。

それがどれくらい続いたか。やっと静かになった。いや、動けなくなった。部屋の隅に蹲（うずくま）った。私はチビに近づき背中を撫でた。走り回って家中の埃をかき集めたらしい。毛が埃だらけだった。ブラシを掛けて取り除き、炬燵の中に入れた。

少し経ってから布団をめくった。チビ、口を開け歯を剥き出しに私を睨みつけた。

その晩、私は寝間の布団に入らず、炬燵でチビと眠りを共にした。

夜半冷えた。深夜雪が降った。

十三

夜が明けた。

二十五日（日）。

昨晩はチビ、一歩も炬燵から出なかった。尿も中でした。一度、手を伸ばして引き寄せ、胡坐の上にのせてみたがチビは怖がった。

「ハアハアハーハー」

荒い息遣いをし、身体を震わせた。


ベンチには七時に下りた。ブーが来た。昨日は敗北感を味わい打ちひしがれて帰ってしまった。ひょっとして今朝は出てこないのでは、と案じたが、ともかくも顔を見せてくれので安堵した。今朝の風は昨日に増して冷たかった。そのためなのか、はたまた拗ねていたのか、ブー、餌を喰らい水を啜ったら、そそくさと立ち去った。

チビは依然炬燵に入ったまま一向に出ようとしなかった。そこで餌及び水を入れたお皿二枚を炬燵の中に置いた。水は飲んだが、餌は食べなかった。匂いを立たせれば食欲が刺激されるかと思い、レトルトパウチを温めて差し入れてみたが、これも口をつけなかった。

尿を中でした。ピンクの敷毛布が何カ所も黄色に染まった。息が荒かった。病院に連れていかなくては……。しかし今日は日曜日。明日まで待つしかない。

日が暮れた。布団をめくった。

チビ、頭を小刻みに震わせていた。息は一層荒く、「ハアハアフウフウ」苦しそうだった。

胸が騒いだ。時計を見た。六時を回っている。休診日、しかも晩方の六時。どう考えても無理だ。でもこの状態が続いたら……、もしかしてこのまま……、

「ええい、駄目で元々」

ダイヤルを回した。案の定、無機質なテープの声。でも当然。最初から分かりきった話だ。

日曜でも午前中なら診てくれる病院があった。朝のうちそちらへ行くべきであった。

私はいつもこうだ。早目早目に事に当たればいいものを、グズグズグズグズ、一向に動こうとせず、ギリギリになって慌てふためく。そして後悔する。自分でも呆れる。

「しゃあない。諦めるしか」

が、念のため、伝言を入れた。

数分後にベルが鳴った。すがり付くが如く受話器を掴み状況を話した。先方、躊躇していた。

が、意外にも承諾。

タクシーを走らせた。

「水の多飲は糖尿病、腎不全、そして猫エイズ」

そこで一旦言葉を切り、一呼吸置いて続けた。

「それにしても、今、尿を拭き取ったのですが、……異常に濃いですね。黄疸が出ているようです。とすれば肝臓かも。農薬とか化学肥料とか、何かそんな毒物を口にした可能性が濃い。いずれにしろ、原因を特定するには検査しなければなりません。しかし、暴れるかもしれないので麻酔をする必要があります。でも、この状態では……。麻酔をかけたらそれが却って命取りになるかもしれません……。どうします。検査しますか」

「……」

「どうします？」

「……」

「……？」

「分かりました。検査はしません」

「そうですか。そうですね。それに……たとえ病名が分かったとしても、これだけ衰弱しているんです。どの道助かりませんよ！」

「……」

「何も口にしていないというなら、栄養剤の点滴でもしておきましょう」

点滴は五分で済む、という事だったがそこまで持たず、途中でチビは暴れた。ケージから飛び出そうとした。必死に抑え込む私の右手人差し指にチビは噛みついた。指から血が滴った。医師は慌てて針を抜いた。

帰り際に医師が言った。

「この様子ではよく持って二週間、早ければ一週間かも」

十四

一週間――、たったそれだけの猶予さえも、神様はお与えにならなかった。

二十六日（月）

前日、前々日と二日にわたって吹き荒れた北風が止んだ。

七時に下りた。ブー、植え込みの中に居た。今朝は昨日と異なり、食べ終わってもすぐに帰らず、私の横に来た。私の太股に前足を掛け、しばらく私の顔色を窺っていた。が、我慢できず、のり込んできた。どうやら機嫌を直した模様。

ブーの方はこれで一安心。

一方でチビ。時間をおう毎に容態が悪化。

餌は何を与えても口にしなかった。

白身魚はどうかと思いカレイを求めてお造りにしたが、虚ろな目で眺めるのみ。その他、お粥の上澄み汁、コーヒーフレッシュ、ミネラル入り清涼飲料水、色んな物を試したが、全て受けつけなかった。辛うじて水だけを啜った。


その水も、二十七日（火）、遂に、飲めなくなった。

スポイトに水を含ませ、チビの口に差し込んでみたが、顔を背け首を振って、イヤイヤをした。

晩、八時を少し回った頃、チビが初めて炬燵から出た。ところが、出たはよいが歩けない。それより何より立てないのだ。後ろ足の踏ん張りがきかない。

チビ、前足のみで這うようにして前進した。が、一メートルも行かないうちに力尽きた。コトンと倒れた。

相変わらず息遣いが荒かった。クシャミなのか咳なのか、「ハッハッ、フッフッ、クックッ」と連発した。えづいた。鼻水が垂れた。涎を流した。

洟と涎を拭き取った。

私は顔をチビに近づけた。チビ、顔を上げて鼻を突きだし、その鼻先を私の鼻の頭に当てた。

寒いだろうと思って、私の肌着とバスタオルをチビに掛けた。そうして私はトイレに立った。

家内が言うには、その間、チビは、私を探すような仕草を見せたらしい。

トイレから戻って、私は炬燵に入らず、チビの横に身を横たえた。

それが、八時半。

突然、チビが身体を起こした。炬燵に向かって前足の爪を畳に突き刺し、身体を引きずった。が、思うように進めない。チビ懸命に畳を掻いた。やっとの事で炬燵に到達、布団に頭を突っ込んだ。全身が隠れた。と思ったら反対側から出た。そこで転がるように仰向けになった。私は近寄ってチビの顔を覗き込んだ。チビ、大きく目を見開き、

「ムンナイシンドイ、ムンナイシンドイ」

意味不明、呪文のような言葉を二度発した。

「チビ、どうした、苦しいのか！」

チビの頭の下に左手を当てがい、軽く持ち上げ、右手を顎に添えた。

チビ、その指を噛んだ。同時に更に一層大きく眼を開けた。口が「パカッ」……開いた。

目が覚めた。動悸が激しかった。時計は十一時を指していた。

……寝ていたのはほんの一、二分、と思っていたのだが……。

「あんた、大きな鼾かいて、グーグー眠ってたよ」

チビは寝込む前と同じ場所に横たわっていた。

「そうか、夢だったのか」

現実のチビは、しばらくすると動き出した。炬燵の方ではなく、反対方向に。どうやらチビは、サイドボードとその前に置いてあるピンクの衣装ケースの間、その僅かな隙間に入りたいみたいだった。

猫は壁か何かで周りを囲まれていると安心する。それなら、というので、猫一匹が丁度収まる程度の小型のコンテナケースを持ってきた。

これは猫用トイレとして準備してあったものだが、もはやチビにはその必要はなかった。底にシートクッションを敷いて、チビを寝かした。その上に先ほどの肌着とバスタオルを被せた。使い捨てカイロのテープを剥がしてタオルに貼り付け、二重巻きにしてチビの背中に当てた。

明かりを豆球のみにし、私たちは炬燵に入り、横になった。二人共熟睡には至らずウツラウツラの有り様、代わりばんこにケースの中を覗いた。

日付が変わって夜中の二時。急激に冷えてきた。バスタオルや肌着だけでは寒かろう。チビを抱き上げ炬燵の中へ。時に手を差し伸ばしチビのお腹に当てがって、呼吸の有無を確かめた。

炬燵は温度調節のつまみが壊れていたので温度設定を最低のままにしてあったのだが、それでも熱いらしく、チビは放熱管の直射を嫌って隅へ隅へと移動した。それで熱くなったらスイッチを切り、冷めてきたらスイッチONにした。

夜明けが近づきつつあった。窓の外、東の空の暗紺色が少しばかり灰色を帯び、それほど遠くない黒いままの低い山並みとの区別がうっすらつくようになった。
炬燵の中、私の足先で眠っていたチビが動いた。が、その動きが妙だった。
布団をめくった。引き寄せた。炬燵から出した。
チビ、よろけながら頭をもたげた。
突然
「ニャ～オゥ～」
叫んだ。
全身をブルブル震わせた
顔が引き攣った。
目をひん剥いた。
口が大きく開いた。
舌がペローンと出た。
もう一度、
「ウワーオゥー、ギャアオウ～」
倒れた。仰向けになった。
四本の足全てを空中に突き上げた。
その足が痙攣した。

身体が跳ね上がった。

大きくのけぞった。

グデーン……沈んだ。

全身が小刻みに震えていた。

…………………………

震えが止まった。

口から、ダラーン、涎が垂れ落ちた。

下顎に手を当てがい、

「チビッ、チビッ」

呼んだ。

「チビッ、チビッ」

家内も呼び掛けた。


チビは、眼を大きく真ん丸に開かせていた。

両手でチビを持ち上げて、私の座布団に寝かせた。

人差し指の頭をチビの鼻先に当てた。息がかからなかった。お腹に手を当てた。膨らみも凹みもしなかった。

時計を見た。六時に五分前。
二〇〇七年二月二十八日、水曜日。
午前五時五十五分、
チビ、永眠した。
涎を拭った。

三時間後、硬くなってきたチビを体重計に乗せた。二キロ五〇〇グラム。
前夜からの雨は一向に止まず、今朝も降りしきっていた。

十五

チビが家に居たのは足掛け五日、実質三日。
幾ら何でもこんなに早く身まかるとは。

二十四日の土曜日。

ベンチで私に抱かれたチビは、膝から下りようとしなかった。離れようとしなかった。寒い日だった。置き去りには出来なかった。

「家に入れなくては」

しかし、家に連れ込まれたチビは、暴れた。わけがわからぬまま、ただただ恐ろしさと不安に駆り立てられ、むやみやたらに家中を駆け巡った。

獣医師がいみじくも口にしたように、チビは最後のバカ力を出したのだ。残されていた全精力、全体力を使い果たしてしまったのだ。連れ込まれた所は見たこともない、息が詰まるような狭っ苦しい空間。それが精神的重圧となった。恐怖のどん底にたたき落とされた。

私にすれば、「善かれ」と思って為した事である。が、チビにとって、それは「悪しかれ」であった。チビの命を縮めてしまった。

「嗚呼、何ということに」

しかし……

もし、チビを家に入れなかったとしたら。

体力は温存され、もう少し、あと何日かは生き永らえたかもしれない。でも、衰弱は確実に進行、やがては動けなくなって、いずこかに身を潜め、人知れず旅立ったことであろう。

そうであれば、それはそれで、

「ああ、あの時どうして家に入れてやらなかったのか……」

後悔しきりとなったに違いない。

チビにとって、見知らぬ家での五日間は、苦痛ではあったろう。が、少なくとも、雨露をしのぐことはできた。雪に震えなくてもよかった。炬燵の中は暖かだった……、はずだ。

かと言って、それで免罪にしようとは思わない。

それより、こうなる前に、なぜ、もっと早く家に入れてやらなかったのか。どうしてすぐに医者に診せなかったのか。その事が悔いとして残る。

二月十日から連続四日、姿を見せず、五日ぶり十四日にベンチに現れた時、遠目にもチビは劇的に痩せていた。挙動も異常であった。この日と明くる十五日は無理であったにしても、十六日以降は、決行しようと思えば幾らでも機会はあった。然るに暢気に傍観、いたずらに時を潰した。

蓋し、結果は同じであっただろう。

この後、十指に余る猫の最期を見届けたけれど、腎不全や肝不全、その他心筋症、甲状腺機能亢進症、悪性腫瘍、ネコ免疫不全ウイルス感染症等々、重篤な病に罹患、感染発症した猫で、助かった例は一つもない。

だが、早期に病院に連れていったのと、それを怠ったのとでは、私の心持ちに天と地の開きがある。

たとえ、同様の道をたどったにしても、私という人間が、その猫に対して、十分に尽くした、養父として最低の義務を果たした、という満足感がまるで異なるのだ。

チビの異変に気付いたとき、即座に対処しておれば、ここまで悔やむことはなかった。たとえ、チビの命を救えなかったにしても。人間としてやれるだけの事はした、精一杯尽くした、とチビに、そして己の心に対して申し訳が立つ。

チビにどうやって詫びたらよいか。どう申し開きをすればいいのか。

気落ちしている私に家内が声を掛けた。

「昨日の晩、あんたがチビに顔を近づけた時、チビ、自分の鼻を突きだして、あんたの鼻にくっつけたでしょう。あれはきっと『お父さん、ありがとう』って、感謝の気持ちを伝えたんだよ」

チビは天国に旅立った。

天国には、チビが大好きだった初ちゃんがいる。

初ちゃんは、チビを大歓迎してくれるだろう。

やあ、チビ、よう来たなあ

苦しかったやろ、辛かったやろ、

でも、もう大丈夫　天国は好い所だよ
仲間が大勢いるよ
それに、うちらをいじめる悪い人間は一人もいない
皆　善い人ばかりだよ
食べる物も一杯ある
もう　ひもじい思いをしなくたっていいんだよ
さあチビ
みんなのところへ行こう
一緒に遊ぼ

第三話　ブーチン（その二）

一

ブーチンが患った。〝下部尿路症〟という疾病は、以前は殆ど見られず近年顕著化したものだという。一九七〇年に登場したキャットフードが急速に普及、その為それ迄の御飯に煮干や鰹節をのせ、その上から味噌汁をぶっかけた、いわゆる〝猫まんま〟はあっという間に姿を消した。

尿路結石の急増は、この猫用ドライフードと密接な関係があるらしい。

そもそもドライフードとは、常温で流通・保存を可能にするために考案されたもので、水分含有量を一〇％以下に抑えてある。缶詰やレトルトパウチの水分含有量が八〇から九〇％あるのと比べると、確かにその水分量は極めて少ない。それは、人間の食べ物でいうなら、ビスケットか乾パンに相当する。ビスケットはおやつで、乾パンは災害時の非常食だ。いずれにしろ、それらを食するには、コーヒーや紅茶、緑茶など、何かしらの水気が無ければ口にし辛い。

そんな種類の食べ物であるドライフードをネコの主食として与えるというのは、これはちょっとネコにとって酷ではあるまいか。結石云々以前の問題ではないか、と思う。ネコは水が欲しいだろう。だから、その点を考慮してドライフードの袋には、「この餌を供するときは、新鮮な水を十分に与えるように」と注意書きされている。だが、十分なる水の供給は、家庭猫だったらいざ知らず、戸外で生活するノラの場合、それは非常に難しい。

雨上がりの直後でもあればともかく、晴天の日が続いたならどうすればよいのか。と、ここで気がついた。そうなのだ。ドライフードとはペットフードなのだ。家庭で飼われている、ペットと称される猫を対象にした餌なのである。それを、ノラ猫の餌として使用すること自体が間違っている。それなのに、「ペットボトルに水を満たして持参するから大丈夫」と嘯いたって、そんなもの気休めに過ぎない。そんな程度のことで、十分なる水分の補給となるはずがない。で、その解決の一方策として、アルミのおわんに水を満たし、いつでも飲めるようにと、植え込みの中に隠し置いたりもしたのだが……。世間にはそれを許さぬ、という御仁も居られたりして……。

猫の下部尿路症は再発率が高いと聞いた。

獣医師からはその予防のため、同じドライであっても特別療養食を勧められた。だが如何せんそれは高価だった。市販普通品の十倍もする。二度購入したけれど、その後は続かなかった。それにブーはいかにも不味そうにモグモグするだけで喜ばなかった。といって缶詰やレトルトパウチもそこそこ値が張るし、とても毎日毎食という訳にはゆかなかった。そこで、市販のドライフードでも〝下部尿路症対応〟と銘打った少し上等の品を買って与えた。けれど、それは根本治療のものではなく、一旦尿路結石を発症した猫には効果は薄かった。とすれば、どのように弁明しようとも、それがブーの健康に影響を与えたのは間違いない。でも当時の私としてはそうせざるを得ず、そのため、もしや尿路症の再発もあるのでは、と心配しいしい、ブーを見守っていた。

最初の尿路症発症からほぼ一年後の二〇〇七年二月、ブー、とても異常な行動を示した。

二十一日、夕食を終えたブーはベンチを下りると、そのすぐ横に堆積していた落ち葉の上にお尻をつけた。排尿である。ここまではよくある例で別に気にも留めなかった。

しばらくしてブー立ち上がった。が、ブー、葉っぱを掻かない。そして、二歩か三歩、前に移動、再びしゃがみ込んだ。立ち上がった。今度も枯れ葉を掻こうとしなかった。更に別な場所に行き、そこでも同じ動作を繰り返した。

私はブーに近づき、ブーのお腹に手を当ててみた。パンパンに張っていた。

「あ、これは」

階段を駆け上がり、ケージを手に、家内と二人してベンチに戻った。ベンチの上にケージを置き、蓋を開けた。これが何を意味するか、ブー、きっちりと覚えていた。

「確か去年、あの小さな籠に押し込められて車に乗せられ、着いた所で白い服を着たおっさんが迫って来た。そして小部屋に運ばれて……」

恐い、嫌な想い出が瞬時に甦った。

「危ない、逃げなくては……」

ブー、脱兎の如く地を蹴った。私は追った。途中二度ばかり捕まえたが、ブーは必死で私の手を振りほどくと逃げて逃げて逃げまくった。結局最後は、大きな一軒家の庭に飛び込んだまま、そこから出ようとしなかった。

この後丸二日間、ブーは私の前に姿を見せず大いに気を揉ませたが、三日目に現れた時、お腹を探るとそこには幾分弾力性が感じられた。ほっと胸を撫でおろしたものだった。


次に気になる症状を見せたのは、それから二カ月後の四月十五日だった。

朝、私がベンチに行くと、ブー「ニャーン」と啼いて私を出迎えた。だが、その声はいつもと違う何とも言えない奇妙な音色だった。ブーチンはオスで大柄、しかもやんちゃなオッサン顔。それなのに、その外見風貌とは似ても似つかぬ可愛らしい女性的な声を出す。それがこの日は、森進一。「ん?」おかしいのは声だけではなかった。クシャミ・咳を連発、更に「グエッ、グエッ」と嘔吐(えづ)いた。そして膝にのせると小刻みに身体を震わせた。「これはただ事ではない、医者に診せなくては」

例によって、逃げ惑うブーを追いかけ追い詰めて何とかケージに収めた。「よし上手くいった」

と喜んだは良しとして、ここで問題が。この日は日曜日だった。

「でも、チビの時は診てくれたし……」と思って電話を入れてみたが、やっぱり留守番電話。あの時はすぐに折り返しのベルが鳴ったけれども、今回は何ぼ待ってもそれはなかった。

「仕方がないな、明日まで待つしか」そう思ったが、ブーの様子は益々酷くなる一方。とても明日まで延ばせる状態ではなくなった。

B町に、日曜でも午前中なら診察OKという病院があった。ブーを運んだ。

医師は言った。

「うーん。原因が分からない。暫く様子を見たい。午後四時まで預かる」

夕方、

「クシャミ・咳、それに震えはそれほどではない。鼻水も垂らしていない。体温も平熱。風邪ではない。今のところ、もう一つ原因がはっきりしない。ただ、鼻炎を起こしているのは確か。それからすると除草剤もしくは農薬等の毒物を吸った可能性が高い。近くに畑がありますか?とりあえず注射を一本打っておいた」

鼻炎の薬が五日分出た。

翌月曜日もブーの病状に変化がなかった。

次の火曜日も。というより一層悪化した。医者はクシャミ・咳・震えは大したことがないと言ったが、私が見るところのブーは、それとは全く逆。クシャミも咳も連発、震えは止まらず、そして涙を流し鼻水をタラタラ。更にかろうじてあった食欲も失った。何を眼前に並べても口にしなかった。そういえば、チビの時も獣医は「近くに畑があるか？」と訊ねた。そして間もなくチビは死んだ。

「これは……。チビの二の舞になるかもしれない。もう一度医者に診せなくては……」

ところが、日曜診察の代わりにB町の病院は火曜日が休み。A町の病院に走った。

病院の診察室でA町の医師は不思議な態度を取った。

私がケージのフタを開けようとしたら、獣医は両手を前に突き出して、

「そのままそのまま、開けなくてけっこう」

と言った。そしてケージの外からブーを眺めていたが、やがて、

「心配ありません。念のため目薬を出します」

一年前、確かにブーはこの診察室で大暴れした。そのため獣医はその再現を疎んじたのであろう。帰りのタクシーの中で、涙を溢れさせているブーの顔を見て、

「ブー、嫌われてしまったな」

と語りかけた。

「仕方ないよ、おっちゃん。おっちゃんだってこの前、随分と長い間、胸が痛いというので病院に行ったけど、医者は触りもしなけりゃ聴診器も当てず、カシャカシャ、キーを打ちながらパソコンの画面ばかり見ててさ、挙げ句、『はい、レントゲン』。そいでさ、出来上がってきた写真を眺め、『あー何でもない。あんた気のせい』と言われたじゃない。それでも痛みが去らなくて、近所の薬局に行ってそこの薬剤師さんに相談したら、その女性、じっくり耳を傾けてくれてさ、『多分、それは肺とか気管とかの呼吸器じゃなくて、食道ではないかしら、試しにこれを』と渡されたのが胃腸薬。家に帰ってそれを飲んだら、三日もしないうち、あれま、と嘘のように痛みが消えたじゃない。きょうびの医者ってそんなもんだよ。オレは気にしない。大丈夫。オレ、自力で治してみせるさ」

と、逆に慰められた。

家に戻ったのは午前十時。ケージから出たブーは炬燵の中に潜り込んだ。それからブーはその中で昏々延々と眠り続け、ようやく炬燵を出たのは翌水曜日の午後一時になってからであった。眠りから覚めたブーチンに私は、スポイトでミネラル入り飲料水を口の中に流しいれた。これが引きがねとなり、続いてブーはカリカリを少し口にした。それでは、と缶詰を開けたらこれも僅かだが食した。晩方には八〇グラム入りの小缶詰を丸々一缶空にした。食欲が出てきた。ブー、宣言通り自力で急場をしのぎ困苦を脱した。

ブーチンが原因不明の病を発する数日前から大阪に行き、丸一週間家を空けていた家内がようやく帰宅した。その晩、四日ぶりに布団に入って就寝できた私は熟睡した。

ところで、ブーを家に入れた日曜の朝八時から翌日月曜の午前十時まで、ブーに排尿がなかった。特に月曜の朝は何度もトイレにしゃがみ込んでチンチンを舐めた。「ウンギャー、ヒィー、ウウーッ」と悲痛な声を発した。一年前、尿路結石を患った時と全く同じ、寸分違わぬ症状を呈したのだ。幸いにも十時を過ぎて暫く後、やっとトイレに敷いてあった紙片が濡れたのだが、詰まりはしなかったものの、こんな具合に、尿路症は絶えずブーを苦しめた。

さて、その後、ゆっくり徐々にではあったが、ブーの病状は快方に向かった。一週間過ぎても相変わらず鼻水を垂らし、咳・クシャミを続けていたけれど、症状そのものは軽くなった。それに伴って、元気が出てきた。そうなると前回同様、「外へ出せ、解放しろ」と訴えるようになった。家の中を徘徊、玄関に行き、大声を張り上げた。

ブーは、私が知る限り、少なくても五年は戸外の生活を続けている。外で、自由気ままな暮らしに慣れ親しんだ身にすれば、こんな狭い空間に閉じ込められるのは、苦痛以外の何物でもない。日に日に解放要求は激しさを増した。根負けした私は、とうとう四月二十六日の晩、玄関ドアの取っ手を掴んだ。

二

　ブーが出て行ってから九日後の五月五日の事。朝六時にベンチに下りた。ブーは1号ベンチの背もたれの上で私を待っていた。食欲はモリモリで、小缶一個分を盛ったお皿を差し出すが早いか、すかさずそれに食い付いた。ブー、皿を空にすると、やおら私の膝に乗ってきた。

　ほどなく遠くの方で、微かに猫の啼き声がした。ブー、その声にただちに反応、ヒョイと膝から下りると、声のした方に向かって一目散に走った。

　ベンチ広場から東に行くと、小さな川がある。その川に至る一つ手前の筋、以前チビがねぐらとしていた空き家の角を北方向、左に入ったところ、何軒目かの家で、白いペルシャが飼われていた。これがどうやら雌らしく、ブーの奴、最近この猫にご執心の体。そこで冷やかし半分、どんな面して求愛しているのかを見に行った。その〝白ペルちゃん〟、玄関先に置いてあるボウルの水を飲んでいた。が、ブーの姿は無かった。ではついでにと川沿いの散歩道に向かった。この道は車が入れないようにしてあるので、ジョギングやウォーキングにはまさにうってつけ。ちなみに、私は元来がズボラ、身体を動かすのが億劫で嫌い。フウフウ息を弾ませながら走ったり速歩きしている人たちを見ると、ああご苦労さんなこっちゃね。私なら家で何もせず、グータラ寝そべっているのに、なんて思ってしまう。特に、肘を直角に曲げ力を込めて腕を大振りしている格好なんざ目にした日には、あれま、あれじゃあまるで、ロボットだ。却って筋肉を緊張させ肩が凝りはしまいか、なんて要らざる心配までしてしまう。まあ当のご本人が健康第一と考え、好きでなさっておられるのだから、他人が横合いからごちゃごちゃ言うことはないのだろうが。

という訳で、私は慌てず急がずノンビリと、散歩道に沿ってしつらえてある花壇に植わっている樹木や草花をじっくり、時には足を止めて観賞しながら、ブラリブラリと歩いていた。

中ほどに達した時、不意に声がした。花壇の背後には川に落っこちないための保護柵が張られてあるのだが、その柵の向こう側、細いコンクリート堤の上にブーが居た。

時刻は六時半頃、散歩する人、走る人などでまだ賑わいを見せていた。ブーはそれらの人たちを気にして、なかなか道の方に出てこようとしなかった。

待つこと暫し。ブー、やっとフェンスの隙間を抜けて出てきた。ブーは既に食事を済ませているから、おっちゃんをそれほど必要としていない。言わば、単なる暇つぶしのお相手に過ぎない。ブーの奴、それをあからさまに示すが如く、不遜な態度で、あっちにウロウロ、こっちにチョロチョロ。ついては来るが、つまらなさそうで度々振り向く私を完全に無視。

「おっちゃん、どうぞお先に。ボクは一向に構わんよ」

と、憎ったらしい顔をこれみよがしに私の方に向けた。

それでも橋の袂に達し、そこをベンチに向かって右折れすると、遅ればせながらも従った。ところが、例の空き家まで来ると、その家の前にペルシャがいた。

「もういいよ、おっちゃん。勝手に帰って」

ブー、言うが早いか、一直線に、ペルシャ目掛けて走った。

この時からほぼ一年前の二〇〇六年七月のある日。

ブー、小柄なクロシロ猫を追いかけていた。

この猫はピンクの首輪をしていた。それで私は〝ピンク〟と呼んでいた。

そのピンク、ブーから逃げるものの完全に走り去るというのではなかった。誘っているようにも見えた。あっち、そしてこっちの方へとピンクは逃走を繰り返した。それをブーが追った。私と家内は興味津々で、これまた、その二頭を追った。二匹は北公園に入った。私たちも公園の中へ。はて、二匹は何処か、と捜した。すると、水飲み場、水道栓の脇にある茂みの中にブーの顔が見えた。その真横にはピンクの顔も。二匹は仲良く並んで箱座りをしていた。

「どうだい、おっちゃん、オレはやったぜ」

ブー、満面に笑みを湛え、誇らしげに我々を見上げた。

私と家内は、思わず互いに顔を見合わせ、「クックッ」と声を立てずに笑った。

この時のブーの得意顔といったら……。今も脳裏に焼きついている。

白ペルちゃんといい、ピンクちゃんといい、なるほど、ブーの奴こういう訳か。

家の中に押し込められれば、こんな愉悦は到底味わえない。暑さ・寒さ・雨・雪・風に苦しめられることはあるだろうが、一面で、戸外の暮らしにはこんな楽しみがあるのだ。そして何より、人間に束縛されない自由がある。ブーにとって、狭っ苦しい室内の生活は自由もなければ喜びも、ワクワク感、興奮、刺激もない。まさに牢獄なのだ。出たがるのも当然、無理はない。

安全は確保されるが、退屈かつ窮屈な拘束生活。

危険にさらされはするが、自由勝手の気ままな暮らし。

そのどちらを好ましく思い、どちらに生き甲斐を見いだすか。どんな一生を送りたいのか。その選択は偏に、その猫、そして又、その人間の考え方次第だ。そういえば、助さん格さんも歌っていました。

「何にもしないで生きるより、何かを求めて生きようよ」って。

三

ドライフードが尿路結石形成の原因として深く関わっているというのは、獣医師をはじめとする関係者の間では定説となっている。ではドライフードを餌とするオス猫が全て尿路症を患うのか、というとそうとも限らない。発しない猫もいる。尿路症になるかならないかは体質にもよる。

ブーは体質に難があった。

この四月に患った風邪みたいな病気の後、夏、七月に入ってすぐ、ブーの耳の外側に引っ掻き傷が出来た。当初は喧嘩によるものかと思った。が、それにしては、両方の耳に等しく傷があるのが不思議だった。それに、猫に掻かれた傷であれば、日が経てば治るはず。ところが、一週間経っても二週間が過ぎても一向に傷は消えなかった。逆にどんどん広がり、酷くなる一方。日によっては出血も見られた。

　猫の耳に出来る皮膚の炎症といえば、真っ先に頭に浮かぶのは、ヒゼンダニによる〝猫疥癬〟である。そこでA町の病院を訪れ駆虫剤をもらい、首筋に注入した。この薬の効き目は著しく、チビの場合は四日目には炎症部分が縮小、ほぼ一週間で跡形もなく消えた。

　しかし、ブーにはそのような改善は見られなかった。注入後一週間を経過しても傷は残ったままだった。

　そこで、再度獣医を訪ねた。この獣医師は先般ブーを診るのを嫌がったので、ブーを連れてはいけず、言葉による状況説明を手掛かりにしてのみの診断。まあ、本物のプロならそれでも分かるのであろうが。

「そうですか。駆虫剤が効かない。じゃあ真菌性皮膚炎かなあ」

　ということで飲み薬が出た。

　ブーは食い意地が張っているから、餌、特にウエットに粉薬を混ぜ込んでも嫌がらない。だから原因が真菌であるならば、服用後、そこそこの日数を数えたら、何かしらの効果が表れるはず。しかるに、渡された十日分を全て使い切ってもちっとも良くならなかった。そこで三度目の訪問。

「では薬の量を増やしますか」

と、またしても十日分が出た。

だが、これも全く何の効力無し。効き目のない薬を延々と続ければ、副作用が出て却って害を為すかもしれない。独自の判断で薬の投与はそこで打ち切った。

私は、〝猫疥癬〟に冒された猫を何匹も見てきた。的確な処置をせず放置すれば、炎症は耳だけに留まらず、頭部全体、顔にまで広がる。白い粉粒を吹いたように皮膚がボロボロになる。

ところが、一カ月を経ても、ブーの傷、炎症は両耳だけで、頭や顔には拡散しなかった。

疥癬ではないのは明らか。かつ真菌でもないとしたら、じゃあ何なのか。でも医師が診るのを拒むのだから、どうしようもない。不安ではあるが、そのまま放っぽらかしにしておいた。

原因が何か不明だが、それは相当に痒いらしい。ブーは私の見ている前でもしょっちゅう後ろ足で耳を掻いた。「いいーっ」となるが如くに。掻いて掻いて掻きまくるから、傷が耳全体、付け根まで拡がってそこから血が滲んだ。そしてそれがかさぶたになった。

この年の七月は月のうち半数以上、実に十八日が雨の日で比較的涼しかった。

ところが、月が変わった途端に三十五度を記録。以後八月二十一日まで、途切れる事なく、真夏日と猛暑日が続いた。

この暑さがブーの耳の痒みに更に一層の打撃を加えた。ブーは掻きに掻いた。かさぶたが張っては破れ、破れては張るという見るも無残、ブツブツの耳となった。そしてそれに追い打ちをかけるように、背中、肩の下辺りにも耳と同じような掻き傷を生じるようになった。これも相当に痒いのであろう。ブー、背中をも掻きむしった。ハゲになった。

八月の末頃、ベンチ前を通りかかった二人の女性が、このブーの状態を目にして、

「これは、アトピーじゃないかしら」

と言った。

家にある本で、猫のアトピー性皮膚炎を調べた。

それによると、治療はなかなか困難であるらしい。中には対症療法を数年にわたって続けなければならないケースもあるとか。きびしい。ブーはかゆみの、そして私は治療費の負担に耐えられるだろうか。そうでないことを願った。

ただ一つ、微かな望みがあった。実はここまで酷くはならなかったけれど、昨年の夏もブーは同じ症状を呈した。それが暑さが終息するとともに、炎症が小さくなり、収まったのである。今の私には、それに期待を懸けるしかなかった。

天使は微笑まず。悪魔がほくそ笑んだ。

九月に入るとブーは食欲を失くした。というより、食欲にムラが生じた。食べるかと思えば食べない。食べないのかと思うと食べる。一定しなかった。ほどなく理由が判明した。

あるアパートの一階ベランダ下で蹲っているブーの姿をしばしば目にするようになった。この

アパートの上階に、以前、ブーやチビにカニカマやソーセージを窓から投げ与えていた家族が住んでいた。ブーはどうやら、それを期待しているようだった。これら人間用加工食品は塩分濃度が高く、腎臓が弱い猫には好ましくない。それで一年前に注意したことがあった。そのため、以後、餌やりを中止したものとばかり思っていたのだが、いつの間にか、こっそりと再開したらしい。

今回どういう種類の餌をどんな方法で与えているのか知らない。もしかすると、まともなキャット・フードなのかもしれない。が、実を言うと、そうであっても、つまり、餌の種類が何であれ、私にとってこんな手合いが一番困るのだ。

クシャミや咳、鼻水という誰の目にも明らかな症状を呈する風邪のような病気は別として、人知れず密かに進行する内臓疾患の場合、素人が気付く唯一の手がかりは、食欲の有無である。だから、もしブーが私以外の誰かから餌を得ていたとしたら、ブーに食欲が見られないとき、それは病のせいなのか、はたまた満腹しているからなのかの、その判断がつきにくくなる。

ブーが、私の提供する餌を食べたり食べなかったりする日が続いたが、食べないとき、その原因が、他の人から餌をもらっているためなのか、それとも体調のせいなのか、疑念のままに三週間が過ぎた。

九月二十一日。

朝六時に下りてベンチで待っていると、ブーがのっそりと顔を出した。元気が無かった。数日前から何となく動作に精彩を欠き、どことなく身体が重そうに見えたが、この朝はそれが際立った。差し出した餌には、ドライもウエットも、全く一粒、一片たりとも口にしなかった。水だけを少し啜り、ベンチの上にベターと伏せ、その姿勢のままにクシャミを連発した。

A町の医師はブーを診るのを渋る。まさかこんな症状を、ブーの身体を診ることなく、話を聞くだけで、診断を下せるとは到底思われず、B町の病院に向かった。

医師は、クシャミや涙目は全く問題とせず、耳と背中の掻き傷・ハゲの炎症に関心を示した。深刻な面持ちで言った。

「これはアレルギー性のものだ。免疫異常だと思う。人間でいえば膠原病にあたる。生命に拘わるおそれがある。激しい痒みを伴うので始終掻いてばかりいる。だからこんな風になる。原因の一つ、というか最大のものが紫外線。外の猫にとって、治療は容易ではない」

注射を二本打ち、飲み薬が二種類出た。そして、

「経過を診たいので、二週間後にもう一度来てほしい」

と言われた。

一縷（いちる）の望みは見事に打ち砕かれた。

ところで、この日、ブーは診察室で暴れた。ケージの蓋を開けると即飛び出し、室内を駆け

巡った。それを見て獣医は黙って部屋を出ると静かに戸を閉めた。やがてブーが動かなくなったので、私はブーを抱き上げ、ケージに収めた。それを見計らったかのように獣医は部屋に戻ってきた。そして手にしていたバスタオルをケージごとブーに被せた。それから、タオルでブーの顔面を覆ったまま腰の方からタオルをめくり上げて、背中と耳の炎症箇所を入念に診た。何か試験紙のようなテープをハゲの部分に押し当てて引き剥がすと、ブーにタオルを被せたまま、再び部屋を出た。

しばらくして部屋に戻り、おもむろに下した診断が前述の結論であった。テープは、ダニ、ノミ、その他寄生虫の有無を顕微鏡で調べるためだと言った。

この獣医はブーが暴れても何ら慌てもせず平然としていた。ブーの興奮が冷めるのを待って入室してきた点など、猫の扱いに随分と手慣れているなという印象を受けた。

獣医も色々様々である。

ブーを家に入れるのはこれで四度目。四回目ともなれば、もうすっかり慣れたか。帰宅してケージから出しても、以前のように走り回ったりせず、ちゃっちゃとお気に入りの押し入れの中に入っていった。

ところで、私がブーを病院に連れて行った切っ掛けは、クシャミや涙目が原因であった。しかるにこれらについての言及は一切なかった。涙や鼻水はその後一週間続き、クシャミが止まったのは十月に入ってからだった。四月に続いて今度またしても同じ症状を呈したのが気になった。現に、入居させてからも、急に息遣いが荒くなったり、激しくクシャミを連発、という事態がしばしば起きた。これも膠原病、免疫異常が為せる業なのだろうか。一抹の不安が残った。

二週間後。十月六日、病院を訪れた。

耳と背中の炎症、ハゲの具合が良くなっているのを見て、医者は言った。

「前回出した薬は、一つは鼻炎用の抗生剤で、もう一つは体質改善のもの。それで耳と背中の症状が良くなったということは、やはり免疫が関係しているとみて間違いない。鼻炎はもう治っているので、今回は体質改善の薬のみ二十日分出しておきます」

何だ、クシャミもちゃんと診ていてくれたのだ。

この日、食べ物について訊ねた。

「紫外線と共に食べ物もアレルギーに影響する。外で暮らす猫は何を食べているかきっちりと掌握できない。できれば家に置いてコントロールするのが望ましい。人間用の加工食品は勧められない」

ブーを拘留する絶好の口実が出来た。

「それみろ、ブー。先生もああ言ってるんだ。この際覚悟を決めておとなしく家に居るんだ」

だがブーはそんな従順な猫ではなかった。

ほんのちょっと具合が良くなっただけでも、「外へ出せ、外へ出せ」と迫った。

それをなだめるため、ブーのご機嫌を取らねばならなかった。

私が取った方策の一つは食い物であった。

スーパーを覗き、良い魚が手に入れば、お刺身にして供した。鯛や平目、鮪という高級魚には手が出なかったけれど、フクラギにアジ、カレイ、サンマ、カマスにイカと、世間で言うところの大衆魚を丸で購入、家で捌いて食べさせた。ブーは刺身が好きで、私が台所に立つと、家のどこにいてもすっ飛んで来た。そして、私の足下にちょこんと行儀よく前足を立てて座ると、私を見上げ、目で催促した。

また、中骨や腹のすき身等、アラも活用。茹でて身を梳き、お皿に盛った。茹で汁は勿論捨てずに薄く味を調え、お澄ましや味噌汁とした。ブーはこれらも賞味した。

お陰で私たちもブーのおこぼれにあずかり、豪華な夕食に恵まれた。

ちなみに、〝お造り〟のうちブーの好物は、イカだった。他の魚は一皿で満足したが、イカだけはお代わりを要求した。

『猫の飼い方』と称する本の中には、猫に食べさせてはいけない食べ物として、タコ・イカを挙げているものがある。タコ・イカは軟体動物というので、膝や腰にくる、つまり、腰が抜けてフニャフニャするという連想からか。が、少なくとも私の見たところ、イカ・タコを食したがために、ブーを含め他の猫でも、その健康に害があったということはない。その本は獣医学博士監修とあったが、実体をご存知ないのではなかろうか。

さて、ブーの魚好きに困った、というか驚いた点が一つ。

調理後の処理を怠け、うっかり、小アジの頭などを流しの三角コーナーに残しておいた際には……。夜中に起床し、台所の明かりを灯すと……、あっちに一つ、こっちに一つ、かじられた頭の残骸が転がっていた。

私から給餌を受ける前、私が団地のゴミ集積場に行くと、そこから逃げ出すブーの姿を何度か目撃したものだが、その頃、ブーはそんな物を漁っていたのかもしれない。

四

ブーを家に入れたものの、その頃私はブーの他に五頭の外猫に給餌していた。うち四頭は飼い猫で、餌をやらなくてもよかったのだが、〝シロスケ〟という野良に餌を与えていると、彼らが物欲しそうに寄ってくるので、そいつらにも与えざるを得なかった。また、そのシロスケにしても、私とは別に給餌人が存たから、これもわざわざ餌やりに出向く必要はなかったのだけど、そうはいっても、ちゃんと餌をもらっているのか、もしもらっていなければひもじい思いをしているのではないかと心配になるし、それにそもそも私はシロスケが好きだったので、暇を見つけては餌場に足を運んでいた。

ところが、ブーは私が家に居ないと不安になるらしく、外へ出ようとするとズボンの裾を引いて「行くな」と、私の外出を阻止した。

そのくせ、夜になると今度は自分の方が「出たい、出せ出せ」と言って大声挙げて私に訴えた。


さて、入居して一カ月過ぎた頃には、クシャミ・鼻水・涙は完全に止まり、あれだけ掻きむしって苦しんだ耳と背中の炎症も跡形なく消え失せた。食欲も戻った。

こうなると、「外へ出せ」の解放要求の度合いは益々激しさを増した。

しかし、以前ならともかく、紫外線がブーの健康に害を為す、という事情が明らかになった以上、おいそれと「ハイ分かりました。ではそのように」という訳にはゆかなかった。

そこで、「この際、完全内猫にしてしまおう」という企みも手伝って一つの賭けに出た。それは〝三カ月〟という期限つきの拘留である。今回入居が始まった九月二十一日を起点として、十二月二十日までの正味三カ月間ブーを家に留め置き、その間に家の暮らしに馴染めばそれで良し、もしそれだけの長期間を費やしても、どうあっても嫌だ、というのであれば、その際はすっぽりと諦め、ブーの要求に従おう、と、そういう決定をしたのである。

さあ、ブーとお父さん、両者の激烈なるせめぎ合いが展開されることになった。

そうこうしているうち、ブーの身体に変化が生じてきた。といっても悪い方向ではなく、好ましい事態に。

ある日、気が付いた。ブーチンの毛及び地肌から、〝ノラのにおい〟が消えていたのだ。

猫の世話に関して、私の先生である茨木市の所田さんは、かつて私に語ったことがある。

「ノラか飼い猫かの区別は簡単。それは匂い。ノラは、土くさいというかカビくさいというか、何かこう一種独特な、何とも言えない不思議な臭いがする。でも離れていては気がつかない。接近し、毛に鼻を押し当て、直に毛と地肌の匂いを嗅がなくては。飼い猫にはそんな臭いは無い」

ブーが外に居た時、膝に乗ってきたブーの背中に鼻を押し付けにおいを嗅いでみたことがあった。所田さんの言う通りだった。私の感覚では日向のようなにおいだった。といってもイメージしにくいだろうけど。

ところが、家に留め置いてしばらくすると、その異臭が消えていた。

それから、ブラッシングの効果が出てきた。外でブーの毛を撫でた際にはいつも私の掌が灰色になった。それがブラッシングによって毛に付着していた汚れが除去され、手が汚れなくなった。そのうえ、ネチャネチャかつ、バサバサの毛がサラサラ、ふんわり毛に変わった。

そして、何といっても最大の変化は、肉球。ひび割れしてガサガサ、ゴワゴワの皮膚が、滑らかでプニョプニョ、羽二重餅のようになった。コンクリート地かアスファルト路面の屋外と違って、家の中は畳と板床。肉球への当たりはソフト。ブーは歩いても気持ちが良かったのではなかろうか。

また、ブーは今回よく水を飲んだ。風呂場に行き、水桶に顔を突っ込みピチャピチャ舌で水をすくった。尿路症という持病を持つブーにとってこれは好ましい傾向だった。

それと幾分身体がスリムになった。ウエット給餌は時間を決めてあったが、ドライは常時お皿に盛っておいていたので、食べる分には不足はなかったと思う。それで太るかと思ったが逆になった。ま、ブーは少々肥えすぎという感もあったから丁度よかったのでは？

五

このように、家での滞在日数が延びるにつれ、ブーの身体から野良の気配が段々と薄まっていった。一方で、精神の苦痛はそれとはまったく反比例、「外へ出せ」の要求は日毎に激しさを増した。

十二月二十一日が訪れた。

目安としていた三カ月の期日である。

当初、三カ月もあれば、ブーは家の生活に慣れるか、あるいはこれも運命と諦めて、その境遇を受け入れるものとばかり思っていた。

甘かった。

ブーチンは骨の髄から野良であった。誰に拘束されるでなく、己が思うまま気の向くまま、自由勝手に生きていく事、それこそが猫の本領という自負に満ちていた。室内の暮らしに馴染むどころか、日数を重ねるにつれ、その解放要求は度を強めた。ブーは苛立ち、時には反抗的態度を示した。そして、翌日の二十二日にそのイライラが極限に達した。

その日、年末の短期アルバイト勤務を終えて、午後十一時半に帰宅すると、玄関に出迎えた家内が疲れ切った表情で私に告げた。

「今日のブーは凄かった。私一人ではもうどうしようもできん。そろそろ出した方がいいんとちゃう」

アルバイトの勤務時間は晩方で、午後三時に家を出、帰るのは十一時半になった。丁度、夜行性の猫が行動を開始、活発になる時間帯と重なる。家内の言うのももっともだ。私でさえ、この時分にはブーが歩き回っては大きな啼き声を挙げるのを制御できず持て余していた。家内一人でブーのご機嫌を取り、動きを抑制するのは困難だった。二人とも、精神的に参っていた。そして、それに追い討ちをかけるかのように、二人揃って風邪を引いた。

私たちは両方とも、身体は決して頑健ではなく、むしろ華奢な方なのだが、ここ三十年余り、風邪を引いたことがなかった。

あの鮮魚行商時代、冬場、寒風吹きすさび雪が舞い散る中で、冷水を使って魚を捌くという過酷な状況下においてさえ、風邪を引くなんぞという虚弱(やわ)な様(ざま)を見せたことがなかった。それが風邪を引いたのだ。

思い当たる節は……、ブーの苛立ち、感情の高まりを鎮めるのに多少とも効果があればと期待し、ベランダに出る引き戸を、夜間でも、少しばかり開けていた。ブーがベランダに出て、高さ一メートルの外壁に跳び乗って辺りの風景を眺めれば、そのイライラが幾分なりとも和らぐのではないか、と思ったからなのだが。さすがに十二月ともなれば、そこから入ってくる外気は相当に冷たく、それが為に二人は風邪を引いたらしいのだ。

ブーは、体調は良くなったけれど、精神状態が不調となり、人間の方は、心身共に変調をきたした。約束?の三カ月が経過。ブーは不屈の闘志でこの試練に耐え苦難の期限を乗り切った。

今回も、軍配はまたしてもブーチンに上がった。

この夜、私はブーチンと会談を持った。

「なあ、ブーチンよ。お前はな、紫外線を浴びると免疫力が低下するという厄介な体質なのだ。

屋外の暮らしでは紫外線は不可避。現在は何とか小康状態を保っているけど、外に出れば、また、いつ何時、この前みたいにひどい症状で苦しむことになるかもしれないんだぞ。それでもいいのか」


「いいよ、おっちゃん。もしそうなったにしてもここよりはマシさ。こんな狭っ苦しいところに閉じ込められるよりはさ。ここは監獄、地獄だよ。自由が無いんだよ。

猫というのはさ、誰にも束縛されず、自由気まま、独立不羈、自律して我が道を行く、それこそが、本来の姿なんだよ。

ボクはおっちゃんの所有物じゃないんだよ。ボクがおっちゃんを拘束することがないと同様、おっちゃんもボクを支配してはいけないんだよ。

そう、確かに、ボクはおっちゃんから食べ物を恵んでもらっている。でもボクだっておっちゃんにエサを与えているんだよ。心の糧っていうヤツをさ。

思い出してごらん。

ボクと初めて出遇ったあの頃を。おっちゃん、鬱の状態で、心がヨレヨレになってたじゃないか。それを癒し慰めて、ここまで何とか人並みの水準にまでに戻したのは一体誰なんだよ。オレ様じゃないかよ。

そこんところをよ〜く考えてよ。

おっちゃんとボクとは対等なんだ。人間だからといって猫より偉いということは無いんだ。〝人間は万物の霊長〟だなんて言ってるけれど、そんなん一体誰が決めたんだい。人間が勝手にほざいているだけじゃないか。人類以外の生き物は全て、どの生き物だって誰一人そんな事、認めてはいないんだよ。全地球生物会議で決めた、というんなら話は別だけど、そんなん聞いたことない。全て人間が勝手に思い込んでいるだけ。

日本人は、コメ食って生きているだろう。そのコメを実らすイネは土がなければ育たない。その土を造っているのは、ミミズとかその他いろんな虫、そして微生物なんだよ。ヒトは偉そうにしているけど、そんな生き物がいなけりゃ、一日も生きてはゆけないんだ。陸地が全部、砂漠になっちまったらどうする。そんなこと考えたことある？　諸法無我ってそういう事を言うんじゃないの。

だからさ、地球上全ての生物、つまり動物も植物も、みんなみんな平等、対等なんだよ。誰が偉くて誰が偉くない。誰が上で誰が下、そんなことはない。みんな一緒。だからさ、お互いに相手を尊重して、付かず離れず、適当な距離を保って賢く付き合っていきましょう。

それが分かったら、さあ、ワタクシを解放しなさい。自由にしなさい。ワタクシは外で、好きなように暮らしたい。自由にのびのびと生きてゆきたい。さあ、どうかワタクシを外に出して下さい。お願いします。おとうさん」

一言の反論もできなかった。

二十三日、午前五時、私は玄関に立ち、扉を静かに押した。まだ十センチも開かないうち、その隙間を、ブーチンはスーッと通り抜けた。

第四話　「シロスケ」

一

〝シロスケ〟という名の野良がいた。

先っぽがちょこっと鉤状になっている長い尻尾と、右耳のグルリ、そして他に二箇所、下顎と右腰にある小さな斑点模様が黒だったが、それ以外は全体白という、短毛の、骨格ガッシリとした大柄な雄猫であった。顔もまん丸大きくて、眼光鋭く、辺りを睥睨しながらゆったりと歩くその姿たるや、正に泰然自若、威風堂々貫禄満ち満ちて、界隈では〝ボス猫〟と呼ばれていた。

ところが、その厳めしい外見風貌とは打って違って、内面気性極めて温厚、猫格(にゃんかく)絶品この上なし。他の猫を攻撃するでもなければ、人に対しても警戒心が薄く、すこぶるフレンドリー、噛み付き引っ掻き一切なしの〝懐(なつ)きん〟の〝甘えたさん〟であった。

年齢は不詳。シロスケの名付け親でもあり、且つ、長年餌を与えていた池谷さんは、

「十歳ぐらいじゃないの」

と言っていたが、なるほど、切歯は全て失われ、上下それぞれ二本ずつあるはずの犬歯も三本

が抜け落ち、残る一本も半分欠けていたから、その言には妙に説得性があった。だが、もし本当に十歳だとしたら、その生命力たるや驚異的である。

今日、キャット・フードの改良普及、飼い主の意識向上、及び獣医学の進歩発展により、家庭猫の寿命は飛躍的に上昇、十年を超え、十四、十五年は珍しくなく、中には二十年という剛者もいる。

だが、野良となると話は別。

一年を通しての屋外生活、風雨に曝され特に冬場、寒風吹き荒んで雪が舞う、という過酷な環境下で生き抜いてゆくのは至難の業。そのため、私の見るところ、丸々の野良で五年以上の生存は極めて稀、大多数が三年未満でその生涯を閉じる。だから、十年というのはとても信じ難い。とはいうものの、シロスケを見ていると、「まあ、それもありか」と思わせる節も無きにしもあらずの観があった。

切歯・犬歯の状態から判断して、奥歯もかなり欠損していたとみてよい。にも拘わらず、シロスケは旺盛なる食欲を示した。固いドライフードにもめげなかった。シロスケはそれを口一杯に頬張ると顔を上に向け、丸ごと一気に飲み込んだ。その格好を見て、池谷さんとその友人の熊野さんは、

「アハハハハ」

と笑った。

確かに面白い仕種ではあったけれど、私はそこに一抹の哀れさを感じた。と同時に、シロスケの生への執念と、内臓の頑健さを見てとった。

シロスケは野良だった。見るからに野良だった。シロスケとは名ばかり。実体は〝ネズスケ〟。毛の色は白というより薄汚れて灰色に近かった。汚いのは胴体だけでなくその顔面も。両眼、特に左眼からは絶えずチョコレート色の目脂を垂らしていた。加えて大きな鼻の孔から黄色い青洟も。これら目脂と鼻汁が顔じゅう至るところに付着、古いのは乾いて毛にこびりつき、コッペコッペ。それらがたった今流れ出たばかりの新鮮なドロドロ液と混じり合ってグッチャグチャ。シロスケの容貌を見事なまでに華々しいものにしていた。シロスケはその面でもって親愛の情を示さんものと、池谷さん熊野さんにスリスリしようとするものだから、ご両人とも
「わあ汚い。気持ち悪い。止めて。私のズボンは雑巾じゃないんだから」
と叫びながら後ずさりした。

喧嘩は強かった。

優しい性格なので、自分の方から仕掛けることはなかったが、売られた喧嘩は必ず買った。

ある時、ブーチンが至近距離からやにわにシロスケの背中に襲い掛かった。

こんな場合、不意を衝かれた方は驚き、慌てふためいてすっ飛んで逃げ去るのが普通。だのに

シロスケは直ちに向き直るや敢然とブーチンに組み付いた。両者、体格は五分と五分。直に離れて睨み合いとなったが、甲高い声で喚き立てるブーチンと違って、シロスケは一声も発せず、ただ睨みつけるだけだった。が、その眼は怒りに燃え、「ブーチン卑怯、許すまじ」の気概に溢れていた。

一方のブーチンは興奮の極み。今にも再度飛び掛からんものとケツをプリプリ右左。

さあこれは大変一大事。壮絶なる死闘となるは火を見るより明らか。すかさず私はなかに割って入り両者を引き離した。で、事なきを得たのであるが、斯様に、たとえ自分が不利な体勢であったにしても、シロスケは決して怯まなかった。尻尾巻いて逃げ出すなんて、そんな無様な真似に及ぶことは断じてなかった。

また、こんなこともあった。

ある朝、餌を求めて遠く西の方からトットコトットトコ足取り軽く、ベンチ広場に向かってくるシロスケの姿があった。シロスケの歩みが、広場をアルファベットのLの字を逆さの形で囲っている植栽花壇の手前で、ピタリと止まった。シロスケは顔を左方に傾け、一点をじっと見据えた。その視線の先には、茶トラの雄猫〝コウタロウ〟の姿があった。両者の間隔は二メートルくらいか。コウタロウは、身体はそれほど大きくはないが、気は強かった。二者は睨み合った。シロスケは無言、コウタロウは低く唸り声を立てた。

暫時経過。

先に動いたのはコウタロウだった。

コウタロウ、腰をズンと落とし、まさしくスローモーション映像を見るが如く、一歩、一歩、また一歩とゆっくりとした足の運びで遠回りに半円描いて、シロスケの様子を横目で窺いながら眼前を横切ろうと試みた。

シロスケは微動だにせず、コウタロウの動きを目で追った。やがてコウタロウがシロスケに背を向けた。好機到来。大概、もう一方の猫は、この時とばかりに、その背に躍りかかるのが常。然るにシロスケはそうはしなかった。淡々と静かに見送った。


コウタロウは、ベンチ広場の前を東西に走っている道路の南っ側(かわ)、お向かいの団地棟三階に住む一老夫婦の飼い猫である。室内で飼われていたのだが、少し前何かの拍子で脱走した。爾来外の空気が気に入って「出せ出せ」とせがむそうである。コウタロウ、恐らくはこの日初めてシロスケと遭遇したのではなかろうか。

ほんの最近戸外デビューを果たしたばかりの新参者と、十年にもわたって野良を張ってきた古参猫とは、所詮格が違った。コウタロウ、シロスケと目が合った瞬間、「あ、これは」と直感したに相違ない。だがコウタロウにも面子があった。スゴスゴと退散しては名折れになる。コウタロウ、内心はビビリながらも気力を精一杯張り詰めて、男の意地を見せたのだ。

シロスケが偉いのは、そういうコウタロウの心情を十分に汲み取り、敢えて追い討ちをかけなかった点にある。

しかし、何といっても〝シロスケ武勇伝〟の圧巻は、黒猫〝エリマキ〟との、凄まじくも息詰まる大視闘であった。

時は平成十九年、五月の十八日。

青葉若葉が鮮やか際立つ初夏の候、この日、午前中は燦々と照り輝いていた太陽が、徐々に雲に覆われて、夕方近くになると厚みを増し、「ああ、これはひょっとして雨になるかも」と、ブーチンとは別グループの給餌を終えて、家路に急ぐ道すがら、とある団地住宅棟に差しかかった時である。そこの団地と一般道を仕切っている、高さ一メートル余のアベリア生け垣の内側に、全身真っ黒巨大なる一頭の長毛猫の姿を認めた。

この猫、ねぐらはここを離れた別の場所に構えているらしかったが、今年の二月、恋の季節幕開けから自分の領域を出て、しばしばこちらの団地に遠征侵入を繰り返していた。当該団地への出没は、どうやら、雉トラの雌猫〝チビタン〟目当てであるようだった。

さて黒猫は、私なんぞにはついぞ意に介せず、ひたすら、広場を凹の字形に囲っている生け垣の一端に、鋭い視線を送っていた。私は歩道に立ったまま広場に身体を正面させ、やや左の方に上半身を傾けて、生け垣越しに黒猫の視線の先に目をやった。すると……、居たではないか。生け垣端っこ密集する緑の葉の陰に、白い色をした猫が一頭、シロスケが。

白猫もまた、黒猫をじっと凝視していた。両者の間隔は二メートルも無かった。共に無言、唸り声一つ立てずにただただ睨み合っていた。

シロスケも大柄な猫であったが、黒猫はそれより更にもう一回り大きかった。長毛で首の回りがフサフサ、それがまるでライオンのたてがみのようであり、また、スカーフを巻いているようにも見えたので、私はこいつをエリマキと呼んでいた。胴体と同様デッカイその顔面は、獰猛としか言うほかなく、私もたじろぐほどの迫力があった。

片や、〝白〟、此方〝黒〟という巨大猫二頭が壮絶な睨み合いを演じていた。

並の猫ならけたたましく唸り、喚き声を挙げて、双方それぞれ相手を威嚇し合うのが普通。だが、この両雄は全くの無言。

仮に誰かが生け垣の真横を通りかかったとしても、その囲いの中で猫が二匹、睨み合いを展開しているだなんて、全くもって気がつかなかったことであろう。

静寂かつ壮絶なる無言の闘いが延々と続いた。両者の眼が炎と燃えさかり、そこから発せられる眼光線が中央で激突、バチバチッと火花を散らした。双方微動だにせず、それぞれボス猫たる意地を見せ、誇りと面子を懸けて、一歩も退かなかった。いつもなら中に割って入るワタクシだが、両者の気迫はそれを許さなかった。

どれくらいの時間が経過したであろうか。

果てしもなく続くかと思われた世紀の大ニラメッコも、遂に終焉の時を迎えた。

向かって左側にいた黒猫エリマキが、その視線をそらした。そうして顔を斜め左の方に向けた。

それから、慎重に右前足を一歩踏み出した。そしてもう一方の足を。エリマキは慌てる素振りは少しも見せず、あくまでもゆっくりゆったり悠然として、撤退を開始したのである。

その後ろ姿が語っていた。

「シロスケよ、ここはお前の陣地だ。今日のところは貴様の顔を立て、オレは退却するが、次は分からんぞ」

シロスケも立派だった。

背を向けたエリマキに襲いかかることなく、去り行くその後ろ姿を静観、整然と見送ったのである。

お見事！　という他はない。

真正面対決でありながら、声も荒げず取っ組み合いに至りもせず、双方堂々と渡り合ったのである。

「英雄（ひと）、英雄（ひと）を観る」「傑猫（ねこ）、傑猫（ねこ）を観る」

シロスケ、エリマキ、両雄互いに相手の力量、猫格（にゃんかく）を認め合った。

幕末、江戸芝田町薩摩藩蔵屋敷で執り行われた、勝海舟と西郷南洲の会談たるや、正にこの様なものではなかったのではあるまいか。

さて、地球人口六十五億を数えるに、このシロスケ、エリマキ両巨頭が演じた大一戦を目にしたのは、斯くいうワタクシ唯一人。

大いなる栄誉に浴した。

二

シロスケは、性格として結構愛想らしいところがあった。で、見た目のいかめしさにも拘わらず、思いの外、人からは可愛がられていた。つまり餌の供給源には事欠かなかった、ということだ。そのため、毎朝の縄張り巡回時に、ブーチンやチビが、得体の知れない白髪薄毛、短小老人から餌をもらっているのを見ても、

「ほう、あいつら上手いことやってんな」

と思いはしても、敢えて近づき、

「爺さんよ、オレにも」

と乞餌することはなかった。

給餌開始の切っ掛けは、モモのお母さん。

二〇〇六年十一月の初め。

ある朝、私がブーチンと戯れているところに、柴犬モモの散歩で、熊野さんが通り掛かった。

ベンチに腰を下ろした熊野さんと私は雑談を始めた。しばらくしてシロスケが左手前方から現れた。

池谷さん同様、以前からシロスケは熊野さんにも餌をもらっていた。もし私だけなら、シロスケ、例の如くちょっぴり羨ましそうにしながらも、黙って前を通り過ぎていったことであろうが、熊野さんが居たので足を止め、それからツッツッと熊野さんに歩み寄ってきた。熊野さん、ポケットに忍ばせてあったドライフードを取り出し、それをシロスケに与えた。この時、熊野さんの横に腰掛けていたおっさんはシロスケに対し、別に嫌がるような顔も見せず、シロスケが餌を食む様子を、微笑みを浮かべ黙って眺めていた。

シロスケは知った。

「へぇー、このおっさん、熊野のおばちゃんの知り合いなのか。じゃあ、悪い人ではないな」

更に、

「雉トラの奴ら、いつもここでおっさんから餌をもらっている。それならオレにだって」

翌日から、シロスケはベンチの前に来ると、真っ直ぐ私に向かってきた。

「おっちゃん、オレにもおくれーな」

と。

「お前にはちゃんと餌をくれる人がいてるやろ。その人にもろうたらええやないか」

初めのうちこそ、そうやってシロスケを無視、邪険にしていた私だが、結局は負けた。

シロスケは餌の強請り方が巧みだった。私の足下に達すると唯の一声も発せず、顔を上げ、不気味な三白眼で瞬き一つせず、ひたすら私の目を見つめた。その眼は、

「なあおっちゃん、そんな堅いこと言うなよ。人生持ちつ持たれつ、助け助けられたり、それが世の中っちゅうもんじゃないの。ケツの穴の小っちゃな根性じゃなくて、もっとでっかい暖かな心でもってオイラに餌を施してくれたらどない。巡り巡っていずれおっちゃんに還ってくるかもしれないよ。ほら、世間で言うじゃないか〝情けは人の為ならず〟って。だからさ、ボクにも餌をちょうだい」

こうしてシロスケは、気がついてみるといつの間にか、ちゃっかり私からも餌をせしめるようになっていた。

こうなると現金なものだ。それまでのシロスケは、ベンチには巡回途中、左前方、南の方角からノッソリと現れていたのに、餌をもらえるようになってからは、自分のねぐらであるT棟から、つまり右手、西の方面からトットコタッタカ遠回りせず、ベンチに向かって一目散、一直線にやって来るようになった。

前々からシロスケに餌を与えていた池谷さんは、

「この猫、元は飼い猫じゃないかしら」

と口にしたことがあった。

確かにそう思わせるほど、シロスケはヒトに対する警戒心が希薄だった。警戒心の塊みたいなチビとはまさに好対照、実に人懐っこい性格をしていた。

初めて餌を食べさせたその日、シロスケは私が頭を撫でても何ら気にせず平気だった。初給餌から二ケ月後には、早くも自分の方から私の膝に乗ってきた。本当はもっと早く乗りたかったのであろうが、何せ、ブーチンが私の膝を占領し、私からちっとも離れようとしない。で、仕方なく諦め、羨まし気、かつ恨めし気にブーチンに一瞥をくれて広場を去って行くのだった。

ところで池谷さんにしろ熊野さんにしろ、彼女らはシロスケに餌を与えはしたものの、積極的にその頭や身体を撫で、あるいはさするということはなかった。

無理もない。目脂と青洟に塗れグチャグチャになっている顔面、そして塵、埃で灰色に薄汚れた胴体に触れるには、誰しもが二の足を踏んだ。

そんなシロスケを、頭を撫で顎をさすり、はては抱き上げ膝にも乗っけてくれるという物好きは、一人おっさんだけだった。私の太股の上で両手に包まれるように抱きかかえられたシロスケは、本当に幸せ嬉しそうで、身体を私に預け丸くなりその中に顔を埋め、そしてスースー、寝息を立てた。そうやって半時間でも一時間でも得心がいくまで眠りこけた。

ある時、偶然この抱っこされたシロスケの寝姿を目にした池谷さんは、しみじみと呟いた。

「ああシロスケ、本当はこんな風にして欲しかったんだね」

三

風間さんという、八十歳になる小柄なお婆さんがいた。

自宅近くの銭湯が廃業閉館したので、わざわざ三十分近くかけて、遠いこちらの銭湯に通ってくるのだという。

その往き復り、我が居住棟横のベンチ広場前を通った。その折、ベンチに腰掛けてでっかいトラネコを膝に乗せている変なおっさんに興味を持った。話し掛けてきた。

「その猫、旦那さんの養い猫ですか？」

「ええ、いやー、まあね。野良なんですけどね。とても懐きましてね、こうやって私が餌をやって世話しているんです。まあ半分飼い猫みたいなもんですわ」

その会話が契機となって、以後、顔を合わせると言葉を交わした。

自宅に猫が居るという。交通事故か何かで後ろ右足の先っぽが潰され欠損した子猫をご主人が拾い、病院で手術治療した後そのまま自宅に引き取り、養い続けて十年になると語った。

ある日の夕方、風間さんが銭湯からの帰り時、ベンチにシロスケが来ていた。婆ちゃんが訊いた。

「旦那さん、あの猫、何であんな汚い顔しとるんや」

「うーん、そうですね。目脂と洟がね、いつもいつも出てるんですわ。何かウィルス性の病気でも持ってるんじゃないですかね。ん、でも今のところは元気でね。こうやって毎日餌を食べに来てるんです」

「そうですか。可哀想やね。ね、旦那さん、これであの猫の顔拭いてやって」

と、湯桶からタオルを取り出した。

「あ、そんな勿体ない。汚れますよ。後で私がティッシュで拭いときます」

「そんなんダメや。今拭いてやって」

「ん、でも今ティッシュ持ってないから」

「だから、これで拭いてやって。汚れてもかまわん。旦那さんが拭かんのやったら私が拭く」

「そんな、無茶ですわ。第一、風間さんやったら逃げますよ。はいはい、しゃあないな。分かりました。私が拭きます」

猫という動物は、元来大変な綺麗好きで、暇さえあれば身体じゅう舐め回し、毛に付着した汚れを取り除いている。顔と頭には口が届かないので、前足を舌でねぶって濡らし、それを顔や頭に擦りつけて汚れを取る。これがいうところの毛づくろいで、健康な猫なら日のうち何度もこれを繰り返す。だから目脂や涙が出ていても、この毛づくろいで除去されるはずなのだが、シロスケの顔からは一向に目脂も涙も消えなかった。シロスケは毛づくろいするのが面倒だったのか。それとも拭い取る以上に目脂と涙が流れ出ていたのか。

シロスケが私の膝にのっている時、できるだけ目脂と涙を拭き取ってみたのだが、古いのは乾ききって毛にこびりついていたので簡単には取れなかった。そこで少しでも綺麗にしてやろうと思い、ティッシュやハンカチを水に浸し固く絞って、顔面・頭部・首筋に付着、こびりついているのをこそげ取ろうとしたけれど、それがどうにも痛いらしくシロスケはとても嫌がった。

また、目脂に効果があれば、と思い、動物病院から目薬をもらってきて点眼を試みた。二度目までは上手くいった。が、それ以降はサッパリ。顔を背け首を反らせて抵抗した。眼球にはほとんど液が命中せず、いたずらに顔面を濡らすだけだった。猫用目薬はすこぶる高価なのに、大半を無駄にした。それでも何とかしてやりたいと思い二本目を購入。だがよほどに嫌だったのだろう。私が胸ポケットから容器を取り出した途端、膝から飛び降りた。

にも拘わらず、シロスケは自ら好んで私の太股に乗ってきた。シロスケにとって、私に抱かれて眠るのが、たとえそれが束の間であったにしても、幸せを感じるひと時であったのだろう。

私の太股に乗っかって、スヤスヤ眠っている時、一度口を開けて中を覗き込んでみた。上下それぞれ六本ずつ生えているはずの切歯は見事に全部なかった。上下二本ずつの犬歯も三本が抜け落ちており、残る一本も真ん中で折れ、欠けていた。奥歯の様子も知りたかったけれど、それを見るにはもっと大きく口を開けねばならず、その行為で目を覚ましたシロスケは口を閉じ、首を振って拒絶した。

が、奥歯の状態がどうであれ、ドライフードを丸飲みしているのは事実である。それで、缶詰もしくはレトルトパウチのウエットフードを食べさせてやりたいと思ったのだが、いかんせん無職無収入の身とあらば、毎回毎度ウエットを提供するわけにもゆかなかった。

そこに手を差し伸べてくれたのが、これまた風間の婆ちゃんだった。

風間さん、シロスケが天を仰ぐようにしてカリカリを飲み込む姿を見て、首を傾げた。

「シロちゃん、どうしてあんな食べ方をするんや?」

「歯が抜けたり欠けたりしてほとんど無いんです。で、噛めないから、あんな風に丸飲みしてるんです。缶詰の柔らかい餌だったら食べ良いのでしょうが、缶詰は高いですからね。そんないつもいつもとはいかないんです」

「あれ可哀想に。ほんなら私が缶詰持ってきます」

それからというもの、風間さんは銭湯に来るたびに缶詰を何個も持参された。私と会えない時は、住宅棟一階にある郵便受けに入れてくれた。

風間さんの好意はこれに留まらなかった。お鳥目さえ持って来られた。それも一度や二度ならず、たび重なるご喜捨に私は恐縮、困惑した。

「風間さん、猫の世話は私が勝手にやっていることです。風間さんには関係ありません。有り難いのは山々ですけれど、ここまでして頂いては私も心苦しい。どうぞ本日、今回限りにして下さい。お布施もお気持ちも、もう充分すぎるほど頂戴しております」

そう述べて幾度も断り、時には婆ちゃんの手を押さえて受け取りを拒みもしたが、婆ちゃんも頑固で、無理矢理私のポケットにねじ込んだ。

「何言うとるがや。そんなもん気にせんでいい。ブーちゃんとシロちゃんの二匹を、一人で養わんといかんのは大変なこっちゃ。本当は私も世話せんならんのや。そやけどこの婆、もう齢八十や。家に居る〝トモ〟一匹だけでも難儀しとる。とてもそれ以上の世話はできん。ほやさけ、私の代わりや思うて、旦那さん、この猫らのお世話面倒見お願いします。これは、旦那さんにあげるんやない。ニャンちゃんらにあげるんや。なーんも気にせんと、これで美味しいもん買うて、ニャンちゃんちゃんらに食べさせて下さい」

四

シロスケが足繁くベンチに通ってくるようになったのを、ブーチンは快く思わなかった。

ブーチンは極度の焼き餅やきだった。チビをはじめ、おっちゃんに近づこうとする猫は誰であれ一切許しはしなかった。威嚇し、時に襲撃に及んだ。そんなブーチンも、シロスケにだけは手出しが出来なかった。シロスケは大柄で体格はブーと遜色なかったということもあったけれど、それより何よりシロスケには威厳があった。ブーはそのシロスケの貫禄に圧倒され、忌ま忌ましく思いながらもシロスケの存在を黙認せざるを得なかった。

一方シロスケは平然としていた。ブーなんぞてんで目じゃないという風で、ベンチに来てもブーが居ろうが居るまいが関係なく、ズカズカと私に近づいた。ただし、シロスケは内心ではいつもおっさんに抱かれているブーを見て、

「いいなあ、羨ましいなあ。オレもあんなんして抱っこして欲しいなあ」

と思っていた。

シロスケが私から初めて給餌を受けたのは十一月八日であった。以後シロスケは私の許に日参した。日によっては私が下りるよりも先にベンチに来て私を待った。当然ブーと鉢合わせることになった。

ブーは苛立ちを募らせた。それは日毎に増大した。一カ月と少し経過した十二月十五日、遂に爆発した。

その日、ブーはのっけから不機嫌だった。餌を差し出してもほとんど口をつけなかった。そして、私の膝に乗ってきたはいいが、いきなり私の右手に噛みついた。慌てて手を引っ込めると今度は着ていたジャンパーの袖に噛み付いた。右腕を振ると、ブー、前足の爪をジャンパーの胸のところに引っ掛け首を伸ばして、こともあろうに私の左の頰、こめかみの下にガブリと歯を立てた。甘噛みならこれまで幾度となくあった。が、この時の噛み様はそんなものじゃなかった。

「何をするんだ！」

ブーを払いのけた。

ブー、地面に降り立つと、私の顔を睨みつけ、

「フィーッ！」

歯を剥き出して吹いた。敵意丸出し怒りを込めて。

「何でシロスケなんかに構うんだよ。あんな奴ほっとけよ！」

ブーと付き合い始めて丸二年。これまで唯の一度も私に対しこのような態度を取ったことは無かった。これじゃまるで狂暴猫ではないか。私は唖然としてブーを眺めた。

そんなところにシロスケが顔を出した。シロスケ、まさかブーがそのような状況にあるとは露知らず、いつもと同様タッタッタと私に近づいてきた。その時である。そのシロスケの背中目がけてブー、やにわに躍りかかった。まさに不意討ち、卑怯千万。

何の前触れもなく、突然、背後から襲撃されたなら、並の猫であれば慌てふためき脱兎の如く

逃げ去る。然るにさすがはシロスケ、パッと振り向くや敢然とブーに立ち向かった。ブーの黒い毛とシロスケの白い毛がプワーッと宙に舞い上がった。二頭はすぐに離れたが、両者互いに一歩も退かず、角突き合わせて睨み合った。

シロスケは一声も発しなかった。

他方ブーチンは絶叫した。

「ウワーオーウ、ウンギャー」

耳をつんざかんばかり、もの凄い喚き声が周囲にこだました。時刻は七時を回っていたとはいえ、近所迷惑この上もなし。間に割って入った。ブーを抱き上げようと試みたが、興奮の極みにあったブーは身体を揺すって抗った。そこで今度はシロスケの腋の下に手を差し入れて抱き上げ、4号ベンチの上に下ろした。そしてシロスケの眼前に餌と水の入ったお皿を並べ置いた。

何ぼシロスケが大物といったって、こんな大喧嘩の直後である。気は動転、食欲なんて湧こうはずがない。そう思って眺めていると、さすがにしばらくの間は、興奮の余熱冷めやらずの観であったけれど、ものの一分も経たぬうち、何とシロスケ、一口、二口、悠然と餌をついばみ始めたのである。

「ウーム!」

しかし、これはシロスケにとっても衝撃であったのだろう。この一件の後、シロスケはちょっぴりブーチンを気に掛けた。ベンチにやってきても、それまでのように何の気遣いもなしに一直線に私の許に馳せ参じるというようなことはなく、植栽花壇の手前で一旦足を止め、角っこからベンチの方にチラッチラッと視線を送って、ブーの様子を窺った。

が、それも束の間。一カ月も過ぎると元の木阿弥。以前と同様、何の躊躇もなく、シロスケ、ズンズンズカズカとベンチ広場の中に入ってきた。

五

ブーチンから思わぬもてなしをうけた後も、何ら臆することなく、せっせと餌を求めてベンチに精勤してきたシロスケだったが、年が改まって二月に入ると、次第に足が遠のいた。

私から給餌を受ける遥か以前より、シロスケは池谷さんに、そして時々は熊野さんからも餌をもらっていた。しかしシロスケは別にもう一人、餌蔓を掴んでいた。その御仁が集合住宅T棟の一階に住んでいたのである。

その人はシロスケだけでなく、他にも数頭の野良猫に餌を与えていた。だからその一階家の裏庭には常時猫がたむろしていた。そしてどうやら、その一階家の主(あるじ)こそが、シロスケにとって主たる給餌人であったらしい。ただし、私はその人が猫に餌を食べさせている現場を実際に目にしたのは一度きりでしかない。恐らくは近隣の目がうるさいので、人目の無いときを見計らい、あるいは夜半にでもこっそりと食べさせていたのではなかろうか。

さて、池谷さんの話によるとその御仁、何らかの事情で一時給餌を停止したという。なるほど、それで困窮したシロスケは、あのいやなイケズ猫が居るにも関わらず、毎朝おっさんの許へ通って来たという訳なのか。


そのシロスケがベンチに来なくなった。

ということは、それは即ち、T棟一階家の主人が再び餌やりを開始したと見て間違いなかろう。T棟で給餌を受けられるなら何もわざわざベンチにまで出張する必要はない。それに、T棟に居てもおっさんは来てくれるし。

実は、前年の秋以降、毎日ではないけれど、私はT棟にも足を運んでいたのである。例の一階戸に集まって来る猫はどれもこれも痩せこけていた。それが気になって、時間を見つけてはT棟を覗きに行っていたのだ。

多分この時期が、一階戸住人の給餌中断期間であったのではないだろうか。だいぶ後になって、そこの奥さんが倒れて入院していた、という噂を耳にした。

「野良猫に餌をやるなら途中でやめるな。最後まで面倒を見ろ」

と言う人がいる。

正論である。全くの同感だ。

でも見ようにもそれが出来ない場合だってあるのでは。

社交的で気さく、友人も大勢いて、いざとなったらそんな友人や動物愛護団体に救援を求めることが出来る人、そういう人たちから見れば、「中途で給餌をほっぽり出すなんてとんでもない、もっての他」となる。

しかし、世の中、そんな陽気で正義感に満ちた上等なお人ばかりではない。人付き合いが苦手で孤独、友もなく、自が身過ぎ世過ぎさえママならぬ輩だって存在する。かような人が飢えに瀕している猫を哀れと思いそっと手を差し伸べはしたものの、我が身の上に危機が訪れ、止む無くも手を引っ込めざるを得なくなったとしたら、それを、「無責任、自覚に欠ける」と責め立てることが果たして可能なのであろうか。

奥さんが入院し、他に誰も頼る人がいなければ、ご主人は奥さんの看病に付きっきりとなり、とても猫の世話にまで手が回りはしないだろう。それを正義漢面して「お前が悪い」と詰問する資格が一体誰にあるというのか。

かく言うワタクシだって、この一階戸の夫婦と全く同じ境遇。万一の時はどうなるのか。考えると気が滅入るので、できるだけ思慮の外へ押し出すようにしているのだが……。

無責任でしょうか。

シロスケがベンチに餌乞いに来始めた頃、T棟にはシロスケの他にも、八頭の猫が姿を見せていた。

　このうちの三頭は明らかに飼い猫であった。よく肥えていたし、毛並みが綺麗であった。が、他の奴らは野良であった。五頭が全員痩せこけており、どの猫も目脂を垂らし、青洟こいていた。

　その中に、今でも想い出すと目頭が熱くなってくる猫がいる。

〝クボ美〟という猫だ。

　もう皮が骨にくっつかんばかりに痩せ細っており、落ちくぼんだ眼にはいつも涙を溢れさせていた。雄か雌か性別を確かめようがなかったけれど、その余りにも悲惨無惨な見ようのため、私は愛しさも込めて、クボ美と呼んでいた。黒と茶の明瞭でない縞柄で四肢と腹部が白であった。食事をきっちりと摂り、十分な手入れを受けたなら、見違えるほどの美猫に変身したことであろう。

　二〇〇六年十二月九日。

　昼前にT棟の裏を買い物で通ったとき、例の一階戸、庭に面したテラスの上に、クボ美が一匹、雨の中、寂しそうに蹲っていた。あいにくポケットに餌がなかった。急いで家に取って返し、レトルトパウチを手に再びT棟に向かったが、そこにもうクボ美の姿は無かった。

　その日の晩、七時を過ぎて、急に胸騒ぎを覚えた。

「もう晩いし、止めたら……」

という家内の声を振り切ってT棟に走った。

降りしきる雨の暗闇の中、クボ美が現れないかと待ち続けたけれど結局は虚しく家路に着くしかなかった。翌十日の夕方、やっとレトルトパウチ一袋の半分を食べさせることが出来たものの、それを最後として、もう二度とクボ美の顔を見ることは無かった。

九日の昼、初冬の小雨の中、クボ美は冷たいコンクリートの上で身を縮め、小声で啼いていた。涙を溢れさせていた。いつまで待っても開くことのないカーテンが閉まったガラス戸の前で、提供されることがない餌をこい願い、ただただ泣いていた。もはや、この世における如何なる希みも断ち切られていた。クボ美はそれをさとり、迫りくる寂滅の途にその身を委ねていた。

その際のクボ美の顔が私の脳裏に焼き付き、今も離れようとしない。


その点、シロスケは実に見事に難局を乗り切った。

T棟一階戸の住人が不在となった折、うまい具合に現れた白髪のおっさんをシロスケは最大限に利用した。毎朝ベンチに足を運び、空腹を満たしたのだ。

そうして、その一階家の主人が戻ってきたなら、もうベンチに行くには及ばず、と、まあまことに器用な世渡りを展開した。

大した奴だ。要領が良い、と言えばそれまでなのだが、この図々しさがあったればこそ、野良でありながらも十年の長きにわたって生き永らえてこられたのであろう。

六

シロスケは喧嘩を好まなかった。

仕掛けられれば応じたが、自らそれを求めることは無かった。

T棟横に小さな休憩所があり、そこに石造りのベンチがあった。私はそれに腰掛けて、猫たちが餌を食むのを眺めるのを楽しみにしていた。

食べ終わるとシロスケが私の膝に乗ってきた。そんな時〝ポチョ〟という若い猫が私の脇にきて、シロスケにパンパンとパンチを浴びせた。これに対し、シロスケは何ら応酬せずに顔を背けポチョの為すがままにさせた。が、余りにしつこい時はさすがのシロスケといえども堪忍袋の緒を切った。ポチョの顔面に強烈な一打をお見舞いさせた。が、それでお仕舞い。それ以上は無かった。

かようにシロスケは極力喧嘩を避けた。だから、野良の割には喧嘩傷が少なかった。

とはいうもののそこは野良の世界。降りかかる火の粉は払わねばならない場合もあっただろう。

二〇〇七年六月。

この頃、再びシロスケはベンチに通ってきていた。

二十八日の事。

朝、ベンチに現れたシロスケの左眼が開いていなかった。よく見ると、下の瞼が膨れめくれ上がっていた。膿が溜まっているようだった。出血は無かった。食欲は旺盛で小缶詰一缶をペロリと空にし、カリカリも一つまみ食べると、「ごちそうさん」と言って帰って行った。

翌日は終日雨。それもかなり激しい降りだったので、給餌には出られなかった。

その次の日も雨だったが、夕刻には止んだ。もう四時近くになってはいたけれど、T棟に出向いた。気になっていたシロスケが顔を出した。

「ありゃ」

シロスケ、左眼から血を滴らせていた。

前年の三月に、ブーチンも同じような傷を、部位も同じ左の眼にこしらえた。その時は幸い、眼球にまで傷は達しておらず、最悪の事態は免れた。

が、今回もそうとは限らぬ。野良で片眼が失明となれば生存に拘わる。

「これは医者に診せなければ」

嫌がり逃げ惑うシロスケを追い掛け抑えつけケージに押し込むと、これまで一度も訪れたことがなかったけれど、タクシーを使わずに済むという理由で、自宅から比較的近い場所にある動物病院に、ケージを引っさげフーフー言いながらシロスケを運んだ。

すると何て事か。入り口のドアは堅く閉じられ、厚いカーテンが下りていた。横の掲示プレートには「土曜日診察は午後四時半まで」とあった。インターフォンを数かい押したが、何の応答も無かった。

ヤレヤレご苦労さん、とんだ骨折り損のくたびれ儲けだったね、と自分に言い聞かせつつ、ケージ込み六キロ超の重い荷物をぶら下げて家路に着いた。


一晩家にお泊りさせて翌日曜日、B町の病院へ。

「瞼の粘膜に引っ掻き傷があり、出血はそこから。眼球まで傷は及んでいない」

胸を撫でおろした。

なお、せっかくなので、目脂と青洟について訊ねた。

「詳しくは検査をしないと分からない。まあ、たぶん子猫のとき、顔面を強打するというような事故にでも遭ったのではないか。それが為に軟骨に歪みが生じた可能性が高い。あるいは風邪をこじらせた後遺症か。いずれにしろ、目と鼻の機能が正常に作用しなくなったのは確か」

十日分の抗生物質が出た。通院は不要とのこと。

帰りはタクシー代を節約。電車を利用した。病院から電車の駅まで徒歩で片道三十分。「通院に及ばず」の一言にホッとした。

それは良かったのだが、投薬はどうするか。素直に薬を飲んでくれるだろうか。嫌がって逃げ回られては戸外ではどうしようもない。十日間か。致し方ない。家に置くことにした。

とは言うもののシロスケのヤツ、そんな長期の拘留に耐えられるか。自由気まま、勝手し放題に暮らしてきた身にすれば、閉ざされた屋内での生活は拷問にも等しかろう。

現に、昨日の夕方、シロスケを家に入れた時、以前のブーチン同様、家中を駆けずりまわり、挙げ句、洋間の窓際、カーテンの陰に隠れ、三時間以上も出てこなかった。

はてさて、この先十日間、どうなることやら……と案じながら、正午前に病院から戻り、玄関でケージの蓋を開けた。案の定シロスケは飛び出すが早いか台所に向かって一直線、その後も家の中を駆け巡り走り回った末に洋間に突進、またもやカーテン裏に身を潜めた。

「ヤレヤレ、しかしまあ後は時間が解決」

と、私たち二人は茶の間に腰を落ち着けた。

しばらくして様子見に行った家内がすっ頓狂な声を挙げた。

「大変や、あんた、シロスケが居ない！」

「そんなバカな。ちゃんと見たのか？」

本当だった。そこにシロスケの姿は無かった。

大金持ちの大邸宅じゃあるまいし、低所得者用の小さなアパート。身を隠せる場所なんて知れてる。台所、風呂場を含め全ての部屋を順繰り入念に調べた。が、いずれの場所にも見当たらなかった。暑かったので洋間の窓を少しばかり開けておいた。

「まさか、いやひょっとして……」

下を覗いた。

真下は建物に沿って長く延びた、幅一メートルの皐月植栽。その先はコンクリート地。もし植栽上に落下したならその葉と枝がクッションの働きをしてくれるかもしれない。がしかし、それがコンクリート上であったなら、その時はただでは済むまい。それは死か、もしくは内臓破裂、最小被害でも骨折は免れない。

植栽部にもコンクリート地にもシロスケの姿は無かった。では骨折した足を引きずってT棟に向かったのか。

実際、以前住まっていたアパートでそんなことがあった。そこでは私の部屋は二階だった。ある日のこと、大阪から帰還、駐車場に車を駐め、二階に上がると、玄関ドアの前、片隅に積み上げてあった冬用タイヤの上で猫が寝そべっていた。突然の人間の出現にビックリした猫は、慌ててタイヤから飛び降り、私の足下をすり抜けると階段を駆け下りた。ところがそこに私の後に続いて家内が上ってきた。猫は階段踊り場で立ち往生。パニックに陥った。そして迷った挙げ句の猫がとった決断は、落下防止用のフェンスの狭間から地上に向かっての大跳躍(ジャンプ)。階段踊り場から地上までは二メートルは無かったと思う。が悪いことに地表はコンクリートであった。更に重なる不運たるや、猫は肥えていた。それも丸々と。四肢を堅い地面にしこたま打ちつけた。前足の片方を骨折したらしい。猫は足をピョンコピョンコさせながら必死になって前進し、隣家との境、敷地を囲んでいた高さ六十センチほどのブロック塀をよじ登り、向こう側の草地に姿を消した。とっさのことで、私にはどうにも対処しようが無かった。家内もまさか上から猫が駆け下りてくるなんて、そんなこと夢にも思わなかった。

飼い猫だったに違いない。綺麗な毛並みをした幾分碧みのあるグレーの猫だった。

不幸は前触れなしにやってくる。


二階でもこの有り様。ではそれが四階ならば。

何という皮肉。眼の治療と引き換えに、骨折の憂き目に遭うとは。

外出着に着替え、靴下を履いた。

その時、家内の声。

「居たー、見つかった。長靴の中」

正確には下駄箱の下段、長靴の後ろ。確かにそこは薄暗くて見えにくい場所ではあった。が、しかし、あの図体どでかいのが、そんな窮屈なところに隠れていようとは。

ブーチンも、二度目か三度目かの収容時、洋間に、それも部屋のど真ん中に置いてあった小さな紙製の手提げ袋の中で、私と家内が交互に何度もその真横を通ったにも関わらず、「カサッ」と紙と擦れ合う物音一つ立てず、ひたすら沈黙硬直して、身を潜めていたことがあった。

〝ちと〟という雌猫は洋間の押し入れの上、戸袋の中に隠れていたし、後年、風邪ひきで収容した黒猫の〝コク〟は洗面台横に設置してあった洗濯機の下、五センチか六センチあるかなきかの隙間に潜り込んでいた。

ああ、ホンマ、ネコッていう代物は！

さて、下駄箱から引っ張り出されたシロスケは、何とか外に逃れんものと、またまた家中を駆け巡ったが、結局脱出は不可と知るに至り、最後は洋間に戻って壁際にあった灯油缶収納箱の後ろ、僅か七、八センチの間に頭だけを突っ込み、胴体は丸出しにして、日が暮れるまでの六時間余、身じろぎ一つだにしなかった。

外では辺りを睥睨、悠揚迫らざる堂々としたシロスケなのだが、家の中ではこの為体。猫は環境の変化を極度に恐れるというが、シロスケの奴、ものの見事にそれを証明した。そして、その恐怖心・不安感からなのか、それとも大胆不敵と言うべきか、シロスケ君、とんでもないことをやらかした。

その晩、真夜中近く、洋間の方から、プーンと何ともいえない馥郁とした香ばしい香りが。

「あっ、やったなあ……」

推察的中。

部屋のど真ん中、カーペット上に、特大のウインナーソーセージがこんもりと四本。更に近くに置いてあった座布団クッションがビショ濡れ。中央凹み部分にはたっぷりと黄金の液体。

「ウーン、やるなシロスケ」

粗相はこれに止まらず。

翌日以降も連日連夜、洋間は無論のこと、廊下、お茶の間、台所、そして洗面所、浴室と、所嫌わず自由奔放に液体・固体とり混ぜて、ご遠慮一切なしのご放出をなされた。

洋間にはちゃんと猫トイレを設置してあったのだが、シロスケはそれを全然ご使用なさらなかった。

「失礼いたしました。前言取り消します。シロスケ君、あんたは偉い、やっぱ大物や。そんじょそこいらのこわっぱとは土台スケールが違います。恐れ入りました」


猫や犬が愛玩動物、つまりペットとして家庭で飼われるようになったのは、両種共に体格が人より小さく肉食獣であり、かつ就巣性特質を有しているからだという。

肉食であれば餌が少なくて住む。つまり排泄物の量が少ない。また、就巣性というは、巣の中を汚さない、ということだ。特に猫は綺麗好きで排泄を巣以外の特定の場所で行う。即ち、家の中の一定の場所に砂か紙片を敷いた猫トイレをこしらえてやれば、彼らは教えなくても勝手にそこで排泄をする。

病気で動けなかったチビは別として、過去、家に入れた〝ちと〟もブーチンも、すぐトイレを覚えた。

しかるにシロスケは幾日を経ても排泄場所が定まらなかった。これは、狭っ苦しい空間に閉じ込められたことから生じた不快感、そしてストレスによるものに相違ない、と思うのだが、それだったら他の猫も同じ条件だし、一概には決めつけられない。となれば、やっぱりシロスケは傑物なのだ。どこでクソしようが小便たれようが、そんなもん全く無頓着。したい時にしたい所で、という主義の下、小さなことには拘らない、度量の大きさをご披露なさったのである。

だが、これには家内がカンカン。無理もない。ブーチンその他の猫たちの給餌で、私はしょっちゅう外出、家を空けていたから、シロスケが体外に放出した糞尿の処理後始末はほぼ全て家内の負担に。憤るのも当然。その上、始末といっても単に糞の除去、尿の拭き取りだけでは済まない。それが板床上であればまだしも、畳・カーペットの上だったら中に染み込み、雑巾でゴシゴシ擦り取らねばならないし、座布団や寝具ならカバーやシーツを剥がして洗濯せねばならない。シロスケの存在が無ければ、する必要のない作業が一挙に増えたのである。

「シロスケ！　何べん言うたらわかるんや。ちゃんとトイレでせんかい」

日に何度も家内の怒声が家に木霊した。

シロスケは外に出たがった。

玄関に行き、戸の前で啼いた。外ではシロスケの啼き声を聞いたことが無かった。で、てっきり啼かない猫だと思っていた。ところがどっこいとんでもない。それは大きな思い違いでシロスケは大声挙げてけたたましく啼いた。

「外へ出せ」

というデモンストレーションはそれだけでは済まなかった。

台所横にあるベランダに出て、高さ一メートルの側壁に跳び乗りその上を歩いた。

側壁の上端は幅、僅か十四センチ。しかも両端とも二センチが外側に四十五度急傾斜にカットされており、更に真ん中には四センチ幅の金属円柱手摺が、高さ十センチのところに通っているから、猫が、その両端及び円柱部を除くと、足をつけ得る平らな部分は左右片足それぞれたったの三センチしかない。そこにシロスケ跳び乗って円柱手摺を跨いで端から端までの四メートルを歩き伝ったのである。で、端っこに至るとUターンした。

我が家は四階、落ちれば命がない。だのに歩いた。しかも小走りで。それも一度や二度ならず。見ていてハラハラのし通しだった。

もっと怖かったのは洋間の窓。

家にはクーラーが無いので、七月ともなれば東西の窓を開け放ち、風を通さないことには蒸し風呂状態。その開け放った窓からシロスケは身を乗り出して下を覗いた。

それだけで済めばまだしも、シロスケ、何と足を一歩、窓の外へ踏み出した。

ここの窓は、外壁から十センチ内側に凹んだ部分にある。そしてその凹みのところにはアルミ板が張ってあるのだが、シロスケ、前足一本だけでなく後ろ足もろとも四本全てそのアルミ板の上に乗せ、つまり身体全体を完全に窓の外に出して、僅か十センチ幅の上を歩いたのであった。

そのアルミ板は外側にわずかながらも傾斜しているというのに。

万が一、滑り落ちでもしたならご昇天は確実であったろう。シロスケは慎重を期し、落下という事態には至らなかったものの、それを目にした二人は肝を縮み上がらせた。

七

薬がよく効いた。

出血は直ぐに止まった。瞼の腫れも退いた。加えて意外にも、目脂、青洟にも効き目が及び、流れ出る量が日毎に少なくなった。

更に驚かされたのは食欲である。

シロスケは入居三日目から凄まじい食べっぷりを見せた。朝と晩、それぞれ八十グラム入りの小缶詰一缶をペロリと平らげ、カリカリも優にスプーン大匙二杯分を腹に収めた。しかもその食べる速さ。外では小缶一個を空にするのにエッチラモッチラ大層な時間を要していたのだが、家ではあっという間。これが同じシロスケかと目を疑った。

それはたぶん、戸外では複数の人から給餌を受けていたので、私の餌だけで満腹する必要がなかったからであろう。

それにもう一点、不思議な現象が。

入居早々のシロスケの便たるや、思わず鼻をつまみたくなるほど強烈な臭いを放った。が、日が経つにつれ、臭いに円やかさが出てきた。池谷さんの餌はドライであった。ドライのウンチはそんなには臭わない。してみると、強烈臭の源は……？

瞼の腫れが縮小し、目脂も鼻汁も出が減少。食欲は旺盛、体力も回復、元気溌剌、身動き軽快、となれば、シロスケの要求は唯一つ。

「外へ出してくれ」

当初、昼間に玄関戸の前で鳴いていたのが、やがては夜間、十時・十一時ともなると、玄関の他、台所、サンルームの窓際に立ち、外に向かって大きな声で吠え始めた。夏なので窓を閉め切るわけにはゆかず、鳴き声は夜の静寂を突き破り、辺り一面に響き渡った。これには参った。宥め賺しはしたものの、そんな程度では収まろうわけがない。声が嗄れるまでシロスケ、鳴き喚いた。

粗相も相変わらず。一向に収まらなかった。家内のヒステリーが頂点に達し我慢も限界に。

当初十日分の薬をきっちり服用させてから、と考えていたのだが、そんな悠長なこと言っておられなくなった。

そうこうしているうち、入居八日目に当たる七月七日の夕方、シロスケ、正に一週間の集大成とでもいうべき、見事なる芸術品を糞作した。
台所、薄いブルーグレーのカーペットをカンバスに、前衛作家顔負けの抽象画を、トロトロの軟便で描いたのである。便汁はカーペットのひだに染み込み通り抜け、下の床面に達した。カーペットの表と裏、及び床板を二人でゴシゴシ洗剤をつけて擦り拭ったのだが、床はともかく、カーペットは変色し、臭いが残った。

これが決断させた。

実は数日前から、私はシロスケの美容（エステ）に取り組んでいた。白手袋をはめて全身の毛を撫でさすりブラシを掛けた。ブラッシングなんてシロスケにとって恐らくは初めての体験。

「ああ何て気持ちがよいものか」

シロスケは喜んだ。二度目からは私がブラシを手にするが早いか、シロスケ、喜び勇んで飛んできた。

効果はてきめん。

シロスケとは名ばかり、実体はネズスケ、毛はくすんで灰色と化しネバネバになっていたのが、見る見るサラサラ、光沢のある真っ白なフワッとした毛並に変容した。

そしてこの晩、いつもより入念にブラシを入れ、温かなお湯に浸したタオルを絞り、残っていた顔の目糞鼻糞を丹念に一つ残さず拭いのぞくと、

「オオーッ！」

これぞ正しく、〝ネコ界の健さん〟

見事なる美丈夫、男前が出現した。

「あーあ、せっかくここまでにしたのにもったいない。お外に出したら元の木阿弥、残念至極」

大いに未練が残ったけれども致し方なし。本人が「出たい、出たい、出たい、外へ出せ」とせがむのだから。

日付が変わって真夜中午前一時、そうっと玄関ドアを押し開けた。

凡そ一週間、まるで嵐みたいに私たち二人を騒動の渦に巻き込んだ末、唯一言の感謝の弁も無く、さっさと家を出て行ったシロスケ君、その朝六時に私が階段を下りて行くと、何と何と、建物一階出入り口で、

「おっちゃん遅いぜ腹減った。早う餌おくれーな」

と、ちゃっかり私を待ち受けていたのである。

在宅時と変わらぬ勢いで猛然と喰らいつき、充分に餌を腹に詰め込んだシロスケは、捕まっては大変、長居は無用と、さっと踵を返すや、トットコタッタカT棟の方へ走り去っていった。

入れ替わりに、愛犬モモを伴って熊野さんが来た。

「夜半にシロスケを出した。怪我は完治。出す前に顔を拭き毛にブラシを掛けた。シロスケ、見違えるほどの美男子になったよ」

「ええっ！ホント？じゃあ私見てくる」

熊野さん、足早にT棟に向かった。


翌朝、ベンチに顔を見せた熊野さん。

「ホンマや。シロスケ、綺麗になってたわ。池谷さんと私とで、交代にシロスケを撫でた。毛がツヤツヤしていた。あんなに変わるもん？　あ、それと、一階の人がシロスケを見て、『あれ、オマエ、生きとったんか』と言ってたよ」

八

T棟に集ってくる猫の中に、私が〝チビタン〟と名付けた、キジトラ長毛の雌猫がいた。

その猫は二〇〇六年秋、T棟横で野良たちに給餌をしていると、近くの茂みの中から、常連さんが食事をしている様子を羨まし気にじっと目を凝らして見ていた。

首輪をしておれば飼い猫だと判るけれど、今日び、飼われていても首輪のない猫がほとんどで、野良との区別は存外難しい。

そこで判断の規準を、肉付きの良し悪しに求めることになるが、野良でもブーみたいに痩せていないのもいるから、それは必ずしも当てにはならない。

しかし、チビタンは十中八九飼い猫と見て間違いなかった。理由は丸々としていたのもあったけれど、それより何より毛並がとても美しかった。そして仄かにシャンプーの匂いがした。

当初チビタンは、茂みの前に餌皿を置いても慎重で、簡単にはお皿に口を持ってゆかなかった。初めて私の餌を食べたのは、出遇ってからほぼ一カ月後のことである。


猫の品種としては、勿論雑種であろうが、メイン・クーンの系統ではないか、と思う。ただし、その性質上の特徴としての、「温和で穏やか」というのは当てはまるのだが、「気さく」という点では多少、首を傾げざるを得なかった。しかしこれは品種というよりは性、即ち、雌猫に特有のもので、懐きはするものの、それがたとえ飼い主であっても人間との間にきっちりと一線を画し、不用にベタベタしない、という気質によるものであった。

器量良しだった。

毛色が雉トラ柄のために、顔も口の周り及び下顎を除いては白い部分が無くて、ちょいと見には容貌が分かりづらかったけれど、そこそこのべっぴんさんだった。それ故に大もてで数多くの雄から求愛された。

テリトリー外であったにも拘わらず、遠くからわざわざこちらの方に出張ってきた、あのエリマキの狙いも、このチビタンであった。

勿論シロスケだって。

五月十八日。

定刻より少し早い目、午後三時に夕方給餌で家を出た。ベンチにブーが居なかった。そこでT棟に向かった。

チビタンがいた。棟横の小広場に誘った。カリカリをお皿に盛ってチビタンに差し出した。チビタンそれを食べ始めた。

そこへポチョが現れた。

ポチョにも餌を与えた。

ところがポチョは餌なんぞそっちのけ、チビタンに近づきそのおけつに鼻をくっつけた。チビタンは食事に夢中で言い寄ってくるポチョが鬱陶しい。チビタン、ポチョを振り払った。だがポチョはめげない。二度、三度と挑み、その都度払われ逃げられたが全く懲りずに執拗くチビタンに迫った。遂にチビタン怒ってポチョの顔面に強烈なパンチを一発。

これがまた、可愛いのだ。

チビタンの体型はズングリムックリ寸胴型で、ここだけの話だが、人間で言うならば、人気歌手の天童よしみさん。短い手で繰り出すパンチの仕草が、もう何とも言えない愛らしさ。

ところでチビタン、実はたった半月前に出産したばかり。

「ええ、あんた、自分の飼い猫でもないのに、どうしてそんなことが分かるのか」

と、いぶかる向きもあろうが、おっさんには分かるのだ。

四月三十日に見た時には、チビタンの腹が大きかった。それが、中三日挟んだ五月四日、餌場に現れたチビタンのお腹は凹んでいた。前述したようにチビタンは丸々していたので目立ちにくくはあったけれど、身重であったのは確かだ。それが四日の日に凹んでいたという事は、四月三十日から五月四日までの間、そのいずれの日にかに出産があった、と見て間違いない。

何頭産んだのかは不明だが、チビタン、赤ちゃんへの授乳のため、たくさん食べて栄養を取らなければならない。

ところが、ここで私が首をひねるのは、飼い主の動向である。当初出遇ったときからチビタンには飼い主の影が濃厚だった。そして半年以上経ったこの頃には、それはもう確固としたものになっていた。出産した母親猫に、充分なる食事を与えねばならない、というのは常識、飼い主の務めであろう。それなのに、外に餌を求めてやってくるなんて、この飼い主、一体何を考えているのだろうか。

四日以降、毎日のようにチビタンは餌を食べに来た。餌は飼い主にもらえばよかろうが、と思いはしたが、せっかく来たのに食べさせないというのも薄情、心苦しかったので、もやもやした気持ちのまま餌を提供していた。

この日もチビタンはもの凄い食べっぷりを披露した。あっという間に一皿を空にし、お代わりを要求。

一方ポチョは発情の真っ最中。食い物なんてどうでもいい。兎にも角にも交尾に入りたくてしようがない。目ん玉ひん剥き鼻の孔おっぴろげ、ハアハアフウフウ早く早くの体。

嗚呼何たることや惨たるちあ。ホンニ雄とは憐れ、哀しきものよ！

チビタン食事を終了。すかさずポチョちょっかい。それを振り切りチビタン移動。ポチョ追っ掛ける。そんな二頭の有り様を物陰からじーっと見ていた猫がいた。

シロスケである。はじめシロスケは、

「お前ら、昼の日中に何しとんのじゃ」

とあきれ顔。

そのシロスケの許へ、チビタン、ポチョを避けて駆け込んだ。何やら、

「ウチ、ポチョよりシロスケの方が好き」

という風にも見てとれた。それとも、シロスケはご老体だから安全、とでも思ったのか。

ところがどっこい。シロスケだってオトコ。

チビタンが懐に飛び込んできたことが、眠っていた残り火、胸中密かに燻っていたスケベ心に火を点した。

「わしゃもう老齢（とし）やし、女なんかに興味はないわ」

てな顔つきだったシロスケ、何をご乱心めされたか、突如としてガバとチビタンに覆い被さった。

あっという間もなく、チビタンの背中に跨るや、首筋噛んで完全に支配。チビタン全く身動きとれず、シロスケ、四股を踏むが如く、後ろ足を交互にトントン地面に叩きつけ徐々に交尾の体勢に。手慣れたものよ。お見事という他はない。

振られたポチョリン、予期せぬシロスケの素早い行動にただただ呆気に取られ、独り傍らでポッカン、眺めるのみ。

面食らったのはチビタンも同様。

出し抜けのシロスケの乱暴狼藉に度肝を抜かれ、しばらくは茫然自失の体。が、やっと自分を取り戻すと、全身を揺さぶって何とかシロスケの魔の手を逃れた。チビタン、さっとベンチ下に飛び込んで身を伏せ、強怖・困惑眼（まなこ）でシロスケを睨み上げた。

「そうか」

ここがシロスケの良いところ。

深追いせず、あっさりと諦め、その場をあとにした。

一方、満一歳、血気盛んな青年ポチョ。

シロスケが去ったと見るや再びチビタンに挑戦。

今度は上手くチビタンの背中に。だが、チビタン嫌がり、全身揺らして何とか逃れんものと懸命。そうはさせじと必死にしがみつくポチョ。組んず解（ほぐ）れつエッチラオッチラ、それはそれはもう大変。

そこへ、消え去ったはずのシロスケがまたもや登場。

「ああ、ポチョ。お前じれったいのう。下手くそやのう。何をしとんのじゃ。もう見てられへん。しゃあない。わしがお手本みしてやる」

シロスケ、さっと横合いから割り込んだ。

その手口たるや実に巧妙卓越強引無謀。

「ええっ、シロスケ、お前！」

昨年の暮れ、

「こんなにヨボヨボになっちまってさ、シロスケ、今度の冬を越せるかね？」

と池谷さんが心配しきりだったあのシロスケ。あん時のあの姿、あれは一体何だったのよ！

今、眼前で事に及んでいるシロスケは、老体に鞭打って、なんてものじゃない。颯爽矍鑠迫力満点。

あれよあれよ。

いつの間にか、チビタンの首筋くわえ、マウントしていたのは、何とシロスケの方であった。

恐るべし、十歳猫の執念老獪さ。

今度はポチョも意地を見せた。

「こんな爺に負けてたまるか」

シロスケの傍若無人、勝手し放題許すまじと、ポチョ、果敢に体当たり。必死の形相でシロスケを押しのけ突き飛ばし、ケツを振り振りチビタン奪回。

シロスケとポチョ、この老若二頭の雄猫が、人間年齢に換算すると二十歳前後に該当するうら若き娘猫を巡って、欲情剥き出し破天荒な振舞い。

我れが先にと首筋に喰らいつき、交尾権を手中に収めんものと押し合い圧し合い、それはもう壮絶激烈この上なし。ただただ息を詰めて見守るばかりであった。


この様子を、痩せっぽち、小柄な黒白猫の〝千代子〟が、少し離れた位置から、シラーと冷めた眼、呆れ顔で、ジローンと眺めていた。かつてシロスケのお相手を務めたこともあったお千代さん。

「シロスケはん、あんたその御高齢でようやりはりまんな。そろそろ餌の時刻やいうので来てみたら、何とまあこのあり様や。ワテ、もう食べる気失うなったわ。ああエライもん見てもうた。帰りまっさ」

千代子さん、クルリと背を向け、道路を渡って、トットコと走り去った。

こんな場面、滅多に見られるもんじゃない。本人たちは別に人の目を楽しませようと演技をしているわけではない。真剣そのもの真面目一辺倒。それこそ一所懸命。本能に忠実、生きるのに誠実必死なのである。ところが、本当に申し訳のないことであるが、それだからこそ却ってそこから生み出される滑稽味はまた格別で、思わず微笑みを誘われてしまう。これに比したら、いわゆる本邦のお笑い芸人と称する連中の薄っぺらな芸無き馬鹿騒ぎのおぞましき事。私がテレビを観ない所以である。


それにしてもシロスケはん、あんたホンマに凄い。達者なもんや。

そう言えば、以前池谷さんがふと口に洩らしたことがあった。

「この辺に居る猫、ほとんどがシロスケの子孫だよ」

「え！　じゃあ池谷さんも密かに楽しんでいたの？」

さて、それはどうか、私には確認のしようがないけれど、それもそうだな、さもありなんと、本日の激闘奮戦模様を目の当たりにして、その言をひょいと思い出したのであった。

そして驚くなかれ。

シロスケ、この交尾大戦闘の直後、未だ興奮冷めやらずの間、何とあの巨大黒猫エリマキと、白熱の大ニラメッコに、こと及んだのである。

脱帽。

九

大型ホームセンターに行くと、ペット用品売場には、七歳以上、十歳以上、十三歳以上、果ては十七歳以上用という中・老齢猫を対象としたキャット・フードが並んでいる。

今や、十歳を超えて生きる猫は当たり前。

「うちの猫、二十年」

という声も一度ならず耳にした。しかし、これはあくまでも家庭猫の場合。外暮らしの猫にそれはない。

十歳と噂されるシロスケ、もしそれが本当だとするなら野良として実に驚嘆、稀有な例と言わねばなるまい。

敢然とチビタンに挑んだ後もシロスケ、それでは足らじとまだ小娘の域を出ていない〝ハナレちゃん〟にまで手を出す始末。また、元来喧嘩は好まないはずなのに、新たに界隈をうろつき始めた若い雄と雌猫を争い、取っ組み合いまでも演じた。

この若造猫は、全身白でほんの一部が黒のブチ柄。かつ体型・体格までもがシロスケと酷似。

違うのは顔面の上部一カ所のみ。シロスケは右眼の上だけが黒だが、若いのは左眼の上も黒で、額の模様が当に漢字の八。で、付けた名前が〝八の字〟。九十九％父子とみてよい。が、母親はともかく、猫の男親には父と子の感覚は無い。だから他人と同じ。場合によっては喧嘩もする。という具合で、シロスケは元気闊達で、この分ならまだまだ当分二、三年は大丈夫、生きるんじゃないかな、と思ったのだけど……。

シロスケは複数の人から餌を調達していた。

このうち熊野さんは、早朝の愛犬散歩及び通勤時に、シロスケと出会った場合のみの給餌。確実性のあるのは、池谷さんと私、そしてT棟一階住人の三者。

二〇〇七年の夏のこと。ベンチで私がブーチンに餌を食べさせているところに池谷さんがやって来た。彼女は出し抜けに、

「私、もうT棟での餌やりを止めるから。これ、家に置いといても無駄になるし……」

と、ドライフードの小袋を数個、ベンチに置き、後は無言で立ち去った。

シロスケ、餌づるの一本が切れた。

しかし、これは大した打撃ではなかった。その半年後、シロスケは太い蔓一本を失った。

二〇〇八年一月四日。

私は午後三時半に家を出てT棟に向かった。

シロスケをはじめ四頭が待っていた。この日はいつものT棟脇の休憩所でなく、棟の南向かいにある草地に連中を誘った。

「来る猫の姿は絶えずして、しかも、もとの猫にあらず」

このT棟周辺で野良猫対象に給餌を開始したのが二〇〇六年十月。それから僅か一年ちょっとしか時は経っていないのに、そこに集ってくるメンバーはガラリと変わっていた。

クボ美、十兵衛、黒べエ、お千代、白足袋、そしてポチョ。これらが初期の顔ぶれであったが、二〇〇七年五月二十四日のお千代を最後に、ポチョ以外の五頭は次々に全て姿を消した。この五匹はどの猫も痩せていた。例外なく眼病を患っていた。

この事例一つ見ても、野良として生きていくという事が如何に困難過酷なものか、説明するまでもないだろう。猫を捨てる人は余りにも物事を安易に考えすぎているのではないか。捨てるとは己が直接手を下さない殺しに等しいのだ。

さてこの日、私を待っていた四頭とは、給餌開始時からの生き残りのポチョ、及び少し遅れて参加したシロスケとチビタン、そしてつい最近、半月前から餌乞いに来るようになった〝ガッツ〟である。

ガッツとはチビタンの子である。二〇〇七年の春にチビタンのお腹から出てきた三頭のうちの一頭で、全身黒、長毛の巨大な雄。とくれば……、そう、そうなのだ。紛うことなき、あのエリマキが子である。

ところが、このガッツ、見るからに獰猛狂暴という印象の強かった父親とは趣が異なり、その性格たるや、それこそ温和気さく甘えん坊で、うまい具合にチビタンの遺伝子をスッポリと取り込んだ。

ガッツという命名は、あの元プロボクシング世界チャンピオン、ガッツ石松から。どでかい丸顔パカッと開いた太い鼻、そしてどことなく漂う愛嬌。もうこれ以外の名前をつけようがなかった。しかし、T棟のおっさんは、クロと呼んではいたが。

なので、その面でもって、

「なあ、おっちゃん、ボクにも餌おくれーな」

と言い寄って来られたら、どうにもこうにも無下には出来ず、これが飼い猫と分かってはいても、チビタンともども餌を分け与えずにはおられなかった。

さて、食事がほぼ完了した頃、草地に面した通りを東の方向から歩いてきた男女二人連れがT棟の前で足を止め、棟に向かって右側の出入り口から中に入っていった。

それを目にしたシロスケ、タッタッと小走りで道路を渡り、二人連れの後に続いて棟の中へ。

「ん?」

シロスケは出入り口から通路を経て階段を登っていった。どこへ行くのだろう。

しばらくして、

「ニャオーン、ニャオーン」

階上から大きな声がこだました。それは明らかに〝甘えた声〟であった。

この時、全てが解明した。

「そうか、そうだったのか。シロスケは飼い猫だったのか。そんな……！」

怪我をしたら病院に運び、家に連れて帰って療養させ、また、目脂を出しているからと目薬をさし、疥癬に罹れば駆除液を注入し、固いドライは食べにくかろうと缶詰、レトルトパウチの軟らかフードを供し、一週間姿を見せないと捜索した。

それらは一体何だったのか。

シロスケには飼い主がいたのだ。

虚しさに襲われ、悄然として帰途に着いた。そして歩みながら己に問うた。

「その飼い主とは誰なんだ……。そして私の存在を知っていたのだろうか……。ああーっ、そうか、あん時の……」

思い出した。

何時だったか。正確な月日は憶えていない。確か前年の秋？

私が、草地で猫たちに餌を食べさせていると、少し離れた物陰からその様子をそれとなく窺っている小柄で小太りの爺さんがいた。目が合った。爺さん、特徴のある唇でニヤリと笑った。

また、僅か一カ月前のことだが、例のT棟一階家の庭でガッツが遊んでいた時、一台の軽自動車が通り来て、T棟東側の通路前に停まった。車のドアが開き、助手席から爺さんが出てきた。それを見たガッツ、爺さんに向かって走った。爺さんはガッツを抱いて棟の中に消えた。


シロスケが上がっていった階段は、その時、ガッツを抱いて爺さんが上っていった階段と同じである。

そうか、あの爺さん、ガッツだけでなく、シロスケの飼い主でもあったのだ。なら、勿論、チビタンも。


一月四日、私は初めて、全貌を知らされたのである。

池谷さんはそれを知って、T棟の給餌から手を引く、と言ってきたのか。そしてまた、一階家の主人はそれを知った上で、敢えて餌をやっているのだろうか。

ああ何たることか。お人好しにもほどがある。私たち善意の給餌人は、爺さんにコロリと欺かれていたのだ。もっとも爺さんは言うに違いない。

「別にだました訳じゃない。餌をやってくれと頼んだ覚えもない。あんたらが勝手にやっとるだけや」

割り切れない思いを抱いてベンチにたどり着いた私を、ブーチンが出迎えてくれた。

ベンチに腰を下ろした私の太股に乗ってきたブーチンは、まじまじと私の顔を見て言った。

「なあ、おっちゃん、これで分かったやろ。あれがシロスケの正体や。だのにおっちゃん、あんなシロスケなんかに構ったりして。猫っちゅうもんはな、餌さえくれたら誰だっていいんや。オレだって、カニカマ落ちてこんかいな、ちゅうてあのアパートの下で待ってたやないけ。猫なんてそんなもんや。それをおっちゃん、シロスケに慕われているとでも思うとったんか。甘い甘い。いい年齢（とし）こいてまだまだ未熟。人生修業が足らんのじゃない。ま、おっちゃんはな、オレだけにしとったらええんや。オレだって今はおっちゃん一筋やで。まあ今回はええ勉強になったんとちゃう。これからは気いつけるんやで。そやないと、人に、そして猫にも笑われるで」

十

一月、二月と私はT棟に足を向けなかった。

すると、三月に入って半ば過ぎ、シロスケの方からベンチにやってきた。

その日、シロスケは一直線に走り寄ってくると私の顔を見上げ、ズボンを引いた。

「シロスケよ、お前にはちゃんと飼い主がいてるやないか。あの爺さんから餌もろたらええのんとちゃう」

「おっちゃん、そういうけどな、あの爺さんの一家はそれはそれはひどいもんや。餌十分にくれへんのや。あの日も玄関前で『開けてくれ、中に入れてくれ』と啼き続けたけど、結局、ドアは開かんかった。病気になっても怪我しても、ほったらかしや。ワシな、しみじみ分かったんや。ワシらのこと、心底心配うて、親身になって世話してくれるのは、おっちゃんだけや。他の奴らもそう言うとるで。な、そんな冷たいこと言わんと、食べさせてーな。お願いや」

シロスケの言葉に嘘はなかった。二カ月半ぶりで見るシロスケは劇的に痩せていた。

「あんた甘いわ」

家内が私に対して、しばしば吐く台詞である。

ホンに、私はお人好しというか、情に絆されやすいというのか、この時も気がつくと黙って餌を差し出していた。

そのうち、シロスケだけでなく、ポチョもチビタンもガッツも、そしてガッツの同時腹兄弟である縞トラ〝タン吉〟までもが、ベンチに姿を見せるようになった。

シロスケが私に語ったことは本当だったのだ。飼い主から充分に食事を与えられているならば、わざわざここのベンチくんだりまで遠出してくる必要はない。餌が足らなかったのだ。

こうなると、落ち着かないのはブーチン。自分専用となっていたベンチ食堂が、にわかに活気づき来店客が多くなった。

苦手、煙たい存在であるシロスケは別として、他の猫たちに対してはブー、徹底的に排除攻撃の挙に出た。

「おっちゃんに近づくな。おっちゃんはオレのもんや。お前ら誰もここへ来るんじゃネエ！」

この連中のいずれかがベンチに現れようものなら、ブー、血相変え鬼の形相と化して、ベンチを蹴り立ち彼らに躍りかかった。それはそれは凄まじいの一言、ビックリこいて一目散に逃げ去る彼らの後を徹底的執拗に追い回した。

猫の喧嘩で危惧するのは取っ組み合いではない。一方が逃走、他方が追走という事態である。両者共に無我夢中で疾走、周囲が全く目に入らない。そんなところに車が来たら……。

私が怖れるのはまさにそれ。

「四八七一七の一五六八」

T棟での給餌が再開された。

私がT棟での餌やりを停止していた二カ月余の間、シロスケはどうやって食料を得ていたのか。飼い主とおぼしき老人とは考えにくい。とすれば恐らくは一階の住人か。だが、それで十分でなかったのは明らか。

一度、道で偶然出くわした池谷さんが、

「シロスケ、最近ちょくちょく家に来るのよ」

と語った。

本人には何ら他意はなかったのであろうが、こっちとしては、「餌やりはあんたに任せたのに、ちゃんと食べさせているのか」と責められているような奇妙な気分に陥った。

シロスケは必要とする量そのものが不足していた。それはシロスケの身体が如実に物語っていた。が、迂闊にも私はそれを深刻に受け止めなかった。というのは、これまでにもシロスケは痩せた肥えたを繰り返していたからだ。だから今回もまた、私の許でしっかりと食べ物を摂取すればもとに戻るだろう。そう安直に考えたのだ。だが痩せの真因は別なところに在った。


シロスケの異変第二弾は、一カ月後の四月二十日。

ベンチに来たシロスケはベターッと腹這った。元気がない。見ると、シロスケ、口からダラーンと涎を垂らしていた。

遠い記憶が蘇った。


もう十何年も前のこと。

毎週一回土曜日、大阪豊中市北千里の一角で、私は魚を行商(あきな)っていた。

ある日、猫が一頭寄ってきた。猫は車の脇にチョコンと座り、私が魚を捌くのを静かに見守っていた。とても綺麗で上品な猫だった。

お客さんの注文が一段落したところで、骨に付いているアラを梳かしこそげてまとめ、トレイに盛って食べさせた。以後、どうしてわかるのか、土曜日、その場所に車を停めると欠かさず姿を現した。

何か月か過ぎ、毛並みから光沢が失われ、毛に汚れが目立つようになった。

お客さんの一人が、

「どうしたんでしょう。確か、○○さんの家で飼われていた猫じゃないかと思うんだけど、捨てられたのかしら？」

と呟いた。

間もなく涎を垂らすようになった。それが段々とひどくなり、やがて魚を供しても食べなくなった。猫はただただ悲しそうな目をしてトレイを凝視めるだけになってしまった。それから半月後、現場に姿を見せたその猫は、魚の調理に使用する水を頂いていたお家の前庭に身を潜め、私の方にじっと目を向けた。眼には涙が溢れ、口からは泡のように涎を垂れ流していた。それがその猫を見た最後だった。

その猫も右耳の周りと尻尾だけが黒で、他は全身白という猫だった。

今、私の眼前でグッタリと腹這っているシロスケの有り様が、その折のその白猫の姿と重なった。

この日、私は、ウエット、ドライ、そして水の三皿をシロスケの前に置いたが、シロスケはトローンとした目で眺めるのみ、僅かにカリカリを一口、二口、口に運んだだけだった。

前々からシロスケの食欲にはムラがあった。一六〇グラム入り大缶を一個ペロリと平らげるかと思えば、差し出された餌にほとんど口をつけない日もあった。

ブーチンのように、給餌人が私一人しか存在しない猫は、食欲不振イコール体調不良と察しがつく。しかしながらシロスケみたいに給餌人を複数人持つ猫の場合、餌を食べない原因が病気のせいなのか、はたまた、他人から先に食べさせてもらったからなのか、その判断に迷う。

しかし、今回、その異常な痩せ方と垂涎が見られるとあらば、これはもう病魔に侵されていると見て間違いはなかった。

十一

時をほぼ同じくしてブーチンも痩せてきた。

ブーは二年前に尿路結石を患い、その後もたびたび風邪のような症状を呈した。その都度、我が家に収容、家内と二人して手当て看病に努めた。

ブーは体格こそ立派であったが、身体そのものは丈夫な方ではなかった。

前年二〇〇七年九月二十一日。

朝、六時半すぎに姿を見せたブーに元気が無かった。水は啜ったが固形物は口にしなかった。

ベンチ上でゴローンと寝そべりクシャミを連発した。

病院に行った。

「免疫異常で人間でいえば膠原病、主たる原因は紫外線。外で暮らす猫にとって治療は容易でない」

家に入れた。そしてこの際いっそ思い切って内猫にしてしまおうと目論んだ。だが、改善を見、体調が回復するに従って「外へ出せ、解放しろ」との訴えが日に日に増大、三カ月に及ぶせめぎ合いの末、とうとう私はブーの圧力に屈し、十二月二十三日にその要求を飲んだ。

ところが、病状改善といっても根治というわけではないのだから、また、季節も冬本番を迎えたこともあって、外へ出して一カ月もせぬうちに、ブーは風邪を引き、またまたお家(うち)に逆戻り、とあいなった。

結局、一月と二月、それぞれ二度ずつ我が家への入居・出所を繰り返した。そして三月には、おそれていた下部尿路症が再発、三日間の入院を余儀なくされた。

こんな風にブーチンは絶えず病に見舞われ、その健康が徐々に蝕まれていった。先に私は、ブーチンは身体が見かけほど頑健ではなかった、と記述したが、見方を変えれば、ブーほどの体格・体力をもってしても、猫にとって戸外での暮らしはいかに過酷なものか、と言わざるを得ないのである。

さてブーチンはこのように、二〇〇八年に入ってからもしばしば風邪を引いたりして、我が家に逗留、面倒を見なければならなかった。

そんな風に、私がブーにてんてこ舞いになっている最中に、シロスケの具合がおかしくなったのだ。

シロスケの状態は素人の私の眼から見ても、これはただ事ではない、と推測できた。「病院に連れて行かなくては」と思った。しかしその後どうする。戸外にそのまま放ったらかしにできるか。家に留め置き療養看護しなければならないとしたら……。

ところが、家には、ブーが出たり入ったりを繰り返している。

ブーとシロスケは犬猿の仲だ。特にブーはシロスケを嫌っていた。シロスケにしたってブーとの同居は真っ平ごめん、遠慮したいはずだ。五部屋も六部屋もある大きなお屋敷であれば、各々に一部屋をあてがい分離、顔を合わせることのないようにするのも可能だろうが、狭いアパートではそれは望むべくもない。お互い険悪不仲のブーとシロスケが、終日角突き合わせて過ごさねばならないとしたら、それこそ病気の上にストレスが加わって両者ともに大苦痛この上もなかろう。

ブーチンとシロスケ。私にとってどちらも大切。だが、やはりブーとの結び付きの方が強かった。

五月十三日、夕方T棟に出向くと、ポチョ、ガッツ、シロスケの三頭が顔を見せた。早速給餌を開始。三頭は肩を並べて食べ始めた。

「嗚呼！　こんなになっちまったか」

あの大柄だったシロスケが、他の二頭に比べ一回りも二回りも小さくなっていた。

ポチョもガッツも雄で、どちらもかなり大きな猫には違いない。しかしそれにしてもこの差は……。

およそ一年前、左瞼の傷で我が家に入居させ、一週間の抗生物質投与の結果、目脂も鼻汁も一旦は消え失せたのに、今また私の眼前に居るシロスケの顔は、チョコレート色の目脂と黄色い青洟に塗れていた。それに加えて白濁の涎までもが。

奇しくも同じ五月十三日、ベンチでの夕食を終えてねぐらへと帰り行くブーの後ろ姿を目にした時、私は、

「えっ⁈」

思わず絶句した。

「あれ？　ブーの奴、こんなに小っこかったかな」

ブーとシロスケ、二匹はまるで競うようにして坂道を転げ落ちていった。


この日以後、ブーの食欲が急速に衰えた。両脇腹が凹み始め、その凹みは日毎に目立つようになった。


二十七日の午後だった。

燦々と照りつける太陽の下、もう夏の陽射しなのにブーは日陰に入らず、ベンチの上でグダーと伸びていた。あたかもノックダウンを喰らったボクサーの如くに。

病院に走った。

診察結果は厳しいものだった。

血液検査で、ネコ免疫不全ウィルス感染症（ＦＩＶ、猫エイズ）、ネコ白血病ウィルス感染症は陰性だったものの、体温が四十度四分という高熱、かつタンパク質・白血球の数で異常値を示した。前年の秋に、免疫不全、一種の膠原病と告げられたが、今回もその可能性が極めて高く、その上腎不全をも患っていた。「少なくとも一カ月の療養・薬剤投与が必要」と言われた。

家の中で闘病生活に入った。

十二

月が変わって六月二日。

正午前、買い物から戻った家内が報らせた。

「下にシロスケが来てる」

「こんな時刻に？　珍しいな」

雨、その他の事情でこの二日間T棟に行ってなかった。それで、空腹に耐えられず通常の給餌時間外なのに、こちらの方に出張してきたのか。

「ギョッ！」

そこで目にしたのは、見るも無残な姿であった。

ゲッソリを通り越していた。骨皮筋右衛門。背骨が浮き立ち肋骨が露わ、そして口から垂らしている涎には赤い血が。

ドライ、ウエットそれにミルクと三つのお皿をシロスケの顔の前に並べた。どれにも口を付けなかった。それでは、と家に取って返し、木天蓼（またたび）の粉末を持ってきてドライ、ウエット双方に振りかけ、それらをシロスケの鼻先で振ってみせたが、シロスケはトローンとした眼で眺めるのが精一杯だった。

私はシロスケが乗っているベンチに腰を下ろした。シロスケは擦り寄ってきて私の右太股にピタリとその体をくっつけた。そうやって眼をつぶり、それから昏々と深い眠りに入った。

目を覚ましたのは三時だった。

曇り空で良かった。ベンチは南面しており、六月の陽射しをまともに浴び続ければ、とても三時間は辛抱できず途中でシロスケを置き去りにしたであろう。

目を覚ましたシロスケは、口を開けて大きな欠伸を一つ、前足と後ろ足を張って背中を沈めグーと反らして伸びをして酸素を充分に体内に取り込むと、トン、地面に降り立った。

シロスケ歩き出した。が、いつもの方向と違う。西ではなく南へ向かった。

「ん？」

尾行した。シロスケ途中から歩みを速めた。ズンズン進んで行く。七、八十メートル先にある接骨院の手前で足を止めた。シロスケ振り向いた。そして小さな声で「ニャッ」と鳴いた。

いたたまれなくなった。

「このままシロスケを帰してしまっていいのか。お前それでいいのか、医者に診せなくていいのか！」

感情は時に理性を破壊する。それでなくても己は情に流されやすい方。

駆け寄った。抱き上げた。脇目もふらずに家へ。玄関戸を引き開け廊下に下ろした。

どこにそんな力が隠されていたのか。シロスケは暴れた。暴れに暴れた。

「病院に連れて行かなくては……」

私の頭にはその念しかなかった。家中を駆けずり回って逃げ惑うシロスケを追い掛けた。

「捕まえてケージに入れなくては」

遂に追い詰めた。掴んで抱き上げた。

だがここからシロスケ、猛然たる反撃に出た。私の手といわず腕といわず、胸や腹にまでも爪を突き立てズズズーと引き下ろした。全身を揺らし後足で私の胸と腹を蹴り立てた。私が怯んだ隙に腕から飛び下りた。腕には幾筋ものみみず腫れが生じ、そこからツツーと鮮血が流れ出た。着衣は鉤裂きとなってズタズタに。部屋の片隅に逃れたシロスケは身を伏せ、怒りと恐怖に満ちた眼で私を睨み上げた。

この様子の一部始終をこれまた部屋の片隅からブーチンが、呆気に取られ目を丸くして眺めていた。


「そうか……、そんなに嫌か」

落ち着くのをまってそっと手を伸ばしシロスケを抱き上げた。全精力を使い果たしたらしい。最早抵抗はなかった。

ゆっくりと階段を下り、ベンチの上にシロスケを下ろした。

シロスケ、すっ飛んで逃げ帰るかと思ったが、案に相違、そこに蹲った。その真横に私も腰を下ろした。買い物の主婦や下校途中にある小・中学生徒が次々と私たちの前を通り過ぎて行った。

やがて五時を告げる鐘が鳴った。

シロスケ、ムックと頭を擡げた。ベンチを下りた。今度は南ではなく東に向かった。道路の右端をトコトコと進み、角から三軒目、人が住まっていない家の前に達すると、閉まっていた門扉の下を潜った。

十三

翌六月三日はシロスケ、ベンチに来なかった。T棟の食事会にも顔を出さなかった。

そして六月四日を迎えた。

朝六時に家を出、心当たりを探索。が、シロスケはおろか、猫の姿は唯の一匹もなかった。

午後三時半。

T棟に行くと、チビタン、ガッツ、タン吉の母子三匹が私を出迎えた。連中を棟の東側に隣接する公園に誘った。

三匹はぞろぞろ私に従った。公園の一角に幼児向けと思われる三輪車専用トラックがあって、その中央部分が草地になっていた。私はそこに座り込んでついてきた三匹の相手をした。

四時半を過ぎた頃、ヒョイとシロスケが現れた。シロスケ、私の存在に気が付くと心許ない足取りでヒョコヒョコ歩み寄ってきた。私は前方に両足を投げ出し、靴底を合わせて輪を作った。シロスケ、その足輪の中に入り、私の右膝の内側を枕にゴロンと横たわった。そして瞼を閉じた。


シロスケは己の寿命が間もなく尽きるであろうことを知っていた。

だからこそ、一昨日、わざわざブーの居ない時間帯を見計らってベンチに足を運んできたのであった。最後の挨拶をするために。

そして、私の太股に自らの体を密着させ熟睡した。

「これで良し、もう思い残すこと無し」

シロスケは、満足して帰路に着いたのである。それはシロスケ流のお礼であった。静かにお別れをしたかったのだ。

小声で囁いた「ニャッ」は、

「おっちゃん、ありがとう、サヨウナラ」

の意であった。

それをどうだ。

私は完全に錯覚・誤解。相手の気持ちを推察、慮ること全く無しに、只々込み上げてきた自分の勝手な激情に駆られ、事もあろうに踏ん捕まえて無理矢理家に連れ込んだ。

どうせ連れ込むんだったら、もっと前、体調異変に気付いた時にそうすればよかったものを。

私という阿呆はいつもこうなのだ。

一事が万事、何事によらず、間際にならないと行動に移さない。それも感情に溺れて。チビの時もそうだった。今度のシロスケにしたって。もうその時は遅いのだ。そして厚かましくも心の中で弁明する。あーあ、宿痾としか言いようがない。

シロスケ、あの時、おもわぬ事の展開に驚き狼狽、そして逃げ惑い、それが為にあと僅かしか残されていなかった生命の灯を、ほぼ完全に消し飛ばしてしまった。正にチビの時の再演。

だから、あれでお別れとなってしまったなら、それは私にとって一生、心の痛手として残ったに違いない。今、こうやって苦しくも辛い自が身をも顧みず、気力を振り絞っておっちゃんの前にもう一度姿を見せてくれたのは、正しくシロスケの温情なのだ。

何のことはない。シロスケの方が、私を気遣ってくれたとは。

一時間過ぎた。

シロスケ、目を開け立ち上がった。

公園の東出口に向かって歩き始めた。その方向には池谷さんが住むN棟がある。池谷さんにもお別れを告げに行こうとでもいうのか。

その時、言うに言われぬどうしようもない激情が込み上げてきた。

「行くな、シロスケ、そっちへは行くな！　あの棟には、あの二人がいるぞ。一時はお前を可愛がり、缶詰まで食べさせてくれたというのに、どういう心境の変化か、一転お前を毛嫌いし、お前を目にするたび足蹴にして追っ払おうとする婆さまが。そして、猫や犬に対し異常なほどの憎しみを抱き、犬を連れた人が敷地内を通っただけで、我がの所有地でもないのに、『ここへは入ってくるな』と怒鳴り立て、また、猫が歩けば怒り狂って追いかけ回すという、あの根性腐りの超イケズ爺さまが。つい先だってもお前、あいつにバケツの水をぶっかけられたばかりじゃないか。そんなところに行くな。行くんじゃない」

私はシロスケを追った。

だがしかし、私の真意はそこにあるのでは無かった。それは己の底意地の悪さを包み隠そうとする体裁に過ぎなかった。


時間帯にずれがあったけれど、共同して、T棟に集ってくる猫たちに餌を与えていた池谷さんが、前年の夏、突如として給餌の中止を宣した。

その理由は定かではない。

てっきり野良だと思っていたのが、実は飼い猫だと知ったからなのか、それとも同じ棟に住む、今述べた猫嫌いの爺さん、婆さんから何か言われ、嫌がらせでも受けたのか。自分がシロスケの主たる給餌人と思っていたのに、変なおっさんが横から割り込んできて、自分の地位を脅かそうとしたからか、あるいはそれとは全く逆で、あのおっさんに任しておけばもう安心、今更私が出る幕じゃない、と考えたからなのか、否、こちらの想像が及ばない、もっと別な理由があったからなのか……。

が、こちらにしたら、理由の如何を問わず、何か仲間に裏切られたという観が強く、それがわだかまりとなって心の奥深いところで渦巻いていた。そして今、池谷さんの棟に向かおうとするシロスケを目の当たりにした時、その思いが一挙に噴き出したのである。

「行くなシロスケ、そっちへは行くな。シロスケ、お前、池谷さんに捨てられたんだぞ！」……よく言うよ。私にそんなことを言う資格があるのだろうか。無い、それは無い。断じて無い。どこからどう見ても、どれだけひいき目に見てもそれは無い。

あれだけ可愛がり、相手も慕い懐いていた〝ちと〟を、ああも簡単に捨てたではないか。形は譲渡だ。だが内実は捨てたのだ。そんな立派な過去を有する男に、他人の行為をとやかく口にする資格・権利が一体どこにあるというのか！

無い……。私の方が遥かに罪深いのだ。

人は己の所業を棚に上げておいて他人を非難する。今の私は正しくそれであった。おぞましい。

それに、つらつら考えてみると、

他人に渡した後も、我がの為した行いを悔やみ、いつまでもグジュグジュいじけ心を引きずってクヨクヨ生きてきたケチでツマラナイ男よりも、

「私、T棟の餌やりから手を引くよ。あとはおじさんお願い、宜しくね」

とキッパリ告げに来た池谷さんの方がどれだけスッキリ爽やかか。

その時、シロスケの好きなようにさせるべきであった。途中で投げ出したといえども、少なくても数年間は、池谷さんがシロスケの生命を繋いできたのは紛れもない事実なのだ。シロスケは池谷さんにもお礼を述べたかったに違いない。然るに、狭量なるおっさんは、シロスケの行く手を阻んだのだった。

腹黒く自己中心的感情で動くおっさんよりも、素直で穢れのない心を有するシロスケの方が、よほどに立派ではないか。

シロスケを抱き上げた。

「ああ、軽い」

二日前、私は発作的に「何が何でも医者に」という思いに頭が支配され、その時には気がつかなかったのであるが、今、こうして持ち上げてみると、シロスケの何と軽いことよ。

丁度一年前、病院に連れて行った折にはその重さに閉口したものなのに、それが今は、片手で

ヒョイとつまみ上げられるほどに。


私はシロスケを公園から少し離れた小さな草地に連れて行った。

そこには先ほどシロスケが現れたと同時に去って行ったガッツとタン吉がいた。

二頭は駆け寄ってきてまたしても餌を強請った。二頭にカリカリを供した。それを見てシロスケ、二匹に近づきお皿に首を突っ込もうとした。

「おっ、シロスケ、お前も食べるか」

シロスケの前にお皿を置いた。

シロスケ、口を持っていった。匂いを嗅いだ。が、そこまでだった。

「そうか、じゃあ缶詰はどうだ」

これも駄目だった。

元気のよいガッツとタン吉が缶詰の匂いに引き寄せられ、横合いから口を突っ込んで奪い合った。

では、せめて水でも。

時間が経ち、もう温(ぬる)くなってしまったペットボトルの水をお皿に注いだ。

シロスケ、その水を凝視した。

やがて、

「折角のおっちゃんの好意だ。応えよう」

首を屈めた。舌を水に垂らした。

ゆっくりと一掬い、また一掬い。

顔を上げた。大きく息をした。

それからもう一度口を水に付けた。

「ピチャ……、ピチャ……、ピチャ、ピチャ、ピチャッチャッチャッチャッチャ………」

音を鳴らし次第に速度を上げた。

顔が上がった。

舌で唇を舐めた。

一呼吸おいてクルリと背を向けた。

歩き始めた。

十歩ほど行って振り返った。

じっと私を見た。

「おっちゃん
長い間世話になったな
ありがとよ

俺行くわ
若い連中のこと　頼むぜ
おっちゃんも達者でな
じゃあな
ほな　サイナラ」

顔を前に向けた。

ノチノチと歩き出した。

途中から、スタスタ、歩みを速めた。

その先には、片隅に小さな無人プレハブ倉庫が建っている、草ぼうぼう生え放題の空き地があった。

シロスケ、その空き地を囲っている五段積みの低いブロック塀に突き当たると、角っこに跳び乗った。

一旦呼吸を整え、真っ直ぐ前方に、一歩、二歩、三歩、四歩と塀の上を進み、半ほどに達すると、
ピョン、
ブロックを蹴り、内側に消えた。

第五話　ブーチン（その三）

一

三カ月間同居しても、ブーチンは家の暮らしに馴染まなかった。

当初、幾ら頑固者と言っても、それだけの期間があれば、ブーはきっと室内生活に慣れる、もしくは、これも運命と観念し、その境遇を受け容れる、とばかり思っていた。……甘かった。

ブーチンには、野良としての身過ぎ世過ぎがスッポリと、骨の髄まで染み込んでいた。

確かにブーは私には懐いていた。が、だからといって、戸外での自由奔放、勝手気ままなフーテン暮らしを犠牲、放棄してまでも、四六時中、それもアパートという狭っ苦しい空間の中で、私と起居を共にしたい、とまでは望んでいなかった。

「おっちゃん、それとこれとは別だぜ。自由があってこそのおっちゃんとの付き合いなんだよ。何せ、オレとおっちゃんとは対等なんだから」

ブーはそう考えていた。

この点に関しては、ブーはたとえ一歩たりとも譲る気は無かった。そこで、心秘かに定めていた三カ月の拘留期限が過ぎた十二月二十三日、私は到頭「出せ、出せ」というブーの要求圧力に屈し、ブーを外へ放したのである。

前日は冬至であった。季節はこれからが愈々冬本番。北陸の冬は太陽がほとんど射さず、空は厚い雲に覆われてどんより鉛色。雨が降り雪が舞う。その限りでは紫外線の照射量が少なくなり、ブーの体にとっては幸い、ともいえるが、反面、到来必至の厳しい寒さと闘わなければならない。たとえ健康な身であったにしても、冬場の屋外暮らしを乗り切るのは容易ではない。それなのに、今度迎えようとする冬は、免疫不全の状態で臨まなければならないのだ。その困難さたるや如何ばかりか。果たしてブーは耐えられるであろうか。

二〇〇四年十月にブーと出遇い、その給餌、世話の開始となったのであるが、当初の一年半は、ブーは頗る元気で、病知らず。そのため、ブーの体調を気遣うことなんぞ一切なかった。

それが、二〇〇六年三月に瞼を負傷、続いて下部尿路症を患ってから後のブーは一転病弱になった。ことに尿路症は再発の度合いが高いというので、私は何かとブーの健康面に注意を払うようにしていた。

案の定、ブーはたびたび尿路症を疑わせる仕草、行動を示し、その都度私を心配させた。そしてそれだけに留まらず、二〇〇七年に入ってからは、春には風邪を引き、秋には膠原病と、ブーは次々に体の不調を訴えた。

「このままではいけない。何とかブーを内猫にしなくては」

その思いが、三ケ月にわたる拘禁生活に導いたのであるが、ブーは家の中での、変化も刺激もないダラダラした暮らしに甘んじるのを潔しとはしなかった。

もし、肉体面の健康を第一義とするなら、ブーが嫌がっても有無を言わさず、室内に閉じ込めておくのが最上策であったろうが、そうなればストレスが高まって、ブーは身体ばかりか、精神も病んでしまうかもしれない。生きるとはどういうことか、ブーにとって幸せとは何か、自由を束縛された環境下での生存が、果たしてブーの望むものなのか。そのようなことをブーの立場になって思案熟慮してみると、やはり、ブーの意思を尊重せざるを得なかった。

二

三カ月に及んだ収監は、よほどに身に応えたものと見える。ブーは解放された日を含め、連続三日の間、ベンチに姿を見せなかった。

下手に顔を出し、またもや監獄に逆戻りとなっては大変、それはご免蒙りたい、と願ったようだ。

四日目の朝もブーはベンチに来なかった。

これは異常。ここまで丸三日、ブーは食事を摂っていない。ひもじいだろう。ブーめ、そんな、そこまでの空腹に堪えてまでも、捕獲監禁を忌避したいのか。うーん……。待っておれば、ブーは我慢しきれずに出てくるかもしれない。が、もしかして何か他に原因があったとしたら……。瞼の怪我の後も二日出てこなかった。そしてそれは尿路結石のせいだった。

私の方が不安に耐えられなくなった。

勿論、この三日間、私は手を拱いてブーが現れるのをただ待っていたわけではない。住宅の周辺を何度も探索した。でも、ブーは居なかった。

「これは……ひょっとして橋を渡ったか」

川の向こう岸に、複数の野良猫が屯している場所がある。連中はそこで、三人の女性から餌を恵んでもらっている。私を恐れるあまり、ブー、そっちの方に鞍替えしたか？

まさか、とは思ったが、可能性は零ではない。

「行ってみるか」

参番橋を渡り、右に折れて土手道を歩いてみた。

するとどうだ。

川の東側一帯に広がる大きな団地のとある集合棟の壁際に、見覚えのある雉トラが一頭、じっと私に目を凝らしていた。

ああ、こんな所にまで逃げ込むだなんて、ホント、心底、家の中での拘束生活が嫌だったのだ。ブーは私に気がつけば必ず啼いて知らせる。それが、今、眼の前のブーは、ただ、私を見つめるだけで声は出さなかった。それどころか、私が近づこうとすると、逃走しようとさえした。

「逃げるなブー、さあ来いよ。ベンチに行こう。ご飯にしよう」

何度も誘った。が、ブーは動かず。身体を縮こませて、上目遣いで私を凝視するのみ。私は袋からドライフードの小袋や缶詰を取り出して、大袈裟にゆすぶって見せ、何とかしてブーの関心を惹こうとしたけれど、ブーはそれに乗ってはこなかった。

それでも、私はへこたれずにしつこく誘いを繰り返したので、さすがにブーも降参譲歩し、不承不承ながら従った。

ブー、やはり相当に腹を空かしていたらしい。まずはドライフード一盛りを瞬く間に平らげると、続いて供した缶詰もガッパになって喰った。そうやって空腹を満たしたブーは、トンと地べたに降り立つと、私には一瞥もくれず、背を向け、東側の通用路に向かうや、逃げ去るようにして姿をくらました。

何ともはや、小憎たらしい振る舞いであった。

が、抵抗もここまで。翌日からは従来通り、毎朝、ベンチに来て食を需めた。

さて、心配された雪だが、それが舞ったのは大晦日から元日にかけての二日間のみで、その後は降っても雨、むしろお天道様が顔を覗かせるという、ブーにとっては至極幸運?な天候に恵まれた。

しかし、その陰で、人知れず密かにブーの健康は蝕まれつつあったのである。

最初の兆候は一月十三日に来た。

この日は、元日以来十二日ぶりに早朝から雪になった。それで給餌に出るのを渋っていたところ、正午過ぎ、階下から大きな啼き声が響いてきた。

「おっちゃん何しとるんや。早う下りて来てや、ニャーン、ニャーン」

その声に促され、餌の入った袋を引っさげて階段を下った。そしてベンチに腰を下ろし袋から餌を取り出そうとしたところ、ブー、

「そんなんどうでもいい。寒いんだよ」

と、餌なんかそっちのけで、私の膝に跳び乗ってきた。そしてガバと私の胸にしがみついた。見ると、左眼からは涙を流し、同じく左の鼻孔からは鼻水を垂らしていた。

雪が舞い、それが強い西風に煽られて、容赦なくブーと私に吹きつけた。

今朝のラジオの天気予報では、「本日の最高気温二度」と言っていた。

となれば、雪はこのままこの後も降り続くだろう。ブーを置いてきぼりには出来ない。

年末に解放され自由の身になってから未だ僅か三週間。ブーにすれば獄中生活の記憶が未だ

き上げ階段を上った。

生々しいところ。大いに不満があるだろうけれど、ここはひとつ辛抱してもらわねば。ブーを抱き上げ階段を上った。

家に入ってブーを炬燵に入れ、その体を温めてやってもブーの涙と鼻水は止まらなかった。その上、クシャミを連発、ゴボゴボと気管が震えるような重々しい咳も発した。が、昨年四月の時と異なり、食欲はそこそこあったし、好物の小鯵の刺身を与えるとうまそうに食った。

それで、病院に連れて行こうかどうか当初はだいぶ迷ったが、食欲があるうちはまだ大丈夫と踏み、様子を見ることにした。家に残っていた抗生剤をウエットに混ぜ込んだ。効果があった。ほぼ一週間で回復を見た。すると例の如く、

「出せ、外へ出せ」のシュプレヒコール。

「内猫にしよう」という大それた考えはもう頭にはなかったので、

「はいはい分かりましたよ」

私はブーの命ずるままに、玄関ドアを開けた。

三

このあと、一月の下旬から二月末日にかけて、断続的に寒波が襲来した。寒いとブーは私に抱きついて離れようとしなかった。

そんな時、

「ブー、寒いやろ、家に入るか、今晩お泊りするか」

と訊いた。ブー、小さく口を開いて「ニャッ」と頷いた。

「よーし、それじゃあ一緒に入りましょう」

家に入れた。

結局、この冬は、ブーの奴、寒くなって体調が怪しくなると家に連れ込まれ、具合が良くなると外に出た。その滞在日数は、都合三度、合計二十五日を数えた。こんな風に幾たびも収容、出所が繰り返されると、ブーの方もすっかり慣れっこになってしまい、階段を上る際も、それまでは啼いたり、身体を揺すったりして抗ったものだが、

「ニャンじゃなーい・ニャンじゃなーい・ニャンじゃなーいの――（ミーレードーレ・ミーレードーレ・ミーレーミーレーミ）」と節をつけて口ずさみ、逆にこちらの方が腕を左右に振ってブーを揺さぶってやると、ブー、面食らってしまい、戦意を喪失、抵抗を諦めた。

ブーも頭の中で、

「まあ、寒波が去るまでの間だ。ちょっと辛抱してりゃ出してもらえる。それなら別段……」

そう思ったみたいである。

三カ月にわたる長期拘留の後は、数日間姿をくらませたブーチンだったが、最早そのようなこともなく、外に出された三度ともその後、おそれることなくきちんと餌を食べに来た。


三月に入った。

序盤の数日間に降雪を見たが、その量も大したことはなく寒さはぐっと和らいだ。

この陽候はブーにとって何よりのプレゼントになった。

ブーはご機嫌麗しく、ルンルン気分で毎日ベンチに顔を見せた。食欲もあって、日によっては百六十グラム入りの大缶詰一缶をペロリと平らげる食べっぷりも披露した。

「ああ、この分なら当分、収容は無しだな」

と、すっかり安心・楽観した。

ところがどっこい。


三月十日、月曜日。

前夜からの雨が昼になっても止む気配がなく、私は朝からやきもきしていた。というのは前の日、ブーが全く餌を食べようとしなかったからだ。それなのに、私はブーを置き去りにして家に上がってしまった。そんな己の心ない仕打ちに気がとがめられ、一刻も早く下りたかったのだけれど、降雨がそれを阻んだ。

三時を過ぎてやっとこさ雨が上がった。早速、朝からせっせと調理しておいた、フクラギとカマスの刺身を手に、ベンチに急行。ブーが現れるのを待った。

雨が止むのを心待ちにしていたのは独り私だけではなく、犬を飼っている方々も同様で、西から東から、北、南とあちらこちらからどっと犬の散歩に繰り出してきた。そのうちのお一人とベンチ前で談笑していると、通用路の方からブーが顔を覗かせた。

ベンチの上に刺身を並べた。一応食い付きはしたもののいつもの食べっぷりにはほど遠かった。ならばと、今度は〝鶏ササミ〟の小缶詰を開けた。だが、これもほんの少しを口にしただけ。食欲が無かった。そこへ家内が来た。家内はブーを抱き上げて膝に乗せた。ブー、しばらく動かずにいたが、やがて地面に下り立ち、真向かいの団地駐車場に走った。そこにはタイヤの重みで出来た窪みが幾つもあって、それがたっぷり雨水を溜めていた。ブー、そのうちの一つに口を持っていき、雨水を舌で掬った。それからベンチに戻ってきたのだが、ここからブーの動きがにわかに忙(せわ)しくなった。

ベンチ周辺の、草地や枯れ葉の溜まりに行っては、前足で草や葉っぱを掻いて蹲り、そうしてすぐに立ち上がって移動した。それを見て初めのうち私は、草や落ち葉が雨で濡れているのを嫌がっているものとばかり思っていた。が、余りに何度も繰り返すし、仕舞には、しゃがみ込んだまま動かなくなり、首を屈めて下腹部を舐め始めた。そうして低く呻き声を発した。

「あっ、これは……」

やっと気づいた。

「そうか、食欲が無いのもこれが原因か」

B町の動物病院は日曜診察がある代わりに、火曜日が休み。となれば、今日中にブーを連れて行かなければならない。

逃げて逃げて逃げまくるブーを追いかけ回し、悪戦苦闘の末にようやく取り押さえると、タクシーを走らせた。


レントゲン撮影をした。

「膀胱が脹らんでいます。腹部全体の三分の一を占めている。尿が満杯。尿道結石に間違いない。この状態では二日は出ていないのではないか。これが三日となると、つまりもう一日続くと尿毒症を引き起こします。危ないところでした。他の診察が終わり次第、鎮痛剤を使用して尿を出します。ただし、この猫がこの二日間、排尿しようとして力んだりきばったりしていたとしたら、膀胱に傷が入って出血している事態も考えられます。その場合、新たな処置、治療をしなければなりません。それと、一回のカテーテル挿入で全ての石を出すのは困難です。石が残る可能性が高く、数日のうちに、二度、三度と同様の症状を繰り返します。それで水曜日まで預かり、様子をみます。いいですか」

否も応もない。「はい、ではそのように」とお願いし、病院を出た。

丁度二年前、月も同じ三月に、ブーは同じ尿路結石を患った。あの時はA町の病院に行った。カテーテルで尿と砂のような石を出してもらって帰ったが、すぐに再発。二日後に再び病院へと駆け込んだ。その時、なぜたったの二日でこうなったのか、疑念が残ったままだったが、本日、詳しい説明を聞いて「なるほど」と合点した。

帰りは手ぶらだったので、二人して家まで歩いた。病院を出たのが七時十分前、帰宅は八時を少し過ぎていた。

道すがら家内が言った。

「あんた、さすがブーの恋人やね。他人には気がつかないちょっとしたブーの変化、異常が判るんやから」

と。だが先ほど、ブーを捕獲せんと、躍起になって追跡の最中、家内はこう言ったのだ。

「あんた、少し考えすぎやない。去年の二月にも、ブー、何度もしゃがんだから追いかけたけど、結局何でもなかったやない。その後も時々そんな仕草を見せた。でもすべて大丈夫やった。ちょっと神経質になってるよ。もう晩いし、私、先に上がるわ」

家内はそう言い残し、途中で帰ってしまった。

「うーん。そうかなあ。じゃあ、わしも帰るか」

そう思った時、突然声がした。

「駄目だよお父さん。自分の目を信じるんだ。もし、ブーがボクの二の舞、手遅れになったらどうするんよ。ダメだダメだ。上がっちゃダメだ。今すぐにブーを病院に連れて行くんだ」

十一日前の二月二十八日は、チビの命日だった。

チビ、天国から私に警告したのだ。

二日後、

「尿に雑菌が混じっていました。それと尿道の詰まりは完全というものではなく、僅かながら出ていました。それで万一の事態には至らなかったのでしょう。以前にも同じ症状があったというのなら、尿路症はこの猫の体質にもよると思います。いずれにしろ、こんなことを繰り返していけば膀胱を傷めますから、気がついたら早目早目に連れてきて下さい」

入院治療費が予定を上回った。不足分は後日に、とお願いし、帰りはタクシーではなく電車に乗った。

病院から最寄りの乗車駅まで二十五分。ブーを入れたケージが何故かズシリと重たく感じられた。

電車を降りて駅を出て、西公園に至ると、それまでおとなしかったブーが、急に啼き声を上げ始めた。西公園からはブーのテリトリーである。自分に馴染みのある場所の空気がよその空気とは違うのだろうか。それとも眺めか。いずれにしろ親しみのある周囲の情況に安心したのだろう。ブーは「アーン、アーン」と小さな声を出した。この現象は独りブーだけでなく、以前のシロスケもそうであったし、この日以後も、数多くの猫が、同様の反応を示した。

家に入り、ケージから出されたブーチンは即座にトイレに走った。コンテナケースの底がびちょびちょになるほど、タップリの尿を出した。続いて便の方も。便は水のような下痢便だった。恐らく、排尿を促すために、病院で大量の点滴を打たれたのだろう。

出す方が順調なら、入れる方も快調。驚くばかりの食欲を見せた。

病院で渡された尿路症療養のドライフード一皿分をペロリと平らげ、続けて開けた八十グラム入り小缶詰も瞬く間に空にした。それでも足らじとお代わりを要求、その上水もしこたま飲み、風呂場に用意してあった水皿の嵩が見る見る低くなった。

見事な回復ぶりである。ということは元気モリモリということだ。尿と便を出し切ってスッキリし、食事も十分に摂って満腹にしたブーは、今さっき家に入ったばかりなのに、もう玄関に走り、ドアを掻いて、「外へ出せ」と訴えた。

出してやりたいのは山々なのだが、ここで油断は禁物。何せ二年前の記憶が鮮烈で、それが「出してやろうか」という誘惑を押し潰した。慎重を期した。

「ブーよ、少しの間我慢しな。あと二、三日様子を見て、ああこれなら大丈夫、問題なしと太鼓判が押せたなら出してやるから」

厳しく諭した。

下痢便は徐々に水分が減少、二日後には軟便に変わった。食欲は盛んだった。ちょっと食いすぎじゃないかと不安を覚えるほどに。そのせいなのか妙にお腹が膨らんできた。尿は頻繁に出ていた。膀胱ではなさそう。では何だろう。食べすぎによる胃の膨張か。触れてみた。右の脇腹に何やらしこりらしきものを感じた。気になった。が、退院してまだ二日。またもや病院行きとなるとブーが可哀想。怒るだろう。それに触っても痛がるような素振りは見せなかった。思い過ごしかもしれない。そのままにした。

翌十五日の午前零時半、ブー喜び勇んで出て行った。

四

入院を含めて五日間の収容所暮らしから放免され、元の野良生活に戻ったブーチンは、その直後から不可解な行動を取った。

昨年末の長期収監後と異なり、今度は毎朝の給餌時にはさぼらず真面目にベンチに顔を出した。ところが、来るには来るのだが、どういう訳か、食べ終わったらそそくさと姿を消すのである。

私に甘えることなんぞ一切なしに。

ははーん、さては今回を含め合計九回を数えるに至った捕虜生活に、ブー、芯から懲りて、

「これ以上の監禁はご免だぜ。捕まってなるものか。長居は禁物。クワバラクワバラ」

と警戒を強めたらしいのだ。

一方で私の方は、そんなブーを横目で見ながら、

「なんぼ意地を張ったって長続きはしないだろう。直ぐに以前のようなベタ懐きに復するに違いない」

と暢気に構えていた。が、どういう次第かブーの奴、一向にその態度を改めようとせず、来る日も来る日も、餌を食べるとパッと居なくなった。

「いやーこれは少し変だぞ、ブーの奴、本気で私との関係を見直したのか？」


七日目の夕方、川沿いの土手道を歩いていた。この道には白木蓮の並木があって、その木蓮の蕾が大きく天に向かって膨らみ、今にも開花しそうな様相であった。

「ああ、やっと春の訪れだ。猫たちよ、よう頑張った。これからはぬくうなって過ごしようなるぞ」

と、ワクワク浮き立つ気分で家の方に足を向けた。

さて家まであと僅か、そう、かつてチビが棲み処としていた角っこの空き家に差し掛かった時、

「ニャーン」と猫の声。

馴染みのあるその親し気、かつ甘えた声は、ブーのものである。声は空き家とは道路を挟んで反対側、南の方から聞こえてきた。四つ角を左に折れた。

するとこと角の一軒家の玄関脇に駐っていた、白い乗用車の陰にブーが居た。

「ん？」

だがそこに見たのはブーだけではなかった。ブーの後ろ、隠れるようにしてもう一頭、白に黒と茶色が混ざった、全体、毛がフサフサした見慣れぬ猫の姿があった。

「あ、そうか、そういうことだったのか」

家内から常々、

「性能の悪い旧式の蛍光灯」

と揶揄されているワタクシ。

ここでやっと点灯した。

「そうだ、そうだよなあ。お父さん気が付かなかった。ごめん、ごめんよブー」

時節、あたかも春三月。そう、そうなのだ。

猫にとっても当に春。恋の季節なのだ。それが、スコーンと頭の中からすっ飛んでいた。そういえば……、尿路症の再発症を見た日から十日ほど前のこと。

ここから北の方へ二筋離れた、とある一軒家の高いブロック塀の上にのっかって鎮座ましていた、小柄な黒白猫の〝マルメ〟ちゃんに、ブー、燃えるような熱い眼差しを送っていた。

私は、

「おうおうブーチンようやるね。頑張れよ」

と笑いながらその場を後にしたのだが。その時は、熱烈なブーとは対照的に、マルメちゃんはシラーッと、全く無関心の体であった。

然るにこの日の二頭は実（まこと）に結構、好い雰囲気（ムード）。雌猫ちゃんはブーの愛を受け容れたらしく、二匹は連れ立って車庫から出てくると、細い道幅を横切って、お向かいの庭に入って行った。ちなみに、今度の雌猫は、前（さき）のマルメちゃんに比べ、少しくお年齢（とし）を召されているようだった。

さて、私が〝ミケフサ〟と名付けたその猫を見たのが三月の二十日過ぎ。しかし、その後もブーはベンチに来ても長居することなく、食べるだけ食べるとさっさと姿をくらました。そしてその状況は月が変わっても変わりはなかった。

猫は日照時間が長くなると発情する、という。

一年のうち最も日照時間が短いのは言うまでもなく冬至。ならば冬至が過ぎれば即発情が始まるのか、というとそうはならない。少しく日数を必要とする。それは冬至を挟んで前後一カ月間の昼時間の長さに、ほとんど変化がないからである。

ちなみに、二〇〇七年から二〇〇八年の冬を例ととると、冬至に当たる十二月二十二日の日照時間は九時間四十分、それから二週間後の小寒の日のそれは九時間四十六分と、その差僅か六分でしかない。その後も遅々として長くならず、日の出の時刻だけを見ても、小寒から立春に至る一ケ月間でたった一〇分早くなるだけだ。しかも北陸の冬は雨か雪、また、それらが降らずとも空は分厚い雲に覆われどんよりしている。目に見えて日が長くなったなあと感じるのは立春を過ぎてからになる。しかし、そんな僅かな変化であっても猫は感じ取っている。というより文明の発展によって動物としての感覚が鈍磨したヒトと異なり、ネコは自然に敏感。早い猫は一月の下旬あたりからボチボチ、真夜中に沸き起こるあの夜空をつんざく絶叫を始めるのである。

ところが、この恋のシーズン開幕となる時期に、ブーはお父さんのいらぬお節介によって何度も何日も家の中に閉じ込められたのである。そのうえ三月に入っても尿路症によって入院、及び家での療養生活を余儀なくされてしまった。うかうかしてたら他の雄猫たちに先を越され、自分の出る幕がなくなってしまう。これは大変一大事だ。ブーは焦った。三月十五日に自由の身となって以来、遅れを挽回せんものとあっちを徘徊こっちを放浪、血眼になって雌猫を追い求めた。

そうやってやっとの思いでものにしたのがミケフサちゃん。だがブーチンの奴、それで満足したわけではなかった。四月に入ってもなお、求愛活動に血道をあげ、片時もベンチに落ち着きはしなかった。

五

春を告げる花といえば、真っ先に浮かぶのは梅だけれども、当地区には梅が少なく、私にそれを知らせてくれるのは白木蓮である。なぜだかは知らないが、この辺り、川沿いの散歩道をはじめ、民家の庭木にも白木蓮が多い。例年であれば、桜に先んじて木蓮が開花し、それが散る頃、桜にバトンタッチされる。ところが、この年は白木蓮が遅れ桜が早まった。お陰様で多少のズレはあったものの両樹の花見が一時に楽しめることとなった。

一足先に木蓮が花を落とし、追うようにして桜も散った。桜が終われば、春の一つの行事が済んだようで、何となく浮かれていた人の心もひとまずは落ち着きを取り戻す。同様に、一カ月近くに及ばんとするブーの恋愛行動もそろそろ終止符を打つのではないか、と思ったのだが、ブーには一向にその気配が見られなかった。相変わらず雌猫恋しやの行脚彷徨が続けられた。

四月十日のこと。

この日は早朝からの雨がなかなか止まず、出られたのは午後三時半を回ってからだった。当然ベンチにブーの姿は無く、私は真っ直ぐに先般ブーがミケフサちゃんとデートを楽しんでいた角の家に向かった。そこを基点として、南の方一帯を散策してみようと思った。というのは、ここ二週間ばかりこの辺りに来ると、しばしばブーの鳴き声がし、時には姿を見せるのであった。どうやらこの界隈のどこかに、ブーのお眼鏡に適った雌猫がいるようなのだ。そしてそれはどうもミケフサおばさんではないらしい。

角の家からほんの数メートルも歩まないうち、早くもブーの声がこだました。鳴き声は途切れ途切れではあるがずっと続いた。が、ブーは姿を現さない。当に声はすれども姿は見えずの状態のままに、周囲に気を配りながらゆっくりと歩を進めた。それでもブーの姿は無い。とうとう家の並び、一番奥にある、門柱脇に彫刻家と書かれた看板が出ている一軒家に達した。ここでもう一度ブーの声がした。声はその家の前庭かららしい。

庭は私の背丈より少し低いコンクリート塀で囲まれていた。そのため中が見えない。近づいた。すると、突然ヒョイと塀の上にブーが立ち現れた。

「おお、やっぱりここか。さ、ブー、ベンチに行くぞ。降りてこい」

普段なら私の言いに素直に従う。だのにこの時ブーは大きく口を開けて「ニャーニャー」とけたたましく鳴くばかりで、一向に降りてこようとしなかった。

「あれ？　おかしいな。足でも怪我してるのかな」

詳しく診ようとして塀際に寄った。塀の内側、庭全体が目に入った。その時、

「おや、おやおや……、これは……」

何と、中にもう一匹、猫が。

その猫も塀の上に跳び乗った。猫は何ら臆することなく私の方へと歩み寄ってきた。間近に見るその猫は……、子猫のようだった。生後四、五カ月くらいか。胴体の毛色は背の部分が濃淡二色の茶色縞柄で、腹部が白。顔も同様で、頭、額から眼の周りが茶色のシマシマ、その下が白。ことに見事なのは鼻筋。両サイドが茶色なのだが、真ん中に白の一本筋。これがスキッとして鼻先の淡いピンク色と相まって際立ち、鮮やかなことこの上もない。美猫である。それもとりわけ上等の。私はその場で即、〝スッキリ〟ちゃんと命名した。

「なるほど、なるほど、ナールホド」

これじゃあ、ブーの奴、ベンチに寄り付かないのも道理。もうスッキリちゃんに夢中なのだ。

スッキリちゃんは、ブーが私に馴染んでいるのを見て安心したのか、全くの無警戒、物怖じ一つせず、自分の方からその顔面を私の頬に擦りつけてきた。

念のため、というか私の趣味で、ピーンと高く跳ね上げた細くて長い尻尾の付け根に顔を近づ

けた。タマタマなし。「よし」と肛門の匂いを嗅ぐ。「ウーン、酸っぱい、タマランわ！」

私とは初対面にも拘わらず、親愛の情を込めてご挨拶を済ませたスッキリちゃんは、ブーの方に向き直ると、その頭と身体をブーに擦り寄せて行った。

猫の恋路の邪魔しては、余りに不粋、無神経。

「ブーよ、せいぜい楽しみな」

と、私の方が照れてしまい、何か申し訳なく思って早々にその場をあとにした。

それにしてもブーチン君、何とまた、超とびっきりの別嬪、可愛い子ちゃんをものにしたものか。

ブーはかつて、近所の女の子から、

「ウワー凄っ、おっさん猫や」

と、笑われたことがある。私としては、〝裕〟ちゃんにも優るとも劣らぬ男前、と思っているのだが……。それは親の欲目か。

まあそうはいうものの世間一般の目からすれば、ブーはむさくるしい猫、というのも確か。となれば、スッキリちゃんとブーとの取り合わせは、どう見ても〝美女と野獣〟。

世の中、想定外のことは、まま起こり得る。

後日、近所に住むお婆さんが私に語った。

「一ケ月前からしょっちゅうお宅の猫がうちに来る。そこへ雌猫が来てお宅の猫を誘い、一緒に寄り添ってどこかへ行く」

と。

この人は、ブーとは別の野良のために、自宅の納屋を開放し、餌を置いている。

「ハハーン、ブーの奴、ベンチに来ない時は、そこに行って盗み食いをしてたのか」

一カ月前という期日も、ブーを出したのが三月十五日だから計算が合う。スッキリちゃんとの馴れ初め、即ち、ブー、どうやってスッキリちゃんをたぶらかしたのかは知らないが、その人の話ぶりからすると、積極的なのはブーよりむしろスッキリちゃんであるような。

ところで、この二匹の間柄はどのようなものなのか。

スッキリちゃんは見たところ、月齢四ないし五カ月くらいで子猫のよう。それであればまだ発情は無いはずで、言ってみれば、まあ、おじいちゃんと孫といった微笑ましいもの。だが、スッキリちゃんは小柄なので、一見、子供っぽく映ったが、実際はもっと月齢が経っていたのかもしれない。それなら立派に大人の関係だ。いずれにしろ、ブーが幸せなら私ごときがアレコレ口を挟むことはない。目出度し目出度しなのだ。

もう一つ、引っ掛かる件があった。

以前、スッキリちゃんがいた庭の家の前を通った時、玄関横の車庫に猫トイレが置いてあった。猫砂を乾かしていたのだろう。とすれば、スッキリちゃんはその家の飼い猫とみて間違いない。あれだけ美しい毛並をした猫が、野良だとは考えにくい。疑問は、そこの飼い主がブーチンの存在に気づいていたのかどうか、という点である。

どうやら知っていたらしい。

スッキリちゃんを初めて目にした日から六日後、ブーがまたしてもその家の庭の塀の上にいた。近づいた。その時、庭の中で花の手入れをしていた主らしき男性と目が合った。

私はブーに向かって、

「下りてこい。ついてこい」

と数回促したが、ブーは従わなかった。仕方なくその場から離れたのだが、男性は私に何も言わなかった。また、ブーを追っ払おうともしなかった。

並の飼い主であれば、我が家のうら若い娘に、ブーみたいな胡散臭いのがまとわりつけば、嫌がって雄猫の持ち主に何か一言あってもよさそうなものだが、そのような気配は無かった。

ご主人公認の交際だったのだろうか。


ほぼ一カ月余りにわたったブーの恋のアバンチュールも、四月二十日辺りを境に鎮静に向かった。ブーはベンチを訪れるようになった。五月の半ばに一度、スッキリちゃんがベンチ近くに姿を見せたが、ブー、それに気が付かなかったのか、それとももう熱が冷めたのか、スッキリちゃんを無視した。

それにしてもブーチン、今シーズンほど、恋に情熱を燃やした春はなかったろう。事の成就は不明だが、スッキリちゃんにミケフサ、そしてマルメちゃん、更にはマルメちゃんによく似たやはり黒白柄のハナレちゃんと、次々、ラブゲームを楽しんだ。

過去にも、白毛のペルシャ、〝シロペルちゃん〟、そしてピンクの首輪をしていた、その名もズバリ、〝ピンクちゃん〟を追いかけていた。

ブー、あの面をして、案外、雌猫に持てたのかもしれない。ヤッパリ〝裕ちゃん〟かもね。そうなのだ。そんな愉しみ、そして自由を犠牲にしてまでの獄中生活なんて、ブーにしたら真っ平ご免、とても耐えられるものではなかったのだ。

さて、雌猫との恋愛を一先ず終了したブーチン、ベンチに戻ってきたはいいが、そこに待ち受けていたのは、ブーが最も苦手とする、大、大、大っ嫌い、疫病神ともいうべき、あの天敵、シロスケであった。

六

長い間、私はシロスケは野良だとばかり思っていた。それでシロスケがベンチに来ない時は、せっせとT棟に足を運び、餌を食べさせていた。

ところが、二〇〇八年の正月四日、偶然シロスケに飼い主がいるのではないか、という疑惑が生じた。ならば、別にそこまでしてシロスケの面倒をみる必要はない。以後、T棟参上を止めにした。

しかし、この飼い主たる人物、その責任を果たしていなかった。だがそれが明瞭になるのはそれからずっと後、一年半も経ってからのことで、当時その飼い主は謎に包まれた正体不明、幽霊の如き存在であった。

三月半ば、十六日の夕刻、それもかなり晩くなってから、突然シロスケがベンチに現れた。ブーの給餌が済み、ブーが立ち去ったので家に上がろうか、と思っていた矢先だった。シロスケは私の姿を認めると、タッタッタッと足速に走り来て、前足で私のズボンを掻いた。ブーが残した缶詰があった。それを与えたところ貪るようにして頬張り、忽ちにして空にした。シロスケ、顔を上げ、

「これじゃ足らない、もっとくれ」

目で催促した。

犬であろうと猫であろうと、いかなる動物であろうとも、世話をしようとするなら、養い人に求められる最低の責務は、食べる物を十分に与えることである。シロスケの飼い主はそれを怠っていた。というより故意に放棄していた。虐待に他ならない。

シロスケ、二缶目もペロリと平らげ、舌なめずりしながら私の太股に乗ってきた。身体を丸め、およそ三十分、昏々と居眠った。

ブーチンは外に出してもらった三月十五日以後は、ひたすら恋の路に邁進夢中で、正に、〝皿舐めてすぐ鳴きに行く〟有り様、一向にベンチに腰を落ち着けなかった。

それが幸いし、シロスケとブー、二頭の衝突が回避された。そのためシロスケは心置きなく、おっちゃんからの餌、そしておっちゃんの太股を堪能できた。

ところが、シロスケがベンチに日参するようになって時を置かず、独りシロスケだけでなく、チビタンとガッツまでもがベンチに来るようになった。そして私に食を乞うた。シロスケと違って幾度もブーの襲撃に見舞われたあの二頭がである。

完全なる外暮らしのシロスケと異なって、チビタンとガッツは家で飼われているのは間違いない。ならば何故、ブーに襲われるのを承知のうえで、わざわざベンチくんだりにまで来るのであろうか。解せない。私には謎であった。

四月二十日にブーの恋の季節が終わった。ブー、ベンチに戻ってきた。すると、そこにはシロスケの影が。

気に入らなければ、それが人間であっても喚き声を張り上げて追っ払おうと試みるブーチンなのに、独り、シロスケだけには手出しが出来なかった。

体格では、ブーはシロスケに引けをとらない。全くの互角といってよい。

実際、喧嘩しても負けはしなかった。

一度組み合った。

この時はブー、完全無警戒だったシロスケに対し、背後から突然襲い掛かるという卑怯な戦法に訴えた。が、さすがはシロスケ、驚きはしたものの逃げ出さず、パッと振り向くやガッとブーに組み付いた。二者は互いに一歩も退かず丁々発止と渡り合った。慌てた私は即座に割って入ったので勝負はつかなかったけれど、闘いは五分と五分であった。

だから、シロスケにしても決して敗北したわけではなかったのだが、こんな仕打ちに遭ったのは恐らく初めてだったのだろう。ショックだったに違いない。この後しばらくは、シロスケ、ベンチに来ても植栽花壇の手前で一旦立ち止まり、物陰からそっと覗き込んでブーの様子を窺い、不意討ちを喰らわないよう慎重に中に入ってきた。

が、それも束の間のこと。一カ月もしないうちに元の木阿弥。ブーが居ろうが居るまいが、ブーが何をしてようがしてまいが、てんでお構いなし。真っ直ぐズカズカと私に近づいてきた。

そんなシロスケを、ブー、ただただ苦々しい思いで眺めた。

年齢ではシロスケの方が上。が、ここ、ベンチという領域ではブーの方が先輩なのだ。ならば、シロスケはブーに対し、少しは遠慮し、もっと敬意を払うべきじゃないのか。だのにシロスケの野郎、傍若無猫、大きな顔で振る舞う。

それが癪に障る。それに第一、おっちゃんはブーの占有なのだ。それを勝手に割り込んで来て、横取りせんものと企てる。ふてえ料簡だ。許せん、絶対に許すもんか。

ブーにしたら、そんな心境だったか。

しかし何といったらよいのか、風格というか貫禄というか、シロスケからはそういうものが滲み出で漂ってくる。それは長年の野良暮らしで培われた故の所産か。だが、それを言うなら、同じく野良経験が豊富なブーチンにだってそれがあってもよさそうなもの。然るに、ブーからはそのような威厳は感じられなかった。とすれば、生来の気質によるものに相違ない。

ブーチンは悔しかった。何とかしてシロスケに対し一泡吹かせてやりたいものと、幾度となく戦いを挑もうとした。が、その都度、実戦に至る前に、シロスケの威厳に跳ね返された。

今でも記憶に鮮明な面白い出来事があった。

シロスケが3号ベンチの上で餌を食んでいた。そこへブーが来た。ブー、ベンチに跳び乗りシロスケの後ろに立って唸り始めた。

「おいシロスケ、ここは俺の席だぞ。貴様どういうつもりだ。退(の)け、下りろ」

猫には、〝お気に入りの場所〟というものがあって、そこを他の猫に占拠されるのを好まない。

個体差はあるが、ブーはことにそれが強かった。

が、シロスケは動じない。ブーのこの警告を完全に無視、黙々と食事を続けた。ブー、次第に苛立ち唸り声が喚き声に変わった。シロスケ振り向いた。そしてジロリ、ブーに一睨を与えた。

「うるせえ、黙ってろ、いま飯食ってんだ」

途端、ブー、首を竦め眼を伏せた。

シロスケ、何事も無かったかの如く、再び食べ始めた。

これが全て。両者の関係をものの見事に物語っている。苦手、煙たい存在とはこういうのを言うのだろう。

だが、もし、本気になって闘ったとしたら……。

ブーはいきり立ち、それこそしゃかりきになって攻撃し、決してその手を弛めることはないであろう。

シロスケは自分の方から仕掛けることはない。しかし、売られた喧嘩は必ず買う。尻尾巻いて逃げ去るなんて無様な真似はしない。

とすればどうなるか。

体格は互角だが、歳が少い分体力に勝るブーの方が優勢に闘いを進めるのではないだろうか。

だが不屈の闘魂で立ち向かうシロスケはたとえ己が血みどろになろうとも気力を振り絞り、ブーの攻勢を凌ぐに違いない。結果、両者相疲れて引き分けとなるのでは……。

長きにわたって屈辱を味わってきたブーの心情に思いを馳せれば、一度、思いっきり戦わせてやりたい気もした。が、すんでのところで、そんな誘惑にいつも一つの危惧がストップをかけた。

喧嘩となれば、そこにどのような不測の事態が待ち受けているか。我を忘れて取っ組み合い、互いに意地をかけて譲らず、一方もしくは双方が期せずして道路に飛び出す、なんて事は十分に考えられる。そしてそこに車が来たら……。

これまで、一体何頭の猫が顔面を潰され背骨を折られ、血まみれになって路上に転がされていたことか。現に私はこの手で、五頭の轢死体を処理している。勿論全てが喧嘩によって発したものではないけれど、喧嘩は轢死の大きな要因であるのは想像に難くない。ましてやここ、ベンチが設置されている場所は十字路の一角。東西南北すべての方向からいつ何時〝来る魔〟が走り来(きた)る哉。この場所に於いての喧嘩は厳禁御法度である。一騒動が勃発、あわや、という事態に至る寸前、私は躊躇なく介入、惨事を未然に防いだ。

七

事の成就は別にして、何頭もの女の猫(こ)との恋愛を終え、意気揚々とベンチに引き揚げてきたブーチンを出迎えたのは、シロスケであった。

未だ冷めやらぬホックラホクホクの楽しい思い出を胸に収め、さあこれからはご無沙汰重ねたおっちゃんと、再び親愛の情を深めんものと、勇んでベンチに戻ってきたは良いが、そこでブーが目にしたのは、何とおっちゃんに抱かれ、鼻の孔からとっぴん吹かせてグースカ居眠っているシロスケの姿だった。

まさか、自分の留守中こんなんになっていたとは露知らず、

「エエーッ、何だこれは。こんなのありかよ」

華やいだルンルン気分は一瞬のうちに吹っ飛び、入れ替わって沈痛陰鬱な憂愁感にブーの心は支配された。

「しまった。こんな風になっていたとは」

ブー、後悔しきりであったが、今更どうしようもない。原状に復するには自力でシロスケを追い払うより他に手立てはない。ブー、これまで以上真剣にシロスケ排除に精力を傾けなければならなくなった。

真剣というならシロスケだって然り。名ばかりの飼い主の玄関戸の前で、幾ら大声張り上げ、喚き、叫ぼうとも、その重い扉は開くことはなかった。シロスケは四階から階段を下り、同じ住宅棟、別の出入り口に面する一階戸、例の老夫婦の許に行き食を乞うた。しかし、何らかの事情でそれも途絶えた。

以上は私の勝手な推測でっち上げ、何の根拠もない単なる想像に過ぎない。だが、そんな風にでも考えなければ、一月四日を区切りとしてT棟給餌を中止した後、ただの一度たりとも姿を見せることの無かったシロスケが、なぜに三月半ば以降、急に足繁くベンチに通ってくるようになったのか、その理由を他に見い出し得ないのである。

その頃、偶然出会った池谷さんが私に語った。

「最近シロスケがしょっちゅう私のところに来るのよ。餌をくれれと、玄関前に座って動かないんで困ってるの」

彼女は昨年夏の初めに

「私、シロスケの餌やりから手を引くから、あとはよろしくね」

そう私に告げて立ち去って行った。

そんな人のところにまで、餌を求めに行くというのは、それだけシロスケは切羽詰まった情況に陥っていたに違いない。

「こうなったらもう頼るはおっちゃんしかいない。おっちゃんは残された最後の命綱だ。あそこには、ブーチンという鬱陶しいのが居るけれど、この際仕様がない。いざとなれば闘うまでよ。負けるもんか」

シロスケ、日参した。

当然ブーにしたら面白うはずがない。

顔を合わせる度、二頭は、意地と怒りを剥き出しに、闘志を掻き立て対決した。睨み合った。互いに一歩も退かなかった。

憎悪敵愾心は日々増大、双方苛立ち、将に一触即発の状態の毎日であった。

そして五月六日。シロスケとブー、2号ベンチの上と下とで睨み合い唸り合った。シロスケは滅多に声を発しない猫で、それが唸り声を上げたというのはそれだけシロスケも本気になり、殺気立っていたのだろう。

これは大変、ただでは済まない、慌てて割って入り、ブーの両腋、肩の下を両手で挟みすくい上げて移動を試みた。だがブーはそれを承知せず、身体を激しく揺らし、後ろ足で私の腹や腕をしこたま蹴り立て振り解いた。そして再びシロスケが乗っている2号ベンチに突進。ブーチン、「今日こそは決着をつけてやる」と息巻き、シロスケの顔面二十センチにまで詰め寄った。そして、あるかなしかの小茄子状の尻尾を激しくシュッシュッと左右に振り回し上体をかがめた。ジャンプ一番、今にも跳びかからんとしたその瞬間、すんでのところで私はブーの首根っこを掴み抑えつけ搦め捕るように持ち上げて、胸にしっかりと抱き締め、二つ先の4号ベンチに運んだ。力を弛めれば、ブー、またもやシロスケの許へ走り向かうかもしれないと、私はベンチに腰掛けたままブーをがんじがらめに締め付けた。

シロスケはシロスケでいきり立っていた。このままおめおめと退きさがっては名折れ、沽券に拘わると、一歩も動かず、憎しみの視線をブーに注いだ。シロスケ、そうやって相当の時間ブーを睨み続けていたが、やがて眼を逸らすとベンチを下りて、さも忌ま忌まし気に西の方へ歩み去った。

「ホーヤレヤレ、大事に至らなくて良かった」

と胸を撫で下ろしたところに、今度は花壇の角からチビタンが顔を覗かせた。ブー、それを目にするや、気が緩み力が抜けていた私の両腕を解きほどくと、私の太股を蹴って大ジャンプ、チビタン目がけて突進した。が、チビタン、すんでのところで身をかわし、今来た道をまっしぐらに逆走。辛うじて難を逃れた。

これで済むかと思いきや、何と続いてガッツが登場。若くて気の好い黒猫ガッツは、道路より一メートルほど高くなっている斜め向かいの団地から、階段を駆け下り、道路に出ると、そのまま足取りも軽快に、ヒョイヒョイこっちに近づいてきた。

ブー、このガッツに対しても先ほどのチビタン同様、猛然と矢庭に躍りかかった。ガッツは過去、何度かブーから攻撃され逃走したことがある。しかしそれは、ガッツがまだ子猫の時分の話。今やガッツは満一歳、父親エリマキ譲りの巨大猫に成育変身、体格では完全にブーをしのいでいる。それでこの時は、出し抜けのブーの急襲に吃驚(びっくり)して遁走を余儀なくされたが、すぐにも取って返し、道路を挟んだ前の駐車場の際(きわ)に立つと身を聳(そび)やかし、ブーと対峙した。

「何だよブーチン、卑怯だぜ。宣戦布告なしの突撃だなんて。ネコの世界にも喧嘩の作法っていうものがあるじゃないか。先ず睨み合って唸り合う。そういう慣習があるだろう。それをいきなり襲いかかるとは。だけど、今のボクは去年のガッツとは違うぞ。まともに組み合ったら負けはしないぜ。何なら一丁試してみるか」

翌日から、T棟の給餌を再開した。

八

ブーチンの身体は思いのほか、急速に悪化、衰退に向かっていた。

三月に、二度目となる尿路結石を患った。これはもうブーチンの持病と言ってよく、手遅れになれば落命する。だから、少しでもそんな徴候を見せるようなことがあれば、即座に家に収容した。私の注意関心は専らそれに注がれ、他方、その陰で別なる深刻な病がブーチンに忍び寄っていることには全く気が付かなかった。それは密かに、かつ猛スピードで進行していた。

五月十三日の夕方であった。

食事を終えて帰り行くブーの後ろ姿を眼にした時、

「あれっ！　ブーの奴、こんなに小さかったかかな？」

違和感を覚えた。

ブーと出遇って以来三年この方、私の頭にあるブーのイメージは、一貫して〝でっかい猫〟であった。

ところが、いま、ねぐらに向かわんとするブーチンの後ろ姿は〝小さい〟のである。

ブーは痩せて萎びていた。何とまあ迂闊なことであったか。私はこの日この時、初めてそのことに気が付いたのだった。

毎日絶えず接触していると、日々刻々生じている微妙な変化を感じ取ることが出来ないらしい。

二日後の十五日。

缶詰を開け、三分の一ほどをお皿に盛って眼の前に置いた。が、ブー、一口も口にしなかった。それではと代わりに差し出したカリカリだが、こちらの方もほんの僅か、申し訳程度を口に運んだだけだった。

次の日も同様。

「食欲がない。おかしいな」と思った。がしかし、別段グッタリしているわけでもなかった。それどころか、近所の飼い猫である黒のブチ〝大吉〟がベンチに近寄ってきたりすると、そいつを追いかけ回すし、T棟での給餌を再開した後も、しげしげとベンチに通ってくるシロスケ、そしてガッツ、チビタンらに対して、「ウウーッ」と唸り立て、攻撃態勢を取ったり、実際襲いかかるという勇猛さを披露した。

十九日になってからである。

「あっ、これは、ひょっとして……」

〝おかしい〟を現実に感じたのは。

朝六時。ブー、1号ベンチの上で私を待っていた。普段なら私を認めるとブーの方が駆け寄ってくる。しかしブー動かなかった。私は歩み寄った。

見ると、ブーの左右両眼から涙が溢れ出ていた。それがポタッポタッとベンチの腰かけ板に滴り落ちた。表情も虚ろで呆(ほう)けた様。

ブーを抱き上げた。階段を上った。ブー、完全無抵抗。啼きもしなければ身動きもしない。ブーの強制収容はこれで十四度目を数える。それで慣れっこになっていたとはいえ、幾ら何でもこれは余りに異常。家に入り、洋間の窓際にあった灯油缶を収容する大きなポリボックスの上に座布団を敷いて、その上にブーを置いた。ブー、力なくグデンと横たわった。と同時に眼を閉じた。

時計が九時を指した。病院の診察開始時刻だ。そこで洋間に行った。ブーは三時間前と寸分も変わらぬ位置、格好で寝息をたてていた。グッスリ、余りの熟睡。起こすのが可哀想だった。午後の診察に変更した。が、午後に入ってもブーは昏々と眠り続けた。明日は火曜日で病院は休診。

今日を逃すと明後日になる。多少の不安に気がとがめたが、正体もなく眠りこけているブーを眼前にすると、とても起こす気にはなれなかった。結局病院には行かずじまい。

夕方、家内が気を利かして、スルメイカと鯵を買ってきてくれた。

晩に、それらを刺身にした。イカの皿は空にしたが、鯵の方は残した。

食べ終わると、ブー、またもや眠りについた。

次の日も全く同じパターン。〝ねこ〟という名称は、〝寝る子〟が語源という説もあるくらいで、正にそう思わせるに足る、恐ろしいほどの眠りっぷりであった。

三日目の真夜中、零時を回ってから、ブーが起きてきた。台所に向かった。餌皿にドライを盛った。ブー、お皿に首を突っ込んだ。大した量ではなかったが、それでもこの一週間ではついぞ眼にしなかった、そこそこの食欲を示した。

昏睡状態に近い丸二日間の睡眠が、ブーの急場を救ったらしい。玄関に行き、ドアを掻く元気も出てきた。

その日は、ブーを医者に連れていく心積もりをしていたのだが、ブーの様子を見ると、今すぐという緊急性は遠のいたように思えた。二、三日状況を見てからでも遅くはなかろう。そんな甘い判断を下した。

四時、外がうっすら明るくなってきた。台所の窓ガラスを通して見える近くの山並みと空との区切りがつくようになった。

五時、もう完全に明るい。

玄関ドアを開けた。


それから六日後の五月二十七日。

夕方給餌のため四時に下へ降りた。

ブー、3号ベンチの上で、ベターッと寝そべっていた。そのブーの身体に、夕方とはいえ初夏の太陽が容赦なく降り注いでいた。熱かろう。こんな場合、普段のブーならベンチの下に入るか、もしくはベンチ裏の茂みに身を潜めるかして、暑さを凌いでいるのに、この日のブーチンは、陽射しを避けようともせず、ノックアウトされたボクサーみたいにグデーンと伸びていた。

こんなブーの姿を眼にするのは勿論初めて。

ブーは痩せていた。見るも無残、むごたらしいほどに。両の脇腹がゴッソリと凹み、文字通りペシャンコだった。

抱き上げた。

「嗚呼、何という軽さ」

家に入って、床の上に置いた。

家内が来た。一目見るなり、

「ええっ、これがブー……、何とまあ……」

私はブーの脇に座った。両足を投げ出し足輪を作った。ブー、そろりとその中に入って、私を見上げた。

九

三月十六日、二カ月半ぶりにベンチに姿を見せたシロスケは爾来毎日来た。その前日からブーチンは恋の行脚に出ていた。ブーがベンチに寄るのは餌の時だけ。それもちょこちょこっと急いで腹に詰め込むと、あっという間もなく姿を消した。

ベンチは大概もぬけの殼。そのため、シロスケがベンチに来てもブーと顔を合わせることはなかった。また、たとえ鉢合わせになろうともちょっとの間待っておれば、ブーは直ぐにどこぞへと立ち去った。

これはシロスケにとって実に願ったり叶ったりで、心置きなくおっちゃんに甘えることが出来た。おっちゃんの太股に乗っかり、身体を丸くして居眠りを貪った。

チョコレート色の目脂と黄色い青洟に塗れた顔、かつ薄汚れてねずみ色になった毛並を見れば、誰しもがその身体に触れるには、尻込みせざるを得なかった。それを撫で、擦るはおろか、膝にまで乗っけてくれるというもの好きは、独りおっちゃんだけだった。そのうえおっちゃんは膝の

上でシロスケでがクシャミをして、青洟をまき散らしそれが衣服に付着しても、

「おいおい頼むぜ」

と笑いながら、シロスケの眼や鼻を拭いてくれた。

おっちゃんの太股はシロスケにとって最上の安らぎの場であった。

だからこそ、四月に入って後半、ブーがベンチに戻ってきても、更にその後、T棟で餌をもらえるようになっても、シロスケはこの憩いのひとときを手放したくはなかった。


シロスケがベンチに日参するのは、もはや餌だけが目当てではなくなっていた。おっちゃんに甘えたかった。自分より先にブーがおっちゃんに抱かれているのを目にしても、T棟に帰らず、近くの物陰に身を伏せて、膝が空くのを辛抱強く待った。時には、同じベンチの上で、どちらが先に膝を制するか、おっちゃんを真ん中に、右と左、膝越しに睨み合った。

ブーは怒った。苛立った。それが昂じるとシロスケに向かって唸り、喚き、挙げ句、跳びかかろうとした。私にはそのブーの不満が手に取るように理解できた。さりとてシロスケの心情も無下にはできなかった。

「シロスケよ、向こうで待っていな。おっちゃん必ず行くから。そこでたっぷり甘えさせてやるから」

が、シロスケはそれには耳を貸さなかった。毎日、トットコセッセとベンチに足を運んできた。

こういった状況、即ち、シロスケに対する怨憎、おっちゃんが示すシロスケへの親切な構い様、それらがブーにストレスを生じさせ、それがブーの食欲を減退させているのでは……と、愚かにも私はそんな風に考えたのであった。

あまりにものん気、愚鈍、そうとしか言いようがなかった。


五月二十八日、水曜日。

ブーを連れて動物病院を訪れた。血液検査が為された。猫エイズ、及び猫白血病ウイルス感染症は陰性だったが、蛋白質、尿素窒素、血球容積、白血球数で異常な数値が表示された。更に体温が四十度四分とかなりの高熱。

「腎臓です。この猫は免疫不全で昨年九月は一種の膠原病という形で表れましたが、今回はそれが腎臓に出ました。多分、春先の尿路症によって膀胱を傷め、ひいては腎臓にまで影響を及ぼしたのでしょう」

約一ケ月間の薬剤投与が必要とのこと。この日は取りあえず二週間分の薬が出た。

電車を降りて家に向かう途中、並木通りの山法師が、先が尖った丸味のある、白い四枚の苞片を開けていた。


猫には腎疾患が多いと言う。

私の手許にある、東京都在住の獣医師、野澤延行氏の著書『ネコと暮らせば』には、猫の腎臓病について、次のように記述されている。

「腎不全はその経過により約一週間以内に腎障害に至る急性腎不全と、数か月から数年に及んで徐々に腎機能が低下する慢性腎不全とがあります。これは免疫力が低下することで炎症を起こして発症します。

猫が腎疾患を患うと食欲が低下し、毛艶が悪くなって痩せてくるので気づきます。さらに病状が進行すると排泄障害から嘔吐や痙攣を伴い、尿毒症へと移行して危険な状態となります。それだけに早期発見と早期に治療を開始することが大切で、ふだんの生活からストレスが加わらないよう、多頭飼いや不衛生な飼い方は避けなくてはなりません」

慢性腎不全の主原因が免疫不全とストレスにあるという。そのうち、免疫不全に関しては私にはどうしようもできない。お医者に任せる他はない。

問題はストレスである。

紫外線防止のために私が選び得る一番手っ取り早い方法は、ブーを家に入れることであるが、ブーはそれを嫌う。室内での生活、それ自体がストレスとなってブーに重く覆い被さってくる。そうかといって外に出せば、必然的にシロスケと顔を合わせなければならない。これまたブーにストレスを生じさせる。どっちに転んでも、ブーのストレスを解消できない。

病院に連れていった日を含め、当初四日間はブーを家に留め置いた。しかし、ブーは外へ出たがった。夜になると玄関に行き、鳴くは喚くは扉を掻くは、「出せ出せ」と要求した。仕方ない。ドアを開けるしか。


私がブーにてんてこ舞いとなっている間、シロスケにもまた、危機が迫っていた。

ブーチンがベンチから去って行く後ろ姿を目にして、「あれ、ブーの奴、こんなに小さかったかな」と感じたのと正に同じ五月十三日、私はシロスケからも同様の衝撃を受けた。

その日の午後、防火水槽裏の草地で給餌した時である。横並びで餌を食んでいる、ガッツ、シロスケ、ポチョの三匹を見て、私は慄然とした。両隣りの二頭に比べて、シロスケが一回りも二回りも小さいのだ。

ガッツは一歳、ポチョは二歳で人間でいえば共に二十歳前後の若者。他方シロスケは推定十歳、人間なら五十歳半ばというところ。人間の五十はまだまだ壮健、中年真っただ中、これから一花も二花も咲かせることが可能な年齢である。しかし、野良猫の五十歳は切なく哀れだ。家庭猫と異なり、苛酷な屋外暮らしがシロスケの身体を蝕み、その内臓をボロボロにしていた。だから実体は七十か八十歳といってもよい。それでもここまで生きてこられたのは、持って生まれた身体そのものが頑健に出来ていたのだろう。

骨格のガッシリとした大柄な猫。私の頭にあるシロスケ像は常に変わらずその姿であった。それがこの日初めて音を立てて崩れた。確かに、ガッツにしてもポチョにしても、この二頭は雄猫の中でもかなり大きい方。でもシロスケは、決してこいつらに見劣りせぬ、堂々とした体躯の持ち主である。私はずっとそう思っていた。

「ああ、シロスケ、お前、こんなになっていたのか」

ブーと同様、私はシロスケが日々やつれゆく状況を全く把握していなかった。

ただ、不思議なことに、日を逐うにつれて食欲を失っていくブーチンと異なり、なぜかシロスケには食欲の減退がそれほど顕著ではなく、日によっては缶詰大缶一ケ分をペロリと平らげるという旺盛な食べっぷりも見せた。

だから私もシロスケが痩せて縮んできた、と認識し、一抹の不安を覚えたものの、食欲不振が著しいブーチンの方に気を取られ、食欲のあるシロスケにはブーほど関心を払っていなかった。

六月二日。

正午前にスーパーから戻った家内が、玄関の扉を開けるなり叫んだ。

「あんた、シロスケがベンチで倒れてるよ」

「エエーッ、何だって！」

おっとり刀で駆け付けてみると、

「本当だ」

2号ベンチの上で、シロスケ、グデーンと伸されたように寝そべっていた。

ゲッソリと痩せこけ、口からは朱い涎が、

「何ということ……」

カリカリ、缶詰、それにこのところ好んで飲む牛乳、と三品を眼の前に並べた。が、それらいずれにもシロスケ、口をつけなかった。

実は五日前の五月二十八日にも、シロスケは——その時はベンチの上でなく直に地べた、コンクリート上であったが——ドテーッと力無く横たわっていた。それはその前日にブーが見せたのと全く同じ光景であった。しかしその日は午前にブーを病院に連れていったばかりで、シロスケにまで手が回らなかった。以来五日ぶりで目にするシロスケ……。見るも無残な姿に変わり果てていた。

こんなになるまで放っぽらかしておいた己の至らなさ、罪深さにおののいた。

「ああどうしよう、申し訳ない。今すぐにでも医者に。そうだ、とにかく家に入れなくては……」

もう居たたまれなくなってシロスケを抱き上げ、そのまま階段を駆け上がり、家に運んだ。

シロスケは暴れた。家中を駆けずり回った。仕方なく、ベンチに戻した。

これが、シロスケの余命を削り取ってしまった。何ということはない。チビに対して犯したのと同じ過ちを繰り返しただけという訳だ。

私の悪癖陋習である。冷静さを失い激情に駆られ突っ走ってしまう。後先を考えない。行動を起こしてしまってから、「あ、しまった」と後悔する。

仮に病院に連れていったにしてもその後どうするのだ。家には既にブーが居る。狭いアパートの中で、敵同士といってもよい二頭を同居させるっていうことなんぞ、土台無理な話なのだ。分かってはいるのだが、いざそういう場に直面すると、込み上げてくる感情が横溢し、理性の回路を遮断してしまう。どうせの事なら、もっと早い時期に手を打てばよいものを。だが、それはしない。切羽詰まるまで放っておく。どうしようもない。


二日後の六月四日。

夕方、公園でチビタンらと遊んでいるところにシロスケが現れた。私が作った脚輪の中で一時間居眠ったシロスケは、やおら立ち上がるとお皿の水を啜り、私に一言「サヨナラ」の挨拶を残して、姿を消した。

十

ブーチンの病名は腎不全で、「その治療に一カ月間の薬剤投与を要する」と獣医は言った。本には、「進行を抑えるため、低蛋白質の食事を与える」とか、「ストレス発生を防ぐため多頭飼いの禁止」というような注意事項、更に、「腎不全は完治困難なので飼い主の根気ある対応が必要」との心構え等が記載されていたけれど、獣医からはそのような言及が一切無かった。それで、「ああ、ブーの場合は腎不全といってもまだ初期の段階、大したことは無いんだ、一カ月薬を飲ませれば治るんだ」と、安易に受け取った。そしてまた、ストレスを掛けてはいけないというのなら、できるだけブーの望むようにしてやればいいじゃないか。つまり、「外へ出たい」と言えば、「ハイハイ分かりました」と、その要求に素直に応じれば済むこと。それほど深刻に考えず臨機応変に対処すればよいのでは……、そう思いまた実際そのようにした。とはいえ、薬を飲まさなければ治らないわけだから、服用時間が迫ってくると、家の方にお連れ申し上げた。

ところで、今回ブーが外に出ようとする折、ブーは不可解な行動を取った。出たい時、ブーは玄関に行ってドアの前で、「ニャーン、ニャーン」と鳴いた。そこでドアを押し開けるのだが、ブー、なぜかしらそこに佇んだまま動かない。外へ出ようとはしないのだ。以前なら、「あ、おおきに、じゃ出まっさ、おっちゃんまたね」と、喜び勇んで階段を駆け下りていったものだが、そうはせず、振り向いて私の顔を、じっと視上げる。

「あれ、お前出たいんと違うんかい。出んのやったら閉めるぞ」

とドアを閉める。ではそれで部屋に戻るのか、というとそうでもない。相変わらずドアの前で佇んでいる。

「え、何だよ。やっぱり出たいんかいな」

またぞろドアを押す。ブー、それでも出ない。逡巡している。そうやって散々迷った挙げ句、やっとそろりと一歩を踏み出すという案配。

この様子を家内に話すと、

「あ、それは、きっと、あんたと一緒に、あんたに抱っこされて下に降りたいんだよ。上がってくる時、いつも抱かれているでしょ」


ブーの病状は芳しくなかった。回復の兆しは一向に見えず、逆に衰弱の一途をたどった。

初回診察から十一日後の六月八日、再診に動物病院を訪った。日曜日で混んでいた。

体重測定と体温計測。体重四・三kg、熱が四十度。注射を一本打ち、新しい薬が出た。

「これは熱冷まし。前回渡した薬は止めて、今日からはこれを」

他に無し。状態の説明も感想も、何にもかも一切無し。

「え、それだけ、そんな、それはないやろ」

毎日接し、つぶさにブーを観ている私にはたったそれだけの所見は納得いくものではなかった。

ブーの容体は日増しに悪くなっている。体重四・三kgは猫としては標準。しかし、以前は六kgもあった大柄な猫だ。三割も減少している。激痩せだ。毛艶も失せてバサバサ。ただ事であろう筈がない。それなのに獣医は深刻な状況とは認識していない。

「たった注射一本。そして熱冷ましだと……、そんな……！」

たとい猫と雖も養い親としての私からすれば、ブーは我が子にも等しい存在である。何とかして助かってほしい、元の健康な体を取り戻してほしい、そう希うのは当然だろう。然し医師にしたら、それは患者であり、しかも〝one of them〟でしかない、と言えば言い過ぎになるかもしれないが、立ち場の、そして思い入れの違いで、見る眼は異なるらしい。

帰りは電車にした。

駅を出て西公園に至った。ブー、例によって鼻の孔をピクピクうごめかせた。

何を目的とした注射だったのか。帰宅後、それによって少しは元気が出るか、出てもよさそう、と思ったけれど、そんな様子は微塵も見られず。連れて行く前と寸分変わりなし。否、むしろ悪化したかのようだった。

食べ物はドライもウエットも全く口にせず、ただ、水だけを多飲した。そして嘔吐を重ねた。当然、何にも食べていないわけだから、吐くといっても白い泡と液体ばっかかし。

恐れていた症状が遂に現れた。

脚力の衰えである。

病院を訪れた日曜日は、ブーにはまだ茶の間の押し入れ、中段から上段にも跳び乗ることが出来た。が、翌月曜日には、乗る時は何でもなかったけれど、下りる際につまずいた。更に火曜日になると歩行が覚束なくなった。

チビの最終局面が甦った。チビは最後、後ろ足を立てることが出来ず、前足のみで腹這うようにして前に進んだ。今、眼前のブーチンはそこまで酷くはなかったけれど、その一歩手前の段階のように思われた。これでなんでもないというのか。熱冷ましで脚力が付くのか。


三日後の水曜日。

レントゲン撮影と血液検査。

血液検査の結果。

十八ある検査項目のうち、正常範囲に収まったものは唯の一つもなく、全項目が異常値。それも少し外れているというのではなく、かなりかけ離れた数値の羅列。

獣医は言った。

「これはもう腎不全という段階ではなく、尿毒症」

更に、

「それだけではない。今回は肝臓にも障害がみられる。こちらは迅速なる処置が必要。とにかく、単に腎不全、肝不全といったようなものでなく、完全に多臓器不全。即入院」

獣医師はここに来て、やっと事の重大さに気が付いた模様。

しかし、〝もはや手遅れ〟……私の眼にはそう映った。

「チビの時と全く同じだ。ブーはもう助からない。入院させようが、どのような治療、どんな処置を施そうが、助かる見込みは万に一つも無い。それなら、こんな見も知らぬ所に、独りポツネンと置いておくよりは、ブーにしたらたとえそこが監獄であろうとも、勝手の知った我が家の方がまだマシだ。少なくともお父さんがいてお母さんがいる。寂しくない」

入院を断った。

「では、点滴をするので一日置きに連れて来て下さい」

その後、

「実は、レントゲン写真に映っているこの猫の胃の位置が正常でない。極端に一方、つまり左側に片寄っている。普通はもう少し中央にある。明らかに異常な位置だ。考えられるのは肝臓が肥大してそれが胃を側面に押しやっているのではないか。この肥大はレントゲンではのっぺら棒の状態でしか映っていないので正体は不明。が、もしかして肝臓に何かが出来ている可能性がある。それをはっきりさせるにはCTを撮らねばならない。が、現状ではそれは無理。今はとにかく、栄養を付けることが先決。そのために点滴に通って下さい」

肝臓の肥大、そして〝何かが〟という言葉を耳にした時、私はハッとした。

「あ、そうか、ひょっとしてあの時……」

三月、尿路症入院を終えて家に帰ってきたブーチンを、戸外に解放してやろうかどうか迷っていた時だ。ブーチンの右わき腹におかしな膨らみがあるのに気が付いた。指を当てると、固いしこりのようなものに触れた。気になった。が、退院してまだ三日目。それなのにまたまた病院へ、という事態となればブーに可哀想、と思い病院行きを思い止めた。あの時既にブーの肝臓に腫瘍が出来ていたのだろうか。

十一

「坂道を転げ落ちるが如く」という慣用句があるが、ブーの状況は正にそれだった。

食欲はとうの昔に無くなっていた。店売りのキャットフードにクリームタイプとかスープ状のものがあるので、それであれば喉を通るかと思い購入。家に帰って皿に移し、横たわっているブーの口元に持っていったけれど、ブーは虚ろな眼をして力無く眺めるばかりであった。

病院から粉末状の栄養剤が出されていた。それを水に溶かし、同時に手渡された注射器仕様のスポイトを使って口の中に差し込んで無理矢理飲ませようとしたけれど、唇の端から垂れ流した。そして二度目からは首を振ってイヤイヤをした。かろうじて口にしたのは水と僅かなミルクだけだった。

「一日置きに通院を」

という指示の下、金曜日に訪ない、点滴を受けたが、さしたる効果は無かった。それよりケージに収納され、通院のためとはいえ、その往き復り、車や電車に揺られることの方が、ブーの身体にダメージを与えるのではないか、と危惧された。

それでも……、つまり回復の見込みはこれっぽっちも無いと判っているのに、病院に連れて行ったのは、点滴をしてもらえば、たとえ一日でもブーの寿命が延びるのではなかろうか、という儚い願望からであった。

脚力の衰えは一層顕著になった。

ブーは茶の間の押し入れの中で眠るのを好んだ。

この押し入れは、ブーが左眼の瞼を怪我し、初めて我が家に強制連行された折、逃げ出そうとして家中を駆けずり回った挙げ句、襖が開いていたのを幸い、中に飛び込んで丸二日間籠城した所だ。その時は下段、向かって右側一番奥に潜んだが、最近は奥行き四十五センチの最上段を贔肩にしていた。しかしその場所に到達するためには、先ず床上八十センチの中段に跳び乗り、更にそこからもう一度八十センチを跳ばねばならない。でもそれが可能だったのは六月八日の日曜日まで。

以後中段が精一杯、更に点滴通院から戻った日には、その中段にさえ届かなかった。それどころか、歩くのだって這々の体、真っ直ぐには進めず左によろけ右に転げた。

そんなにまでなっているにも拘わらず、ブーは外へ出たい、おんもに戻りたい、という執念を燃やし続けた。廊下に出、玄関の前に伏せて戸を見つめた。

しかし、幾ら何でもこの状態のブーに、その願いを叶えさせてやることは出来ぬ相談だった。無視せざるを得なかった。それで、せめてもの償い、たとえ僅かでも慰めになろうかと思い、ブーを洋間に運び、窓際の灯油缶収納箱の上に何枚もの座布団を積み上げて、ブーをそこに乗せた。そこからは外の様子が見える。眼下には二十数台を収容する団地の駐車場が覗けるし、更にはその先に広がっている、かつてブーと私が共に遊んだ緑地帯と西公園をも眺めることが出来るからだった。

景観というなら、洋間と反対側、台所横のベランダからの眺めの方が格段に優れている。そこからだったら東の方百八十度に展開する市街地と、そう高くはないが南北に長く連なる緑が美しい山脈（やまなみ）の鑑賞も可能だ。が、そのためには、高さ一メートルもある側壁の上に跳び乗り、かつ幅がたった十四センチの上辺で一定の姿勢を保持しなければならない。もし足を踏み外せば、一〇メートル下に真っ逆様となってしまう。それは……とても……。


日が暮れた。

夜間は車がライトを点す。その光が車の出入りする度に、暗闇の駐車場を流れる。それがブーの心を和ませたのだろうか、その夜晩くまで、ブーはガラス越しに外をぼんやり眺めていた。


十五日、日曜日。

私は日付が変わると同時に起きた。

ブーは浴室前の床に寝そべっていた。

コーヒー用ミルク一ポーションをお皿に容れて与えた。ブーそれを舐めた。ブー立ち上がり、浴室に入って洗面器に張ってある水を大量に飲んだ。それから洋間に行き、そこの押し入れに入った。が、すぐに出て板の間にへたり込んだ。口をグチュグチュと動かし、「グエッ」と茶色の液体を吐いた。それを三度繰り返した。

ブー、その後、茶の間からサンルームに向かった。サンルームに設えてあるトイレ用コンテナケースに入っておしっこをした。異常に濃い色だった。コンテナケースを出るとその横の低い箱の上に乗り、そこから蛇腹窓を通して外を眺めた。私は頭を撫でた。ブー、喉を鳴らした。ブー洋間に向けて歩き始めた。もう歩くのもやっとやっとの状態。それでも懸命に歩いた。途中玄関前で止まった。玄関戸に眼を送り、そのまましばらくの間動かずにいた。


午前九時過ぎ。

ブー、茶の間の押し入れ、中段に向かってジャンプした。前足は何とか段に掛かった。が、そこまで。ズデンと落下、尻餅をついた。抱き上げてのせた。ブー、そこに重ねてあった布団の上で体を丸めた。そして尿を漏らした。

順番からいうと、今日は病院に行く日に当たる。しかし日曜診療は午前中だけなので患者が多い。必然的に待ち時間が長くなり、その間ブーは狭いケージに閉じ込められる。気が進まず翌日に延ばした。

この日、ブーは午前中は茶の間の、そして、午後は洋間の、それぞれの押し入れの中で過ごした。


午後七時。洋間から這い出し、洗面所に向かった。私は、

「ブーは洗面台の前に居るから」

と、家内に告げ、床に着いた。

午後十時に目を覚ました。洗面所を覗いた。家内が、ブーを抱きかかえるように胸元に引き寄せ、肌布団を被って眠っていた。交代した。水、ミルク、スポーツ用ドリンクと、手を変え品を変え順番にブーの口元に持っていったが、全て拒否した。ブーは私のしつこい構いを嫌って台所

に逃避、そこで身を横たえた。私は布団に戻った。

どれくらい眠ったか。枕元の目覚まし時計は二時を指していた。

ということは十六日。

前日の通院日を一日延ばした。頭では「点滴なんかに効果はない」と疑問視しているのに、何かしら果たすべき義務を怠ったのではないか、という思いがジワジワと湧いてきて、気が滅入った。


ブーはサンルームの床の上に伏せていた。その横に私は腰を下ろした。やがてブーは頭を上げ、立ち上がろうとした。がなかなか立てない。必死、懸命に踏ん張ってやっと立つことが出来た。すぐ脇にあるトイレは新聞紙がベトベトに濡れていた。そこでもう一つ奥のトイレに向かった。二つくっ付けて並べてあるのだから、ほんの一歩か二歩移動すればよい。だが、その一歩が今のブーには困難の極みであった。ブー、難儀してコンテナケースの縁にやっとこさ後ろの片足をかけた。が、そこまで。もう一方の伸びた後ろ足を伝って尿がツツーッと流れ落ちた。

ブーはコンテナケースから私の許へと戻ろうとした。

この時、突然ブーに痙攣が襲った。

ブー、仰向けにひっくり返った。全身を激しく震わせた。私はブーを抱き起そうとして手を伸ばした。その伸ばした私の左腕をブー、両手で鷲掴みにすると爪を立て、肘から手首に向けてギギギーッと引き下ろした。幾筋もの線が走った。筋は見る見るみみず腫れとなり、血が滲み出た。

痙攣は止まらなかった。

五秒、十秒、十五秒……、

「お母さーん、大変や、ブーが大変や」

私は叫んだ。

家内は眠りこけていた。返答が無かった。

「お母さーん、ブーが、ブーが……」

五回、六回と大声を張り上げ、家内を呼んだ。

家内、やっと起きてきた。

ブーを見た。

唖然。

ブーの震える有り様に声が出なかった。

痙攣が止まった。

頃合いを見て、スポイトに水を満たし、ブーの口元に持っていった。

ほんの数滴だったが、ブー、ピチャピチャと舌を鳴らした。それから眼を閉じた。小康状態に入った。


二時間経過した。午前四時。

またしても痙攣がブーに襲いかかった。

前回と同様、仰向けにひっくり返り、全身を震わせた。眼をカッと大きく開けて宙を仰ぎ、口を歪め、頭を後方にズンとのけぞらせた。瞬間、チビの最後の場面が蘇った。私は観念した。そして……嗚呼、何と恐ろしや！一瞬、「こんなに苦しむんだったら、ブー、いっそのこと……」


しかし、ブーチンの体力は強靭、驚異的だった。

何とまあ、ブー、この痙攣をも持ちこたえたのである。

床が、尿でびしょ濡れになっていた。


午前五時二十分。

二度目の発作から一時間以上が過ぎた。

本当にブーは凄い。

「ハアフー、ハアフー、……」

と息を喘ぎ喘ぎさせながらも、ブーは起き上がった。ほんの数歩だけれど、ブーは歩いた。サンルームと茶の間を仕切っている障子まで移動、そこで崩れた。

息遣いが荒く、もう絶え絶え。苦しいどころではないはずだ。それでも生きるのを諦めなかった。

五時五十分。

三度目の発作。

今回の痙攣は前二回より早く収束した。

六時三十分。

ブー、苦しそうに喘いでいた。

やがて、……

ブーの顔が引き攣った。眼が大きく開いた。

私は両手でブーの頭を支えた。

…………

心臓の鼓動が止まった。

直後、顎をピクッ、ピクッ、と二度小さく震わせた。それが最後に………。

時計は、午前六時三十九分を指していた。


シロスケが消息を断ってから十二日。

まるでシロスケの後を追うように、ブーは息を引き取った。

きっとシロスケが呼んだのだろう。

「おい、ブーチン、早く来いよ。喧嘩相手がいないと寂しいぜ」


巨星墜つ。

大物二頭が相次いで、私の許を去って行った。

第六話　チビタン一家、セッポチ母子

一

二〇〇八年六月、運転免許証の更新期日が迫っていた。しかし、明日をも知れぬ容態のブーチンを置いて、丸一日を費やさねばならない講習に出かけるには迷いがあった。

事故の後、「もう車は持つまい」そう心に決めてはいたけれど、何らかの事情により、いつ何時、運転しなければならない事態が発生しないとも限らぬ。その時免許証が無ければ困るのでは……、と思い直し、「では更新をいつにしようか」と思案していたところ、あと十日で期限切れという時点で、ブーが他界した。

「お父さんに迷惑かけてはいけない」とでも言うかのように。

ブーが身罷った翌日、運転免許センターに行こうと朝七時に家を出でた。すると、ベンチ広場、3号ベンチの上に、猫が一頭、ちょこんと坐っていた。

〝タン吉〟だった。

タン吉というのは、二〇〇七年五月の初めに、チビタンが産んだ猫で、同時腹きょうだいに、〝ガッツ〟と〝タン子ちゃん〟がいる。

三きょうだいのうち、ガッツは時々ベンチに姿を見せていたが、タン吉とタン子ちゃんは滅多にベンチに来ることはなく、そのタン吉が居たので、意外に思った。しかもタン吉が乗っていたのは、ブーがお気に入りの食事席であった3号ベンチ。且、奇しくもタン吉はブーチンと同じ黒系統のシマシマトラ猫ときた。

もっとも、太っちょ平べちゃ顔のブーに比し、タン吉は細身で顔も小さく、寸が立っている、という違いはあったけれど。それにしても、ブーと同じ毛色の猫が、ブーが亡くなったその翌日に、ブーの愛用した3号ベンチで私を待っていたとは、何ともはや奇縁としか言い様がない。

この時、まさかタン吉が来ていようとは思いもせず、当然のこと餌の持ち合わせは無かった。といって餌を取りに家に戻る時間の余裕もなく、せっかく来てくれたのに可哀想だったが、私はタン吉をその場に残してバス停に急いだ。しかし、タン吉はめげずに翌朝もやってきた。そして私から食べ物をせしめるのに成功すると、

「思った通りだ。ここに来れば餌にありつける」

と確信したのか、以後毎朝、足を運んでくるようになった。

そんなタン吉の行動が、母親チビタンの眼にいぶかしく映った。

「なあタン吉。お前このごろ毎朝居らんようになるけど、一体どこに行っとるんや?」

「ああそれな、実はオレ、おっちゃんのところに行ってんねん」

「おっちゃんて、あのおっちゃんかいな。でもおっちゃんがおるベンチには、ブーチンというイケズなヒステリー猫が居てるやろ。お前大丈夫かいな」

「うーん、それやがな。行き始めてからもうかれこれ一週間近くになるけど、今んところは一度も出くわせへんで」

「へえー、そいつはおかしいな。どうしたんやろ、何かあったんやろか」

「そやな。オレも不思議やな、と思うてるんやけど。どやお母ちゃん。そんなんやし、お母ちゃんも一ぺん顔出してみたらどない。あいつが居ったら居ったときやないけ。おっちゃんの餌はうまいぜ。それに鱈腹食わしてくれるし」


チビタンも来るようになった。

七月に入ると、ガッツとポチョも、そして中旬には、この春に誕生したばかり、生後二カ月半にしかならない子猫までもが、毎日、餌を求めてベンチ食堂に参集してきた。

更に、事はそれで済まず、そのうちに、この五頭はベンチに来て食事を済ませた後も、そのままベンチ周辺に居残るようになった。

そして二十日過ぎにはポチョを除いた四頭は、夜になってもT棟に帰ってゆかず、私の居住棟やその周囲で朝を迎えるようにまでなった。

チビタンが私に告げた。

「あんな、おっちゃん。うちら家族会議を開いて決めたんやけど、もうT棟には戻らんことにしたんや。うちらの面倒をろくに見ようともせん、あんな薄情な飼い主は真っ平ごめんや。こっちから見捨てようって。おっちゃんとこの餌はうまいわ。第一、ドライだけでなくて缶詰やレトルトパウチのウエットも出る。バラエティに富んでる。子供らも全員、『それが好いわ、おっちゃんとこの猫になりたい』て言うとる。そやさかい、こっちに移ってくるから、おっちゃん、うちらの世話、よろしくおたの申します」

チビタン一家のうち、タン子ちゃんを除いた親子四頭が、私の居住棟の方に引っ越してきた。ポチョは何か事情があったのだろう。T棟からの通いになった。

二

九月の二日に、ちょっとした事件があった。

この日、午前五時過ぎ、家の外から大きな鳴き声が聞こえてきた。どうやらチビタンの声らしい。その声はどことなく奇妙で、普段の音調とは異なっていた。午前三時にベンチに下りた時には、ガッツとタン吉しか居らず、その二頭に給餌した後、私はもう一カ所の給餌に回り、五時前には家に入って自分の朝食を摂り始めていた。それで、遅れて来たチビタンが餌を催促しているのかと思ったけれども、一旦腰を落ち着かせてしまったら動くのが面倒くさくなって放っておいたところ、半時間経っても鳴き声が止まなかった。

「じゃあ私が代わりに」

と、餌を手に家内が出た。

二十分ほどして家内が戻ってきた。そして告げた。

「ちょっと変なの。チビタン、餌をやっても食べないで、あっちの茂み、そしてこっちの植え込みにと、入っては出、出ては入りを繰り返し、うろうろうろうろしてるんよ。それも『ウェーン、ンニャーン』と悲鳴を上げて。もしかして産気づいてるんと違うかな」

チビタンの体型は寸胴コロコロタイプで、お腹がプックラ膨らんでいるのは、それが地腹なのか赤子を宿しているせいなのか、の判別は長毛種ということもあってなかなか見極めがつきにくくあったが、お盆あたりから大分に垂れ下がりが目立ってきたので、ああこれは妊娠の可能性が強い、そして出産も間近、と睨んでいた。

チビタンは過去何度も出産を経験している。これまでは多分飼い主の家の中で産んでいたのであろうが、一カ月半前に家族ごと家出を敢行、三行半を叩きつけてこちらに移住してきた身であれば、今更、出産のためとはいえ、実家に戻るわけにはいかない。

「お産？　うーん、多分そうやろな。じゃあ、家に入れて中で産まそうか」

私は下に降りてケージにチビタンを収容し、家に上げた。

ところがチビタン、元々は飼い猫だったから室内生活には慣れているはずと思ったのだが、初めての家は馴染みがないせいか、ケージから出されると真っ直ぐ玄関に向かい、大声挙げて、

「出たい、出たい、出せ出せ」と要求した。

私にとって猫のお産なんて、勿論初めてのことだし、どうしたら良いのか見当もつかない。しかし、あんまり喚き立てるので、もしやその為にお腹の児に差し障りがあっては大変、と仕方なく玄関戸を押した。

チビタン、ドアが開くや外へすっ飛び出でて、タッタッと階段を駆け下りて行った。

出してはみたもののやはり気になることこの上もない。そこで正午前にベンチ広場に下りてみた。そこにチビタンの姿は無かった。が、遠くで微かに猫が鳴いているような気がした。耳をそばだてアンテナ性能を最大限に高めて方向を探ってみたところ、どうやら発生源はうちの団地ではなくて、ベンチから見て、右斜め向かい、西南の方角にある別の団地から伝わってくるよう

だった。私は道路を渡り、五段の階段を上がって、三棟がコの字形に建っているその団地の敷地内に入った。その三棟のうち、道路沿いに建っているM棟の一番奥、西端の裏庭に何やら黒っぽい塊がうごめいていた。その傍らに中年の女性が一人立っていた。近づいた。二、三度言葉を交わしたことのある人だ。その人が言った。

「さっきから大きな声がしてるので、何かなと思って見に来たんだけど……」

端家の裏庭からチビタンが出てきた。そして脇の通路に横たわった。口を開け、小刻みに「ハアハアハアハア」と喘いでいる。お腹も膨らんだり縮んだり、見るからに苦しそう。陣痛が始まっているのは明らか。

「やっぱりこれは家に入れるしかないだろう」

チビタンを抱き上げ、抱きかかえて家に運んだ。

本を見ると、「猫は安産。陣痛が始まってから、遅くとも三十分以内に出産をみる」と記述されていた。

二時になった。

仮に陣痛が起こったのが正午とすれば、もう二時間は経過している。が、もし、朝の鳴き声の時点で始まっていたとしたら、それは既に九時間にもなる。でも未だ赤子は出てこない。チビタンは喘ぎに喘ぎ、苦しそうで見るのも辛い。そのうち血が滴ってきた。家内がコンテナケースの

中を覗いて、

「これ何？　変なものが落ちている」

と言って取り出した。

それは人の親指くらいの大きさで真っ赤、フニャフニャしており粘り気があった。何やら厚手のゴム風船みたいだった。

三時が過ぎた。チビタンまだ苦しんでいる。

たまり兼ねて病院に連れて行くことに。


ところが本日は火曜日で、B町の動物病院が休み。そうなるとA町の病院となるが、そこはノラを診るのを嫌がる。

仕方ない。これまで行ったことはないけれどK町にある動物病院に電話してみた。

「連れてこい」

と言う。タクシーで駆け付けた。


「陣痛が始まったのが正午前？　では四時間近く経ってるな。帝王切開という手もあるが。でも見たところ元気そうだしな。今晩一晩様子をみたらどうや。赤い風船みたいなフニャフニャしたものがあった？　ああ、それは胎盤だ。それなら一匹は産んでいるはずだが……」

住宅棟の横でタクシーを降りた。

ベンチに居たガッツ、タン吉、そして子猫の三匹が怪訝な表情(かお)をして、ケージの中のチビタンを覗き見た。


病院から戻り家に入れた後も、チビタンは外へ出たがり、鳴き喚いた。しかしこんな状態で外へ出すなんて到底無理。できない相談だ。

「チビタンよ、お前さんどこで産むつもり？　そんな無茶言わんとここで産みなさい」

と言ってなだめすかしたが、チビタンは頷首せず、抵抗の鳴き喚きは夜の十時まで続いた。

この日、私は午前三時、家内は五時に起床、しかも早朝からチビタンに振り回されて、二人とも疲れてしまいグッタリ。夕ご飯のあと、いつの間にか寝入ってしまった。


日付が変わって三日、午前一時半過ぎ。

「ちょっとあんた、鳴き声がするよ。産まれたんとちがう」

家内がそう言いながら私の身体を揺さぶった。

「う〜ん、あ、そう？」

寝ぼけ眼で洋間に向かった。出産用に設えてあったコンテナケースの中を覗いた。

「オオ〜」

そこに子猫が一匹。

それを見て、家内が言った。

「私、子供のときに、生まれたばかりの猫の赤ちゃんを何匹か見たことがあるけれど、この子、凄く大きい。普通の子の倍はある」

「ホオ〜そうか。じゃあそれで難産だったのか」

私が茶の間に戻ったとき、洋間から家内が叫んだ。

「ちょっとちょっと、段ボールケースの中にも、別にもう一匹居るーっ」

再び洋間に。コンテナケースの横に置いてあった縦長段ボール箱の中を覗くと、何と何と、箱の底には一匹どころ二匹の赤ちゃんが転がっていた。私は二匹をつまみ上げてコンテナケースの方に移し入れた。先ほどのドデカイ子とは違って、この二頭は逆に、とても小さかった。

小さい方の赤ちゃんは、一匹が黒で一匹が雉トラだったが、可哀想にこの二頭は明け方過ぎには両方ともに息を引き取った。

でかいのは元気だった。チビタンのオッパイに喰らいついた。この子の毛色は雉トラであった。

お産が始まった正確な時刻は分からないけれども、私の知る限りでは、前日早朝五時から産気づいたチビタン、更には正午から陣痛が始まった。そして出産が今日の真夜中一時半。チビタンは二十時間にもわたって、生みの苦しみを続けたことになる。それでも出産直後は、赤ちゃんへの乳やり、その他の世話にかいがいしかった。けれど、さすがに疲れたか夜が白々と明けると同時に、チビタンは深い眠りに陥った。

しかし、その後、困ったことに。

三

今年五月の初めに、チビタンのお腹から生まれた子猫がいた。その猫はベンチに来てから、近所のお婆ちゃん方に可愛がられて、〝チビ子〟と呼ばれるようになっていたのだが、この九月初旬の時点では、月齢にしてまだ四カ月、まだまだ母親を必要とし、お母ちゃんに甘えたいさかりの幼子であった。

その恋しい母猫が、突然目の前から消えた。

さあ大変。

チビ子は、お母ちゃん恋しの鳴き声を上げて住宅棟周辺を捜し歩いた。

その声がチビタンの耳に届いた。チビタン、ガバと起き上がると玄関に走った。そして私の方を振り向いて、これまた、「出せ出せ、外へ出せ」とけたたましく鳴いた。だけれど、家には生まれたばかりの赤ちゃんがいる。

「そいつは無茶だぜチビタンよ。おまえさん、誕生してまだ半日も経っていない子を置いて外に出ようと言うのかい。それはないぜ、あんまりだ。ここにいてちゃんとお乳を飲ませなくっちゃ」

と、こんこんと諭したが、チビタンは聞く耳持たず。そこにチビ子の声は益々大きくなった。チビタン、完全にパニック。玄関に出てウロウロウロウロウロ。が、間もなくチビタン洋間に戻った。

「あ、やっと聞き分けてくれたか」

ところがチビタンさにあらず。

何と赤子の首筋くわえ、再び玄関戸の前へ。

赤ちゃんを引っさげて親子ともども外へ出ようというのだ。

これには参った。

「じゃあな、ちょっとの間だけだぞ」

口から赤ちゃんを外し、コンテナケースに戻した後、私はそうっと玄関ドアを押し開けた。

授乳の間隔が空いたら赤ちゃんの生命に拘わる。二時間後、私はチビタンを迎えに行った。

チビ子の声が木霊したらたちまちチビタン、そわそわ落ち着かなくなる。そこで外に出す。そして、二時間ないし三時間後に連れ戻す。そういうのが日に何度も繰り返され、且つそんな日が幾日も続いた。

が、九月十一日、出産日から数えて九日目のこと。

外にいたチビタンを私が迎えに行ってもチビタンは従わなくなった。家に入るのを拒絶した。

「おっちゃん、うち、チビ子の方を取るわ。もう出たり入ったりはしんどい、ごめんや。赤ちゃんはおっちゃんに任す。おっちゃんは好い人や。ここ二年近く付きおうてきて、おっちゃんの性分は十分に飲み込んだ。任せて安心、信頼するに足る人や。せやさかい、赤ちゃんの子育て、おっちゃんに託すから、宜しゅうお願い申し上げます」

愛媛県にある「とべ動物園」で、生母から育児放棄された白熊の赤ちゃんを、担当飼育員が自宅に連れて行き、そこの家族全員一丸となって子熊を育てた、という涙ぐましいドキュメンタリーが、テレビで放映紹介されたのを観たことがある。

白熊に比べれば、猫ごときは造作もないことかもしれないけれど、それでも人間が人間以外の生き物の育児を、当の母親に代わって行い為す、というのは、傍（はた）で思うほど簡単ではない。

「そりゃー駄目だよ、チビタン。そんな無責任な。自分で産んだ子は自分で育てなくては」

「そうだよ、それが親としての務めだね。だからさ、赤ちゃんをくわえて、外に連れ出そうとしたら、何度やってもおっちゃん、『そいつはダメ、それは許さん』と言ってその都度、赤ちゃんをコンテナケースに戻すじゃない。ウチが無責任というなら、おっちゃんは非情だよ。ウチは自分で育てたいんだよ。でもおっちゃんが外へ連れて行くのはダメ、と言うんなら、そんならおっちゃんが育てるしかないじゃない。だからさ、おっちゃん、責任持って育ててよ。分かったかい」

時節は九月の半ば、残暑は厳しい。といっても戸外の朝晩は冷えるだろう。この近辺に、そんな寒さを防ぐことが可能な、適当な場所があろうとは思えなかった。赤子はまだ生後半月にも満たない。毛も短くて裸も同然、雨でも降ってきたらどうなるのか。チビタンの言い分はもっとも、筋が通っている。だけど、戸外で無事育てられるのか。その不安・心配を私は払拭することが出来なかった。

「そうか、分かったよチビタン。わしら二人で育てよう。何とかやってみるよ」

チビタンに、重大な任務を託された。

四

大阪府茨木市に住まいしておられる所田さんは、私が鮮魚行商時代のお得意さんであったが、彼女はまた、長年何十頭もの野良・捨て猫を保護、自宅に収容世話してこられ、その飼育に関しては私のお師匠さんでもあった。それで、もしかして生後間もない赤ちゃん猫の育児について、ご経験がおありになるのではなかろうか、と推察、電話を入れてみた。

正解。さすが師と仰ぐに足る充分なる知識を持っておられた。こと細かにご教示を頂いた。指示に従い、まずはペットショップに急行、猫用粉ミルク一缶と哺乳瓶を手に入れ、帰宅後、早速粉ミルクを湯に溶かし、哺乳瓶の吸い口を子猫の口に差し込んだ。しかし、何せこんな体験は初めてのこと、なかなか上手くゆかない。見かねた家内が、

「ちょっと貸して、私がやってみる」

と、私の手から瓶と子猫を奪い取った。

無論家内にしても赤ちゃん猫の哺乳なんてこれが初めて。

が、そこはやはり女性。子猫はゴクゴクと喉を鳴らし始めた。

この頃、私はひょんなことにかかずらわってしまい、ブーチンの死後、ベンチ組のガッツ、タン吉ら五頭の他に、川向こうの団地にたむろする野良猫たち九頭の餌やりに従事する、という羽目に陥っていた。それはまあよいとして、困ったことに、その団地にはお一人、とっても正義感に溢れたご老人がいらっしゃった。私が団地横の川原で猫たちに早朝六時に給餌していると、毎日毎朝やってきて、

「おい貴様、そんなところで猫に餌をやるな、止めろ」

と怒鳴り立てた。

あまりのしつこさに私は閉口し音を上げて、仕方なしに、そこでの餌やりの時刻を、お爺さまがお舟を漕いでいらっしゃる真夜中の三時に変更した。

それからベンチに戻ってそこの連中に給餌、それが終了すると、一旦家に入って朝食を摂り、それから団地管理人との約束の下に、再び猫たちのいる団地に行き、そこでとある作業に精を出した。そのため、帰宅するのが九時を過ぎた。

赤ちゃん猫へのミルク飲ませは三、四時間の間隔で行わねばならなかった。が、以上のような事情で、私は夜間から朝にかけて五時間も六時間も家を空けたし、また、ベンチ組には夕方も給餌、かつ合計十四頭ともなれば、彼らに食べさせる餌の量も半端ではなく、その買い出しにも忙しく、ほとんど私は家に留まることがなかった。という次第で自ずと赤ちゃん授乳の役割はほぼ全て、家内の肩にのしかかってしまった。

家内は溜息をついた。

「まさかね。この年齢になってこんなことをせんといかんとは」

生まれて八日目、九月十日の夕方、私の太股の内側に寝かされていた子猫の左眼が開いた。翌日には両眼ともに開けた。

小鳥は眼が開いた時、最初に見たものを親と認識する、と聞いたことがある。猫の場合はどうなのであろうか。

子猫への授乳の回数は八割か九割方、圧倒的に家内の方が多かったけれど、私が家に居るときは私が子猫の相手をした。胡坐をかいた私の太股に子猫をのっけて、あやしたり、おちょくったりして遊んだ。子猫は元気活発で、私の内股やお腹、そして添えた私の手や腕に爪を立てたり、噛みついたりして動き回った。子猫の爪は細くて針のようであり、しかも引っ込めることができず出っぱなしであったから、動くたびに皮膚に突き刺さって痛く、ホンマ「往生しまっせ」だった。

ところで、産まれた直後、子猫の顔は、猫というより漫画でよく目にする猿のようであった。そこでこの子の名前を〝猿千代〟とした。下の二文字〝千代〟は赤塚不二夫の愛猫〝菊千代〟から拝借した。サルチヨは立派な名前ではあるが、少々呼びにくかった。それで、普段は縮めて〝おさる〟と呼びかけた。が、それもいつの間にか訛って、〝おちゃる〟となり、そして〝お茶〟となった。

家内の献身的な授乳のおかげで、お茶の成育は頗る順調、見る見る大きくなった。

生まれたてはか弱かった鳴き声も、日が経つにつれうるさいほど家中に響き渡った。その鳴き声にしても「ニャーニャー」ではなく、私の耳には「キイキイ」と聞こえた。これも猿千代という名付けの所以である。

生後十日目。

まだ赤ちゃんといってよい段階で、お茶が自分の掌や腕などを舐めるという、いわゆる毛づくろいを始めた。同じ頃、ペタッと頭皮にくっついていた両耳が立った。


このように、果たして私たちの手だけで、無事に子猫を育てられるのか、と内心不安視していたものだったが、子猫は生命力旺盛で、私たちの心配をよそに、元気活発に毎日を送った。

但し、一つ気になることがあった。排尿はスムーズだったけれど、ウンチが毎日出ず、時に三日も四日も出なかった。入れる方のミルクは毎日大量に飲むから、排便がないとなれば当然お腹が張ってくる。遂にはポンポコポンに膨らんできた。

九月十五日の朝のこと。お茶は下腹が張って苦しいのか、「キィー、キィー」と大声を上げた。開け放しておいた窓からその声が洩れたらしい。下から誰かが「ニャオーン」と大きな声で反応した。ベランダに出て下を覗くと一階の通路に、タン吉、チビ子と共にチビタンがいた。鳴いたのはチビタンだった。

チビタンは私を見て、更に一層大きな声を上げた。チビタンは階段を駆け上がってきた。そして開けたドアから中に飛び込んだ。声のする方に向かってまっしぐらに、そして子猫の首筋をくわえ玄関に走った。そのチビタンの首根っこを押さえて私はお茶を外し、洋間に戻した。だがチビタンは承知せず私の後を追ってくると、怒りに燃えた眼で私を睨み上げた。が、傍らで「キィキィ」と鳴く子猫が気になった。チビタン、子猫を舐め始めた。その舐め様は私に対する腹立ちもあってか、かなり激しいものだった。すると、子猫の下に敷いてあったクッションに二カ所、薄い茶色の模様が生じた。それからチビタン、子猫をひっくり返した。そこにはウンチの塊が。チビタン、そのウンチを食べた。

母猫が赤ちゃん猫のウンコを食することは珍しいことではないらしい。外敵から子猫を守るため、排泄物を形跡もなく消し去ってしまう、というのだが。

この後、チビタンはもう一度、子猫を外へ連れ出そうと試みた。しかし、おっちゃんに妨害された。チビタン、大いに憤慨、あからさまな憎悪の目を私に向けたが、どうしようもない。頭を震わせ、猛り狂って外へ飛び出した。

一方、ウンコを出してもらってスッキリ、サッパリしたお茶は、たっぷりとミルクを飲んだ。

チビタンは子猫の排泄を促すのにしきりと肛門を舐め回した。事、猫に関する限り大概なことには怯まないワタクシではあるが、さすがに肛門を舐めるという真似はできなかった。そこでこれ以後、お茶に便の間隔が開くと、私はお茶の肛門の辺りを指で撫で回し、そして下腹をトントンと軽く叩いて刺激を与えた。それは効を奏した。肛門からニョロニョロと、まるで歯磨きペーストみたいにウンコが出てきた。

五

猫の寿命は短い。というか、猛スピードで一生を懸け抜けていく。

生後一年で、人間年齢にして十七歳、二年で二十四歳、その後は四歳ずつ歳をとっていく。

お茶も、あっという間に赤ちゃんから幼児に成育した。その一日毎の変化に、私たちは目を奪われた。お茶は生後九日目でもうハイハイを始めた。

入居時に出産用としたコンテナケースは、子猫が闊達に動き回るには狭くて支障があるかと案じ、ハイハイをし始めたその日にその二倍以上ある大きな衣装ケースにおちゃるを移したが、それから僅か三日後には高さ二十三センチもある側面をよじ登り、勢い余って外側にひっくり返って落ちた。

当初出っ放しで、私の身体のあちこちを突き刺し、散々悩ませた子猫の爪は、二週間も経つと出し入れが自由になって、もう私を苦しませることはなくなった。その爪も太く大きく立派になった。そうしてその丈夫になった爪で畳を掻いた。猫の代表的な習性である爪研ぎをもう始めたのである。歯も生えてきた。ハイハイのスピードが目に見えて速くなった。毛づくろいは前足だけでなく、身体のお尻の部分も出来るようになり、後ろ足の肉球も舐めた。首回りが太くなり、肩口が盛り上がってきた。食べ物にも興味を示し始め、夕飯時、フクラギの刺身をちぎって口元に持っていくとそれを食べた。

それらは九月二十四日まで、生後三週間を経過した時点で見られた行為、状況である。こうなるともう一丁前の子猫といってよかった。

何もかも順調に事が運んでいるように思えた。がしかし、そうは簡単に問屋が卸しはしない。ここにきて、一つの試練がお茶を襲った。と言うよりそれは、自分たちの子育てに満足し、おごり、もしくは油断が生じてはならじという。私たちに対する警告でもあった。


九月二十六日のことである。

私が午前一時に寝床を離れるとお茶も起きてきた。例の如く胡坐のくぼみに入ってきたお茶は、最近の癖でしきりに前足の指をしゃぶり始めた。その合間合間にクシャミをした。顔を見ると涙目になっている。更にうつぶせの姿勢で顔を上げ後方に反らし、口を開けた。そして「ハアハア」喘いだ。そのうち鼻水を垂らし始めた。そのせいで夕方になるとマズルの右側の部分がただれてきた。ミルクを飲ませようとしたが首を振った。これはまずい。

病院に向かった。

熱を測った。三九・三度。猫の平熱は人間より高く、三八度だから、三九度はそれほど高いというものでもなかったが、何せ子猫なのだ。

「風邪ですわ。ここ数日、特に朝晩は急激に冷えてきましたからね。ま、暖かくしてやって下さい。それほど心配はありません」

目薬を差し、注射を一本打ってもらって病院を出た。

注射の効果はてき面で、家に帰ると直に元気を取り戻した。部屋中あちこちを動き回り、ミルクを要求した。翌日には完全回復、風邪なんてどこ吹く風、跳んだり跳ねたり忙しいほどに走り回った。

子育て放棄の憂き目にあったとはいえ、少なくても生まれて十日間近くはチビタンの母乳を飲んだ。それが良かった。人工の粉ミルクだけの飼育だったなら、問題が生じたかもしれない。お茶は幸いにも猫として必要な免疫機能はしっかりと、チビタンから受け継いでいたのである。

六

それから五日後の十月一日のことである。

これはまた何と言ったらいいのか、はたまた何の因果なのか、またもや私は猫の赤ちゃんと、遭遇する羽目に。

その日の朝、といってもまだ暗い午前四時、川向こうの団地にたむろする猫たちに給餌をするため、餌場としていた団地横の川原に向かった真夜中に開催される暗闇食事会に、団地猫九頭が続々と姿を現した。ところが私が次々と石段の上に並べ置いてゆくウエットフードのお皿の争奪戦に躍起となっている連中をよそに、独り〝セッポチ〟だけがそれに加わらず、やたらと鳴いていた。その鳴き声に合わせるようにしてもう一つ、セッポチが発するのとは異なる鳴き声があった。

念のため餌を食んでいる猫の数を数えた。一、二、三……八。八頭いる。いずれも食べるのに夢中で、鳴き声を上げている猫は一匹もいなかった。

では、その声の主は誰なのか？

この川にはカルガモがいた。

「ハハーン、では鳴いているのはカルガモか」

と思ったその時、ヒュッと変な予感が頭を過ぎった。

「まさか」

でもまだ十月の一日。十分あり得る。

声のする方に行き、辺りを捜した。月は出ていなくて曇り空。暗がりの中を目を皿にして見回していたところ、

「あ、あれか」

上から三段目の石段、その一番向こう南の端、草むらの手前に、何やら黒い小さな茄子のような物体があった。近くへ。

「ああ、やっぱり」

猫の赤ちゃんだった。

拾い上げた。冷たい。氷のように冷たい。そしてそれが「ヒイヒイ」鳴いている。生まれて間がないようだった。

「母猫は？」そこに猫の姿は無かった。

でも、多分セッポチに違いない。チビッチが駆け寄ってきたが、チビッチではない。チビッチはオスだ。

チビッチ以外の猫は皆、食事を終えたのか、団地の中に戻って行ったらしい。石段にはセッポチの姿もなかった。

「ああ、どうすればよいのか」

団地の中に入ってセッポチを捜し出し、セッポチに赤ちゃんを渡し委ねるか。でもセッポチが見つからなかったら……。赤ちゃんは冷たい石段の上に転がっていた。石段に体温を奪われ、体は氷みたいだった。その子を掌に乗せて、暗闇の広い団地の中を当てどもなく捜し回るのか。その間に赤ちゃんは死んでしまうかもしれない。

「よーし、こうなったら、一匹も二匹も同じ。見捨てるわけにはいかないだろうが」

両方の掌でその子を包み込むようにして家に急いだ。

その道すがら、なぜだか知らないが、

〝エーリカー、エリカのハーナが散るときは……〟

と、西田左知子のかすれた歌声が、ガンガンと頭の中で鳴り響いた。

名前は〝エリカ〟に決まった。


居住棟に着くと、そこにいたガッツに見つかった。ガッツ、私が両手で大事そうに包み持っているのを見て、それが小鳥、と勘違いしたらしい。私の後に従い来て階段を上り、ドアを開けると私の後方から足下を抜けてさっと中に入った。茶の間からお茶が出てきた。ガッツ、お茶を見て唸り始めた。

「ああ、難儀なこっちゃ」

難儀といえば、川原の石段に放っぱらかしにしてきた、餌やお皿。それらを夜が明ける前に回収しなくては。

ところが困ったことに、家には家内が居ない。

「お婆さんが倒れた」

という電話が入って、二日前に、家内は大阪に行って留守。目下、家の住人は私一人なのである。

家内が家に居てくれれば、

「エリカを頼む」

と家内に託し、川原に取って返すことが可能なのだが、それが出来ない。

「ああ困った、どうしよう」

心は急くとも、頭の中は大混乱。何から手を付けてよいものか。時間だけが経ってゆく。

とりあえずはガッツの処理。お茶を威嚇し部屋の片隅に追いやっていたガッツを後ろから抱きかかえて玄関に運び、外へ放り出した。

次に風呂場に行き、洗面器にお湯を満たし、タオルを浸して絞り、それでもって赤ちゃん猫の身体を拭った。茶の間にあった三段ケースの中段の引き出しを開け、私の衣類の中から暖かくて柔らかそうなものを選び、それでエリカを包み、ぬるま湯を満たしたペットボトルをエリカの脇に添えてから、引き出しを閉めた。そうやって緊急を要する一連の措置を施し急いで川原に向かった。

薄暗い土手道には既に、散歩やジョギング、ウオーキングの人たちの影があった。川原には犬を連れて人が歩いていた。私は慌ててお皿を拾い集め袋に詰めた。


家に帰り着いた。

さっきのペットボトルの湯はもう冷めていた。少し熱いめのお湯と入れ換えた。氷のようだった身体に体温が戻ってきた。

ミルクを飲まさなければならなかった。最初はスポイトで試したが上手くゆかなかった。哺乳瓶を使った。これは成功、エリカまずまずの量をお腹に収めた。

一段落したところでもう一度川原に向かった。お日さんは照っていなかったが、辺りはすっかり明るくなっていた。土手道を降りて、さっきエリカが寝転がっていた三段目の石段の辺りを注意して見て回った。血の跡があった。そして石段を形成している横長の四角い石と石との接ぎ目の狭間に胎盤らしきものを見つけた。

生まれたのはエリカ一頭だけか？

猫は通常三ないし四頭、多い時は五頭六頭も出産する。他にも居るはず。近くの草むらをかき分けかき分け念入りに調べたが、見つけることが出来なかった。

土手道の一角に東屋と柳の樹があった。東屋の屋根の上と柳の梢に、カラスが数羽止まっていた。連中に視線を送った。奴らは、

「何よおっちゃんその眼は。オレたち何にも知らないよ」

とぼけた顔をして、こちらを眺めていた。


遅くなったベンチ組の給餌を終えて家に入ったのが七時。

エリカには二度目の、そしてお茶にもミルクを飲ませなければならない。

斯く言う私もお腹がペコペコ。家内が居ないので食事の準備は自分でしなければならない。それを知ってか知らいでか、お茶がしきりに鳴いてミルクを要求。お湯を沸かし、粉ミルクを溶か

し、適温に下がるまで待って先ず、お茶の口に。お茶、ソウトウな量をたちまちのうちに飲み干した。

次はエリカの番だ。だがエリカ、先ほどとは違って、私が哺乳瓶の吸い口をエリカの口にもっていってもイヤイヤをした。飲もうとしない。何度試みても顔をそむけた。

ミルク飲ましのコツを完全に会得していた家内なら、そこは上手に対処したであろうが、その段階に達していなかった私は、どうしてよいか分からずスッタモンダを繰り返した。無理矢理飲ませようとしてもエリカは嫌がり、吸い口の穴からこぼれ出たミルクがいたずらにエリカの口の周りを濡らした。

そんなことをやっているうち、赤ちゃんの体温が再び下がり始め、冷たくなってきた。私は慌てて毛布タオルで赤ちゃんを巻き包んで引き出しに戻し、ペットボトルのお湯を熱いのと交換した。

エリカに構いっきりになっている私にお茶が焼き餅を焼いた。猛烈に私に甘えようとした。エリカを手にして膝にのせ、ミルクを飲ませようとすると横に来て、私の手や腕を掻いた。それだけでは足らず腕にしがみつき、一向に離れようとしなかった。それを邪険にして力づくで引き離そうものなら、今度は拗ねて我が の指をしゃぶった。とにかく私にくっつきたおした。

二日目もエリカのミルク飲ましは上手くゆかず失敗の連続だった。

エリカ、ずんずんと元気を失くしていった。体温も上がらず冷たいまま。少し熱めのお湯におしぼりタオルを浸し、それを絞ってエリカの身体を包み、冷めるとまたお湯に浸してエリカを暖めるということを繰り返したが、延々とそれを続けるわけにもゆかない。どうしたらよいのか分からず、病院に急行した。

切羽詰まった表情で私が窮状を訴えると、獣医は怪訝な表情をした。そして、

「どんな飲ませ方をしてるんですか。そんなに難しくはないですよ」と言いながら、スポイトを手にし、私の眼の前で、飲ませ方の実演をして見せた。

〝こうやってやるんだよ〟

と。

「あっ、なるほど」

医師のやり方は明らかに私のとは違っていた。医師はスポイトの先を口の中、かなり奥深くに差し入れた。

私のは、口の先っぽの方にちょこっと入れるだけだった。それはあんまり深く差し入れたら、誤嚥するんじゃないかとおそれたからなのだが。

「ああ、そんな奥まで差し込んでもいいんだ」

一つ勉強になった。

医者は病院で一ccのミルクを飲ませた。

家に戻った私は、先ほどのやり方を模して、それでも恐る恐るだったが、何とか一・五ccのミルクを飲ますことに成功した。

エリカ、少しだけ元気を取り戻した。


エリカに何かあったら、と心配し、私はエリカを収容してある三段ケースの傍らでその晩は眠りに就いた。

零時にエリカの鳴き声で目を覚ました。

早速ミルクを与えた。この時の量は一・五ccだった。エリカは飲んだ後、チョビンチョビンとおしっこを数滴洩らした。その後、五時半、九時半、正午、十四時、十六時半に、それぞれ、〇・六ccから一・二ccのミルクを飲んだ。何とかミルク飲ませが軌道に乗ってきた。

夕方に家内が戻った。

お茶の他にもう一匹、猫の赤ちゃんがいる、と聞かされて、眼を丸くし、フーッと溜め息をついた。


その翌日、十月四日。

私は午前三時に起きた。引き出しを開けエリカを見た。エリカ、仰向けになっていた。前日に思いの他多くのミルクを飲んだので、そのせいで元気が出、それで仰向けになって寝ているのだろう、そう思った。心を弾ませて外猫の給餌に出た。
帰宅したのが五時半だった。
ケースの中を覗いた。
エリカは冷たくなっていた。
〝エリカの花は散ってしまった〟
四日、たった四日の生命だった。

外に出た。辺りを目的もなく歩いた。
隣りの団地、給水タンクの敷地横を通った時、その草っぱらから
〝チンチロリン〟
マツムシの音が聞こえた。

七

エリカはセッポチの子であった。
エリカを見つけたその日は気ぜわしくて確認できなかったが、翌十月二日に食事会に参加して

きたセッポチのお腹を見ると、凹んでいた。「やっぱりな」。

それにしても、セッポチは何であんなところに赤ちゃんを産み落としたのであろうか。出産するには最悪の場所である。石の段は冷たいし、すぐ脇を川が流れていて寒い。カラスも居る。草は生えてはいるが、夏の終わりに草刈りされたばかりだから背丈は低い。とても赤ちゃん猫を外敵から隠せる役目を果たせるとは思えない。カラスに狙われたらひとたまりもなかろう。解せない。どう思案しても納得できなかった。


セッポチはとっても小柄な猫だった。おまけに痩せていた。で、〝やせっぽち〟、更に縮めて〝セッポチ〟という少々気の毒な名前を、私から頂戴したのだ。

子猫の時分、食べ物に恵まれなかったのであろう。栄養が不足し、十分な体格形成がなされなかった。だからというのか、否、だのに、といったらよいのか、食い意地は張っていた。それもドライには目もくれず、缶詰、レトルトパウチのウエットフードを好んだ。しかし、私には一匹一匹を満足させせるに足る充分な量の缶詰を提供することが出来なかった。三つの缶を小分けして頭当たり等分せざるを得なかった。それで毎回激しい争奪戦となったのである。

そんな理由でセッポチは私の缶詰を心待ちにした。他の猫に一歩でも先んじようと土手道に出て私を待ち受けた。私が弐番橋を渡って左に折れ、その姿がセッポチの目に入るや、誰より真っ先に走り寄ってきた。そうして私が川原に向かい、坂を下って石段に立ち餌の準備を始めるのを、私の足にまとわりついて、「早く早く」と急かせた。

十月一日の夜中も、そうやって缶詰欲しさに私を待っていたのだが、急に産気づいた。どうしようもなく、思い余って川原の石段に赤ちゃんを産み落とした、というのではなかろうか。実態は不明、それは単なる私の推測に過ぎない。そうして更にその想像を発展させると、私が川原に身を現すまでは赤子をお腹で温めていたのかもしれない。そこへ私がやってきた。赤ちゃんを抱かねばならないわ、餌が欲しいわ……、セッポチ悩み悩んだ末、啼きながら赤ちゃんから離れ、餌に向かったのでは……。


十月九日のことである。

石段に腰を下ろしている私の膝に、食事を終えたセッポチが乗り込んできた。

この団地の九頭のうち、私の膝に乗りたがる猫が五匹いて、特に〝コマッチ〟と〝メヤニー〟という雌猫二匹が先に乗っかろうと、いつも争った。この夜は、両者ともに来るのが遅れ食事に手間取っていたため、珍しく私の膝が空いていた。

その空席をセッポチが埋めた。

久しぶりのことなのでセッポチは喉をゴロゴロと鳴らして喜び、指から始まって掌、そして背伸びして顔までを、そのザラザラしたヤスリのような舌でねぶった。私も興に乗ってセッポチの頭を撫で回した。

突然、「ブチッ」と右手に痛みが走った。猫に噛まれたり、爪で引っ掻かれたりは、私の場合、日常茶飯事であり、この時も噛まれた親指と人差し指の間からじわーっと血が滲み出てきたけれど、特段気にはしなかった。出血の量も大したことはなかったし……。

翌朝。

朝ご飯を食べていると、どうも右手の具合が怪しい。痛みがある。前日に、セッポチに牙を刺しこまれた部分が少し腫れており、紫に変色していた。

「う〜ん？」と最初はのんびり構えていたが、驚くことに、その腫れと紫色が見る見る右手全体に広がった。やがて痺れが生じてきた。一時間もすると、その痺れがどんどん進行、お箸や鉛筆が持てなくなった。更に痺れは右腕全体、肩口にまで広まり、肘から下の感覚が完全に失われた。腋の下のリンパ節に触れるとズンと痛みが走った。

「あ、やられたか、クソッ、セッポチの奴め」

犬や猫は、口内にパスツレラ菌という細菌を持っている。その保有率は犬で75％、猫で97％という。この菌が噛まれたりして人間の体内に侵入すると悪さをする。と言っても元来は日和見細菌なので、健康な成人では感染の確率は非常に低い、というか極めて稀である。疲労が重なって体力が減退、その結果、免疫力が低下した場合に、時として発症する。

確かにここ四カ月間、私は目が回るほど忙しかった。五月末、ブーチンの腎不全発病から始まって、川向こう団地の猫九頭、及びチビタン一家五頭への給餌開始、加えて九月に入ってからのお茶の哺育、その上、エリカの面倒をも見なくてはならなくなったことで寝不足が常態化し、体力が相当に奪われた。免疫力の低下は著しいものになっていたに違いない。

そこに、セッポチの一噛みがあった。

午前十時には、右腕はほとんど、私の意のままに動かなくなり、ただの丸太ん棒になった。

医者が言った。

「これは酷いな。抗生物質を点滴で入れ、菌を殺さなければいけない。あんた、即入院しなさい」

「ハア、でもそれは出来ません」

「出来ない？　何で？」

「ええ、実は私、野良猫の面倒を見ています。全部で十四頭居ります。私が入院したら、そいつらは餌がもらえなくなって、飢え死にしなくてはなりません。それは可哀想です。そんな目に遭わせることはできません。入院はお断りいたします」

「あんた何を言うとるんや。このまま放っておいたら、菌が身体中に広まって、敗血症を起こすよ。そしたらあんた、ことによったら死ぬよ」

「ハアー、でも猫が心配です。入院は出来ません。奴らの生命が私にかかっていますから」

「それでも、あなたが死んだら猫はどうなります。猫も死ぬでしょう」

看護師さんが横から口を挟んだ。

「そうや、あんた、自分の生命（いのち）と猫の生命（いのち）と一体どっちが大事なんや」

「両方です。私の生命と同様、猫の生命も大事なんです。どうでしょうか、通院で治すことはできませんか」

「……」

「何とかお願いします」

「そこまで言うか。あんたみたいな人は初めてや。しゃあない。じゃあとにかく今から点滴する。それから八時間後にもう一本打たにゃならん。今晩八時にもう一度来てもらわにゃ。それから、明日から三日、土・日・月と病院は休みになるけど、毎日午前中に来て点滴を受けるんやぞ。休日担当の看護師にそう言うとくから。分かったね。必ず来るんやぞ」


十日の日に二本、そして翌十一日に一本と、合計三本の抗生物質がぶち込まれた。何らかの改善がみられるはず。と思ったがさにあらず。十一日の晩になっても手の甲から腕の肘にかけてのパンパンの腫れ上がりはそのまま。いや、むしろ酷くなった。

「なあに、ワシは大丈夫よ。セッポチに噛まれた日、その晩、風呂に入ってビールを飲んだ。菌の回りはそれが原因。今日からしばらく、アルコールを控え、入浴しなかったら治るよ。大したことにはならないさ」

医師や看護師の必死の説得を心の中で完全に無視、どこ吹く風とうそぶいていた。

ところが意に反して腫れが引かない、痺れも消えない。となったら途端に心にさざ波が生じ、やがてそれが大きなうねりに変わった。

「しまった。これはひょっとしたら……。でも今更……」

診察室では調子にのって、恰好いいセリフを吐いたものの、症状が一向に回復しない、という事態に直面した今……、いやはや、あん時のあの威勢の良さは一体どこに行ったやら。

「いやホンマ、もしこのまま敗血症になったら……、いやーそれはご免だ。まだまだ死にたくはない」

実を言うと、本然のワタクシは人一倍肝っ玉の小さな男なのである。

非常なる不安に苛まれ、その晩はなかなか寝つかれなかった。

それでも次の日、川原に足を運んだ。

そんな状況にあるとは露知らぬ愛すべきセッポチちゃんは、相変わらず、私に懐きくっついて餌を強請った。

十二日、四本目の点滴の後、午後になってほんのちょっぴり、手の甲の腫れが退いた。

「よし、いいぞ。禁酒の効果が出てきたか」

翌十三日。この日は月曜日だったが、体育の日の振り替え休日に当たり、土・日に続いて救急外来処置室で点滴を受けた。

点滴の効き目が加速してきた。朝方には既に手の腫れがだいぶ退いてはいたが、午後になるとほとんど動かなくなっていた指の感覚が戻ってきて、軽く握れるようになった。腕の方も内側にはまだ腫れが残っていたけれど、外側はそれほど目立たなくなった。

晩方には、手も腕もほぼ自由に動かせるまでに回復、九割方治った。

こうなったらいい気なもんだ。

「それ見ろ、思った通りよ。アルコールを断ったらこの成果。やっぱり禁酒したのが良かったのだ」

とんでもない。本当は抗生物質の効き目だったのに。

反省が無いと言おうか、人生を甘く見ていると言うか……。ホンマ、酒飲みっちゅう種族は。

十四日、火曜日。

三連休が明けて、四日ぶりに医師の診察。

「ほう、ここまで退いたか。よく治ったな。じゃあ点滴は今日で終わりとしよう。だが油断は禁物。薬を一週間分出しておくから、きちんと飲むように」

「分かりました。あの～、アルコールは飲んでもいいでしょうか」

「アルコール？　あんた何言うとるんや！　ま、ちょっとだけやぞ」


二日後の十六日。二時二十分に起床。

お茶が飛んできた。ミルクを飲ます。お茶、ガブガブとタップリ、お腹がポンポコリンになるほどに飲んだ。


下に降りたのが三時半。ベンチ組の五頭が全員私を待っていた。

それから川向こうの団地へ。こちらも全九頭が川原に出て私を迎えてくれた。

空には十月の澄んだ満月が耿々と照り輝き、その光が川原の石段を真昼の明るさにしていた。

石段に行儀よく居並んだ猫たち全員が、月明かりに照らされた顔に満面の微笑(えみ)を浮かべ私の方を向いて、

「おっちゃん、全快おめでとう！　ニャオーン」

一斉に慶びの声を響かせた。

八

私がエリカの容態にてんてこ舞いし、己の病状にてんやわんやとなっている最中にも、お茶は着実に成育の途上にあった。

相変わらず、便通がスムーズではなく、頻繁に肛門辺りに刺激を与えねばならなかったが、その他の点では何ら問題支障なく、一カ月も経ると赤ちゃんの域を脱し、もう完全に子猫。食欲は旺盛でよく肥え、顔も体も真ん丸のコロコロ。発達が遅れていた後ろ脚にも力が付き、冷蔵庫や本箱の上に跳び上がるようになった。ある時なんか、流し台に跳び乗り、そのままシンクの縁を走ってお鍋がかかっていたガスレンジに移動、そのガスの火がお茶の毛に着火した。お茶、ビックリ。慌てて飛び降りたはよいが、右足の毛が広範囲に焼け焦げ、獣毛が燃える一種独特の臭いが台所一杯に充満した。

猫の赤ちゃんを育てるなんて私にとって初めての経験。何から何まで珍しかったが、何といってもその成長の早さ、一日毎の変化は驚きの連続だった。

生まれ立ては猫の耳が寝ているなんて知らなかった。かつその耳たるや、とっても小さかった。それがいつの間にか大きくなって、前頭部の真ん中のみを残して左右両横を占拠、ピーンと雄々しく聳え立った。

針みたいで、出しっ放し状態にあった細い爪が太さを増し、指の中に収めることが出来るようになったし、その爪で畳を掻き始めた。しかし、そのような変化のうちでも、とりわけ一番驚かされたのは眼の色である。

生まれてほぼ一週間後に開いたお茶の眼は、はじめは美しいブルーに輝いていた。それが日数を重ねるにつれ、徐々に青みが薄れ、八週齢目には薄緑がかった黄色に変化した。


誕生時、同時に生まれた他の二匹に比べ、倍の大きさだったこの子は、他の子が力無くモタモタしているのを尻目に猛然と母親チビタンの乳首に喰らいつき、貪るようにしてお乳を飲んだ。育児放棄された後も私たちが与える人工ミルクを、哺乳瓶の吸い口にかぶりつき、ゴクゴクと凄まじい勢いで飲み干した。大きな缶に入っていた粉ミルクを四缶空にした後、離乳食に移行したが、すぐに子猫用ドライフードをも食べ始めた。水も風呂場の洗い桶に首を突っ込んで啜るようになったし、トイレも覚えた。

身長も伸び体格も確り(しっか)と形成され、今やどこから見ても立派な〝仔猫〟になった。


十一月十一日のことであった。

午前二時半、給餌に出ようとして玄関戸を開けた。

すると、完全に押し開ける前に、外からさっとチビタンが中に侵入した。

チビタンは洋間に走った。窓際に行き、床に鼻を近づけてクンクンクンクン辺りを嗅ぎ回った。

赤ちゃん猫を捜しているのは明らか。だが、目当ての赤ちゃんは見当たらない。チビタン、鼻をピクピクさせながら移動、廊下に出た。

そこへ茶の間からお茶が出てきた。

九月十五日以来、ほぼ二カ月ぶりの親子対面である。

しかし、チビタンの頭の中にある我が子は、まだナマコのような形をしたままの赤ちゃんでしかない。

眼前に突然現れたのは子猫。未だ見たこともない初めて目にするいかがわしい奴である。

「こいつは誰だ。何者なんだ」

チビタン、太い尻尾を左右に、シャッシャッと振り始めた。それから歯をカチカチと鳴らし始めた。次いで舌を、チョッチョ、チョッチョと言わせた。完全に戦闘モードに入った。そうやってジリッジリッと子猫に迫った。

お茶にしても眼が開いた時、そこにあったのはお父さん。その頃、チビタンは育児を完全に放棄、家に戻ってくることはなかったから、子猫のおチャルが眼にするのはお父さんとお母さんの人間二人のみ。母猫なんて知らない。そこへ全身毛むくじゃらの丸々と太った大きな物体が出現、更にそれが歯をカチカチ、舌をチョッチョッと鳴らしながら自分の方に接近してきた。恐怖を感じた。

それでもお茶、これを本能というのか、背中を山形にして我が身を大きく見せようと試み、そして斜め横向きになりながらも、小さく唸り声を立てた。が抵抗はそこまで。お茶、伏し目がちに後ずさりを始め、壁を背に縮こまった。

「そこまで。もういいでしょう、チビタン」

結果は火を見るより明らか。家内がお茶を引っ張り上げ茶の間に入った。私はチビタンを抱えて外へ出た。

お茶が子猫へと成長したことを、図らずしも、チビタン自身が認めた。

二カ月前、チビタンに、赤ちゃんの育児を委託された私たち二人は、立派にその役目を果たした。チビタンとの約束を守ったのである。

さて、こうして〝お茶〟が無事に仔猫へと成長できたのに比べ、〝エリカ〟の方はおとうさんの力(ちから)及ばず、僅か四日で此の世を去らせてしまった。そしてその上、エリカを産み落とした母猫の〝セッポチ〟も、七月七日に初めて参加して以降、只の一日も欠席することがなかった〝川原石段のお食事会〟に、十一月二十九日に顔を見せたのを最後、その消息をプッツリと断った。

第七話　マルワッチ

一

川向こうに集合住宅八棟から成る団地があった。そこに多数の野良猫が棲みついていた。その猫たちにお婆さんら三人が餌を与えていた。が、これを良しとしない住人がいた。その人たちは給餌者に、「餌を与えないように」と申し入れをした。でもお婆さんたちは餌やりを止めなかった。対立した。

再三の要請にも拘わらず無視され、餌やりが続けられたので、給餌反対の人たちは業を煮やし、遂に団地を管轄する県の方へ訴え出た。

苦情を受けた県は、団地住宅棟の各掲示板に、「野良猫への餌やりを禁ずる。従わない者には住宅から退去してもらう」という警告書を貼った。お婆さんたちはびっくりした。

そんな団地の騒動を、その団地に住む一人の女性が私に知らせに来た。

「お婆さんたちは『退去させられたらどうしよう。今更どこにも行く所はない』と心配し、おののいている。本当に餌やりを止めるかもしれない。でもそうなったら猫たちはどうなるの。餓死するかもしれないじゃない。どうにかならないかしら。何か良い解決方法はないかしら」

女性はそう言った。

だが当時、私はその女性とはほんの一、二度言葉を交わした程度で、別に親しい間柄ではなかった。それなのにわざわざ私を訪ねてきたのは、私がブーやチビに給餌しているのを見て知っており、私に相談を持ち掛ければ、何とかしてくれる、つまり、ついでに団地の猫たちにも餌をやってくれるんじゃないか、と期待したのかもしれない。でもそれはちょっと虫が良すぎるのでは……そう思った、それで、

「そんなに猫が心配なら、じゃあ、あなた、あなたが婆さんたちに代わって、ご自身で餌をやったらどうですか」

と返した。すると、

「ええっ、そんな。私だって退去させられたら困る。とてもとてもそんなこと……」

彼女が私の許に来たのは五月の末。その頃の私は、日に日に衰弱していくブーとシロスケの世話で大変、てんてこ舞いの忙しさ、体も心もその二頭に掛かり切りの状態で、とてもじゃないが他所(よそ)様の野良猫の面倒まで看る余裕はなかった。

六月に入り、先ずシロスケが四日に姿を消した。そして十六日、まるでシロスケを追うようにしてブーが旅立った。

団地に行った。そこには中央の草地で、所作なくベンチに腰掛けているお婆さんたちの姿があった。その周りに猫が居た。

私は先の女性から、餌やり反対派の急先鋒と聞いていた、楠田さんという人の玄関戸をノックした。その人は言った。

「私はね、芦谷さんと違って、何も猫の存在そのものが許せない、というのじゃないの。そりゃー猫は嫌いよ。だけど、それだからといって、猫をあしろこうしろとは言ってはいない。ただ、ウンチが困るの。私の部屋の周りでするの。これを何とかしてほしい、そう言ってるだけなの。猫のトイレを設けるなり、ウンチを拾うなり、何かしらの処置をしてほしいのよ。それを何度もお願いしてるんだけど、ぜーんぜん聞いてくれない。別に猫がいたっていいのよ。ウンチの始末さえしてくれれば……」

「んん?」

これまで私が被ってきた苦情とはかなり異なる。それらは、

「迷惑だ。即刻餌やりを止めろ。それで猫がどうなろうとそんなもん知ったこっちゃない。とにかく止めろ。止めんかったら警察に言うぞ」

というような問答無用、一切の反論を拒絶、生き物に対する生命の尊厳さを想う気持ちのかけらも無い、ただ、己の猫嫌いの感情を剥き出しにした怒りの噴出……。

ところが楠田さんの言い分は、猫の存在を否定するものではない。排泄物さえ処理してくれれ

ば猫に餌をやってもいい、かまわないと言うのである。

私は猫の餌やりで随分と近隣住民から文句を言われてきた。役所や警察からも散々に叩かれた。だからこういう騒動、対立に出合うと、どうしても給餌する人の側に立つ。苦情を述べる人を憎む。今回もてっきりそれだと思っていたのだが、楠田さんの話は少し趣が異なった。そこで、餌を与えている人たちに改めて楠田さんの意向を伝えた。

「どうですか。先方は『ウンチの始末さえしてもらえるのなら、猫に餌をやってもいい』と言ってますよ。三人で手分けしてウンチ拾いをしたら……」

ところが、

「あームリムリ。そんなん邪魔くさい。ウンコを拾うだなんて。とんでもない。ムリムリ」

痩せた小柄なお婆さんが言った。

「アッハッハ。ワタシャ、年齢（とし）九十だよ。それなのにウンチを拾えと言うのかい」

肥えた大柄な老女が言った。そして中肉中背の中年女性は、

「私はね、背骨が悪いんです。『前屈みの姿勢をとってはいけない』って、医者に言われてるんです。ですからウンチ拾いは出来ません」

ドイツでは、路上や公園などに、イヌの落としものが転がっていても市民は平気、何にも言わないという。それに対し我が日本国においては、『イヌのフンの後始末は飼い主の責任』とか、

『ここでイヌにフンをさせるな』という看板や貼り紙が街中、至る所に氾濫している。

それではノラネコのウンチについてはどうなのか、とドイツの人に訊ねたいんだけど、それに関しては今のところ私は何も聞いていない。というより、ドイツにはそもそもノラネコが存在しない、というのである。仮にもしそんなのが居たら、動物愛護団体がすぐに乗り出して保護収容し、新しい飼い主を捜す。そして里親が見つからなければ、収容所で最後まで面倒をみるというのだ。これはイギリスも同様。

ところが本邦の行政機関ときたら、たった一週間かそこいらの保護期間を設けているだけで、その間に引き取り手が現れないなら、直ちに殺処分に及ぶという。——その彼我の差に只々驚く。これは、その国に住む人間の心の優しさ否、貧しさの問題。私はそう思っている。

ところで、ノラネコへの給餌者は、ネコの排泄物の始末をしなければならないのであろうか。もし給餌者がそこまでの責任を問われなければならないとすれば、その要求は酷に過ぎるのではないだろうか。仮にそうだとしたら、善意の給餌者はそれを負担に感じ、せっかく差し伸べようとした手を引っ込めるかもしれない。そしたら猫はどうなるのか!

「そんなもん知ったこっちゃない」で済むのだろうか。猫にも命っていうものがあるだろう。そのところがどうしても納得がいかない、「はいそうですか」と簡単に引き下がることができないのだ。だからどうしても、「餌をやるな」という声に反発してしまう。

ところが、この団地のケースに限っては、給餌者たるお婆さんたちが、排泄物の処理をしてもよいのではないか、そう思った。

一軒家の場合、「ウンチの始末をせい」と言われたら、それはその家の敷地内、庭の中に入らねばならない。それは家の人も嫌である。だから、苦情は一足飛びに「猫に餌をやるな」となる。だが団地だったら排泄場所は共同使用部分であるから個人の家に入る必要はない。それにネコは習性として特定の箇所で用を足す。あっちでもこっちでも、とはならない。で、ウンチの処理といっても広い団地の端から端まで歩きまわる必要はない。楠田さんの部屋の周りでする、というのならそこがネコの気に入った排泄場所なのだ。その辺りを重点的に探し、ウンコを拾ったらよい。老人でも一人で可能。三人が日替わりですれば、大した負担にならない。

だのに、婆さんたちは嫌だという。ウンチを拾えばおけんたいに餌をやれる、というのに、「そんなの真っ平」と言う。どうなってるの！

どうやらこの人たちは、本心猫が可哀想だからという理由で給餌しているのではなさそうだ。猫に餌を与えれば、餌欲しさに猫は寄ってくる。さすれば楽しい。寂しさと退屈を紛らすことが出来る。どうも、婆さんたちの餌やりの動機とはそこにあるのでは……。

何も余所の団地のゴタゴタに首を突っ込むことはなかろう、と初めはそう考えていたのだが、そして婆さんたちがこれからどうなろうと、それには何ら関心がなかったけれど、猫の命が心配になった。こうなったら仕方がない。乗りかかった舟だ。一肌脱ごうか。
「私が毎日、ウンコを拾いにきます。そして、今以上数が増えないように雌猫に避妊手術をします。この二つの条件で、お婆さんらの餌やりを認めてもらえませんか」
と、楠田さん、及び団地の管理人である深野さんに提案した。両名は承諾した。

二

団地の猫は全部で九匹いた。ちなみに最初は一頭だったそうである。ある家族が転出した際に置いていったのだという。その一匹の猫に婆さんたちが餌をやった。避妊手術がしてなかった。婆さんらもしなかった。で、九匹に増えた。

猫の繁殖力は強い。このまま放っておくと忽ちのうちにその数は二十、三十に達する。そうなれば団地住人が給餌者に向ける眼は益々厳しいものになる。第一、婆さんたちは、猫を養うのに十分なる餌を賄えなくなるだろう。悲惨な事態を迎えることになる。多頭崩壊という。そうならないためにも、猫たちに不妊手術をしなければならない。少なくても雌猫の避妊手術は。

避妊手術を施すには、猫を動物病院に運ばねばならない。それにはケージに収容する必要がある。が、懐いていない猫の場合、それは容易ではない。私という人間に馴染み、信用するようになり、私が抱き上げても何らの抵抗を試みないようになって初めて可能。だから、そうなるよう私に十分懐かせる必要がある。そしてそれには、何といっても食べ物で釣るのが一番。

という次第で、婆ちゃんたちとは別に、私もノラ連中に給餌を行うことにした。といっても、よそ者である私が、団地敷地内で餌を与えるというのはさすがに憚られ、団地の西側に隣接する高富川の川原でそれを為すことにした。

私は団地に入って猫たちを誘い出そうとした。が、猫たちは警戒し、「何だよこのおっさん、一体何者？」という怪訝な目で私を捉え、私についてくることはなかった。それを見て小柄なお婆さんは、

「ほれ見てみい。そんな余所のおっさんに、誰が簡単についていくもんか……」

と顔を横にして呟いた。

が、やがて、一匹が私に寄ってきた。その猫の頭を撫でてやり餌を与えた。それを見て、他の猫たちも、「あれ？　このおっちゃん、ひょっとして」と思ったらしく、一匹、又一匹と私の周りに集まってきた。そしてそのうち、私が川原へ誘うと、喜んでそれに応じるようになった。

ウンチ拾いも約束通り毎日行（おこな）った。毎朝、金バサミとスーパーで貰うレジ袋を手に団地に向かった。そしてついでだからと、猫のウンチだけでなく、団地内に散らかっているゴミも拾った。

当初、「あの男、あんな調子のよいこと言うたけど、ホンマにやるんかいな。口だけやろ、まあ精々で一週間じゃないの……」と、冷ややかな眼で眺めていた、楠田さんを初めとする団地の小母さん連中も、それが一カ月も続くと、見る眼が変わった。特に真夏、太陽がガンガン照りつける暑さの下でも、汗を垂らしながら黙々とウンチ・ゴミ拾いをするおっさんを目の当たりにして、

「毎日、ご苦労さんやね」

と声が掛かるようになり、

「暑いやろ、これでも飲んで」

と、冷たい缶コーヒーを手渡してくれる人も現れた。

反対派の頭目であった楠田さんも、

「あんた、花は好きかね。どうや、これ持って行かんか？」

と大きな栽培用の土が入ったビニール袋を指さした。

九月に入ると、私に猫騒動の一件を知らせに来た女性が、

「火曜日と金曜日は私がやります」

と申し出た。

諸事、順風満帆に運び行くかと思われた矢先、厄介が生じた。

朝の六時から七時にかけて川原で食べさせていると、毎朝、一人のおじいさまがやって来られて、土手道から転落防止用のフェンスに手をかけ、身を乗り出して、

「こらっ、おまえ、そんな所で猫に餌をやるな。迷惑じゃ、止めろ！」

と怒鳴り声を上げた。

「管理人と話はついているし、楠田さんら反対の人たちからも了解は得ている」

何度もそう言ったが、全く聞く耳を持たなかった。

「そんなもんワシャ知らん。この団地のミンナ、野良猫に迷惑しとると言うとる。ワシャ、ミンナを代表して言うとるんじゃ」

あたかも正義の使者のように言い放つのであった。

しかし例の女性によると、

「ああ、あのじいさんね。気に入らないと誰にでも文句をつけるのが趣味、という噂よ。相手にしない方がいいよ」

ということだった。それで、彼女の忠告に従い、はじめは無視していたのだが、あんまりにもしつこいので、ちょっとだけ、お身体に触れた。おじいさん、走って団地の中に消えた。

間もなく、パトカーが一台到着。中からいずれも若い、男女二名の警官が降りてきた。

「ありゃりゃしまった。今晩一晩、ブタ箱とやらにお泊りせにゃならんかいな」とちょっぴり後悔。

男の方が、言った。

「先方は、そこまでは望まない、今回は見逃すと言っているので、まあ、署には来なくていいけど、あんた、こんなところで猫に餌をやってはいかんがな。そりゃあボクも動物は好きだけど、ここではイカン！　ところでここはどこの管轄？」それに対し、

「県じゃないかな」女性の方はいぶかしそう、そんなんエエやないの、という表情で答えた。ところが男は
「そうか。では連絡しとかなくては……」

この眼鏡をかけた細面の若い男性警官は、見るからに小マジメそうだった。

一週間して、川原にマッサラな看板が立った。

「のらねこにエサを与えることを禁じます。のらねこは近隣の方に迷惑をかけます。またカラスが集まり危険です。

県央土木総合事務所　管理部エコチーム・犀川」

これ以後、おじいさまの怒鳴り声は消えたけど、相変わらずお出張りになされ、ギョロ目を光らせた。

当方もこれ以上の面倒はご免蒙りたく、仕方なしに、給餌開始の時刻を三時間繰り上げて夜中

の三時からとした。

三

団地の猫九頭のうち、メスは六頭で、その中に〝マルワッチ〟というのがいた。

短毛で、濃淡二色の茶色、それに黒とが微妙に入り交ざった不揃いの縞模様をしていた。ただ、長い尻尾のみが、きっちり等間隔の縞柄で、それが、あたかも茶色の太い紐に黒色の環を嵌め込んだように見えたので、私はその猫に〝丸輪っち〟という名を付けた。

身体（からだ）つきは小さかった。こういう小柄な猫は、どことなく愛らしさを漂わせているものだが、何事にも例外はある。マルワッチは、キッとした険しい目つきが物語るように、その性格はすこぶるきつかった。

団地横の川原で餌やりを開始したのは二〇〇八年六月下旬からだった。

当初マルワッチは警戒して、姿は見せるものの、それは土手道までで、川原には下りてこなかった。

七月に入ると、他の連中がどんどんお食事会に参加するようになり、彼らが美味（おい）しそうに私の餌を食べるものだからそれを羨ましく思ったか、意を決し、坂を下った。二度、三度と回を重ね、八月には常連さんの一角を占めた。

その時、既にマルワッチのお腹の中には赤ちゃんが宿っていた。餌は食べに来るようになってはいたが、未だその身体に触れる状況になかった。なので、またしても猫の数が増えてしまう、困ったな、と思っても、何の手も打てなかった。

マルワッチのお腹は九月の初旬に凹んだ。

雌猫六頭のうち四頭、〝コマッチ〟〝カラシ〟〝メヤニー〟そして〝セッポチ〟――この四頭は揃いも揃って、いずれも不細工で滑稽顔だった――は、早々(はやばや)と私に懐いたが、残り二頭はなかなか心を許さなかった。その懐かない二頭のうち、一頭は〝ミケッチ〟と言った。

この猫は、白地をベースに、頭部と胴体の脇腹から上の背の部分、そして尻尾が、茶と黒の縞柄で、完全な三毛ではないが、三毛もどきというので、〝ミケッチ〟と名付けた。

ミケッチは、雌にしては大柄で、毛並も大変に美しく、顔の造作、目鼻立ちが整っていて、見るからに美貌、別嬪さんであった。その雰囲気から、宝塚のスター、それも男役、という感じがした。

だから、という訳でもなかろうが、気位が高く、私が手を伸ばし撫でようとしても、さっと身をかわし、遠くから私を睥睨、

「ちんけなおっさんのくせして何よ、フン！」
という高慢さを示した。

その点、マルワッチは顔もスタイルも庶民的、むしろプッと吹き出したくなる滑稽組に属したから、おっさんに対し、ミケッチほど失礼な態度には出なかった。

初めこそ、確かにワッチはしぶとくて、容易に私に馴染まなかったけれど、出産後は緊張感がほぐれたか、気が向けば、石段に腰を下ろしているおっさんの傍らに来て佇む時もあった。そんなワッチの頭や顎を撫でてやると、顔を上げ、目を細めた。

懐きたい気持ちはあったみたいだ。が、心中奥深くに警戒心が潜んでいた。ちょっとでも危険を察すると、すっ飛んで逃げた。

自ら進んで私の膝によじ登り、太股の上にとっぷりと坐り込む、ベタ懐きのコマッチとは、根元のところで違った。

だから、十二月になり、来春の交尾シーズンに備えて、そろそろ避妊手術に着手しなくては、と思ったけれど、無理矢理ケージの中に収容しようとするものなら、ワッチは私を恐怖して二度と近づいてこなくなるかもしれないと案じ、この段階では、未だ時期尚早と判断、ワッチの捕獲を先に延ばした。

それに、確かワッチには誕生後未だそれほど日数が経っていない子猫がいたはず。その子たちの育児にワッチは忙しいに違いない。そんな時期に、手術のためとはいえ捕獲という手段に訴えるとなれば、ワッチに余分なストレスがかかる。それは避けた方がよい、そう考えた。

さて、その子育てだが、ワッチはどのような場所で母乳を与えているのか、はじめは知ることが出来ずにいた。

出産後一カ月ほど経った十月のある日、団地の中、とある箇所を通りかかった折、不意に「フニー、フニー」という微かな声が聞こえた。

そこは第三棟西側出入り口で、一階の階段わきにあった畳一枚ほどのスペースには、十本以上もの古タイヤや、その他ガラクタが所狭しと二列三列に積み上げられてあり、声はその奥から発せられていた。だけど入り込むことは無論、覗き見る事さえ不可能で確かめようはなかった。

逆に言えば、それら古タイヤなどが、目隠し防護壁の役目を果たしてくれていたというわけだ。が、それにしてもこんな、人間がしょっちゅう出入りする場所での子育ては、随分とワッチに緊張と難儀を強いたに相違ない。

恐らくワッチには気の休まる暇は無く、常に神経をピリピリと張り巡らせていたことであろう。それでもお乳を出すためには食事を十分に摂らねばならない。寒さにもめげず、ワッチは毎晩一日も欠かさず餌を求めに来た。

ワッチは缶詰やレトルトパウチのウエットフードをとりわけ好んだ。一皿ではとても足りず、他の猫どもと競い合って二皿目にも顔を突っ込んだ。

ワッチに引率されて、子猫が初めて私の前に姿を見せたのは十一月十六日だった。子猫は二頭だった。だがこの日はほんのお披露目という程度、二匹は直に団地の中に引っ込んでしまった。

子猫が本格的に川原食堂の一員となったのはそれから一カ月後の十二月半ばである。


二匹とも長い毛をしていた。

マルワッチの毛は短（みじか）かった。団地に居たオス、〝チビッチ〟〝クロッチ〟〝ブッチー〟の三匹は全て短毛だったし、それ以外に時々団地に入ってきた流れ猫の〝クロデカ〟もやはり毛は短（みじか）かった。父親は誰だったのか？

子猫の一頭は、毛の色が黄金色（おうごんしょく）で、それがとても柔らかくてフンワリしていた。朝陽がその子の背後、斜め上から射し込むと、その金色の毛の先がキラキラと白っぽく照り輝いて、それはそれは見事なもの、惚れ惚れするほど美しかった。私は迷うことなく、この子の名前を、〝金色丸（こんじきまる）〟とした。

もう一頭は全身黒であった。

こちらの子には、〝漆黒丸（しっこくまる）〟という名を与えた。

二匹は揃って小さかった。

誕生が九月初旬だから、月齢で三カ月は過ぎている。同じ頃に生まれたお茶に比べると体格の見劣りは著しかった。栄養が足りていなかったのは明白。

こんな小さな子供を抱えているのに、無理矢理母猫をひっ捕まえて避妊手術のため病院送り、とするには、幾ら管理人との約束とはいえ、抵抗感があった。

手術云々は飽くまで人間の論理、ネコが望むところではない。余計なお世話だ。更には猫権侵害になる。ならば、捕獲、手術という手荒な行為は、猫への負担を最小にすべく万全の配慮をしなくてはならない。今はその時期ではない。むしろ金色丸・漆黒丸、この二匹の子猫の育児に専念させてやることこそが最も大切。二匹が身体的にも精神的にも乳離れを果たし、独り立ちするようになってからでも遅くはない。そう思った。

それにしても、こんな寒々としたコンクリートの住宅棟が密集した団地で、狭量なる人間どもの敵意と憎しみのこもった眼に曝されながら、細心の注意を払って子育てを余儀なくされるワッチが哀れであった。そして、そのような状況下で、息を潜めるようにして生きてゆかねばならない子猫らもまた、不憫だった。

十二月半ばに食事会デビューを果たした子猫二頭のうち、黒い方はとびっきりの怖がりで、せっかく川原食堂に顔を見せても落ち着かず、食も細かった。が、金色の方は私の餌がお気に召したらしくパクパク食べた。すると、見る見る肉が付き、コロコロに肥ってきた。動きも活発になった。それは良いのだが、こいつ、なぜか排水溝の中を走るのを好んだ。そこには泥が堆積、吸い殻などのゴミも多くてドブに近かった。折角の美しい毛並みが汚れてしまい、「止めろ、中に入るな」と言いたかったが、そこは人間とは異なり、何事も不垢不浄であった。

ところで、この時分、給餌対象の外猫はあっちでもこっちでもどういう訳かどんどん増える一方で、ベンチ組、T棟組、そして川向こう団地組と合計、最大時二十六頭を数えた。

こうなると、私は大忙しのてんてこ舞い。

特に、川原組は、金色丸・漆黒丸の子猫二匹に加え、八月初旬から時折顔を出していた雄の流れ者〝クロデカ〟が、その食堂来店頻度を増すようになったからもう大変。全員勢揃いとなると、何と十一匹。こいつらが私の足下に集い、一斉に早く早くと餌の催促をするものだから、その場で一頭一頭順番にお皿に餌盛りしていたのではとても間に合わない。

そこで出勤前、家の台所で缶詰数缶を開けて、十一プラスαの計十五・六皿に小分けし、それをレジ袋に詰め込んで川原に持参した。これで袋が一つ。加えて別にもう一枚レジ袋を用意、それにドライフードとそれ用のお皿十一枚、及び、水の入ったペットボトル、更には、週に一、二度であるが、魚や鶏肉で取った澄まし汁をこれまたペットボトルに入れ、計二袋を両手にぶら下げて、時節あたかも冬、それも時刻夜中の二時、三時、深々と冷え、時に雪が舞い散る中を、連中が待っている川原に向かったのである。

そんなある夜のこと。

月が出ていた。それは深い濃紺の空に、独り冷たく光っていた。それを見上げた時、私の頭の中にふっとある旋律が浮かんだ。伊藤整の詩に多田武彦が曲をつけた、男声合唱組曲『雪明りの路』の第三曲、「月夜を歩く」の終わりの部分である。

あゝ何のための
遠い夜道だったろう
いたどりの多い忍路(おしょろ)から出る坂路で
誰も知るまいと
私は白い月を顔にあびて微笑んでみたのだ

という一節が。

ところで、是の時私の年齢は六十一歳であった。いま思えば、ようやったもの。まだ若かった。何か使命感といおうか、自(おの)が見捨てた猫、〃ちと〃に対する贖罪の念があったのだろう。それに掻き立てられていた。

でも哀しいかな、十年過ぎた現在にそれは無い。その折に蔵していた心意気、そして体力、それらは今や失せてしまった。

でも、もし仮に生きておれば、十年後にもまた、同じ科白を吐くかもしれない。

「あの時は七十歳。若かった。まだ元気があったよ」

と。

四

九月に出産、その子らを育児中というのに、ワッチの奴、年が明けるや早々、またもや身籠った。相手はどうやらクロデカらしい。

流れ者のクロデカは団地に居住している気配はなかったが、出入りは頻繁であった。ワッチと仲が良かった。ワッチがメヤニーにいじめられたりするとすかさず飛んできてメヤニーの前に立ちはだかった。


猫の妊娠期間は二カ月。

三月の下旬には、お腹の膨らみがかなり目立ってきた。出産間近を思わせた。こうなると、手術は、私に十分に懐いてから、と、そんな悠長なことを言ってはおられなくなった。

捕獲に取り掛かった。二度試みるも失敗。

予期した通りワッチの抵抗は激しかった。失敗後ワッチは警戒を強めた。私を恐れた。食事に出て来ない日もあった。一週間ほど間を置き三度目の捕獲に挑んだ。最早同じ方法、素手で抱き上げケージに押し込めるのは通じまいと判断。考えた末ケージをトラップとして使用することにした。

小型犬でも収納できるような大き目の、扉が横開きケージを用意、それを川原の平らな草地に置き、その内部一番奥に、ワッチが大好物のウエットフードを山盛りにしたお皿を仕込んだ。そしてその上にマタタビの粉末をタップリと振りかけて。

定時の早朝給餌は七時に終了していた。

ちなみにこの頃、あの元気なご老人はすっかり精彩を失い、川原には滅多に現れなくなっていた。お陰様で餌やりの時間帯を以前の六時台に戻すことができていたのである。

トラップ設置は午前十時。私は用意万端準備を整えてから団地の中へ入りワッチを捜した。ワッチは居た。私はゆっくりと足を運び、時々振り返りながら手招きしてワッチを誘った。団地を出、川原に降りるとケージの横扉を開けた。

この日は好い天気だった。お日さんがにこにこ微笑んでいた。私も笑みを浮かべて、ケージの傍に腰を下ろしワッチを待った。

間もなく、

土手道にワッチの姿が。風がマタタビの香りを運んだ。ワッチ、川原の坂を下り始めた。ケージに近づいた。あやしそうにケージを眺めた。扉の側に回った。中を覗いた。振り向いて私を見た。私は視線を逸らし水面の方に眼をやった。そうしながらも横目でチラリチラリとワッチの様子を窺った。ワッチ、頭をケージの中に入れた。それから恐る恐る前足を。胴体も入った。後ろ足が一本外に残っていた。扉を閉めたい。焦った。

「早く、もう一本も入れろ」

心の中の声が叫ぶ。が、中々入ってゆかない……、入った。

左側に開いていた扉を勢いよくパシッと閉めた。

「ウギャー！」

ワッチ、鳴き喚いた。中で暴れ回った。

この時、ワッチの心の中に、私に対する憎しみの念が芽生えた。おっちゃんに裏切られたと感じた。

落ち着くのを待って家へ。

三晩家に留め置き、四日目のお昼前に病院に。

その日、私が訪れたのは、この三月にある女性から紹介された新規の病院だった。それからたった一カ月しか経ってないのに、その病院での避妊手術は今度のワッチが四頭目であった。

病院の待合室、ソファに腰掛けながら、私は迷っていた。

ワッチのお腹はポンポコポン。今日明日にでも出産があって不思議ではない状態。子宮の中といえどもそれは最早完全に赤ちゃんである。

「もう誕生寸前。これで良いのか。私は猫殺しをしようとしているのではないか。このまま産ませて家で育てた方が良いのでは……」

この期に及んでまだ決心がつきかねていた。そこで、動物病院の医師に、私の気持ちを正直に打ち明けた。

「メス猫は別に産みたくて産むんじゃない。それに、あなたに懐いていないとなれば、そんな人の家で育てるなんて、母親にストレスがかかる。そしてそんな猫を相手にしたら、あなたも苦労する。ここは当初の予定通り、手術をしましょう」

ワッチのお腹の中には、胎児が四体あった。


先に手術を済ませたコマッチ、カラシ、メヤニーの三頭は手術後団地に戻した。この三頭は仲が良かった。多分親子か姉妹でいつも一緒だった。だからそのまま団地に置いておいても支障はないと思った。

だがワッチは手術後も家に留め置いた。

ワッチは団地で独りぼっちだったからである。

ワッチはコマッチとメヤニーにいじめられていた。特に、〝団地のアキ子〟との異名をとる大柄なメヤニーは気が荒く、ワッチを威嚇し追い回した。ワッチも気の弱い方ではなかったが、メヤニーには敵わなかった。小柄なワッチは逃げるしかなかった。

そんな所にワッチを返すのは忍びなかった。


ところでワッチは独りぼっち？

そんな訳ないだろう。

子供がいたはずだ。金色丸と漆黒丸の二頭が。しかし、その時、金色丸も漆黒丸も、両方ともに団地には存在しなかった。

居たのは我が家である。

五

ワッチに手術を施すほぼ一カ月前、金色丸と漆黒丸の二頭が同時に風邪を引いた。

三月十三日、四日ぶりに川原食堂に来た金色丸は餌を食べなかった。

盛んに動き回り、石段に並んでいる餌皿に次々顔を突っ込む。が、食べない。匂いは嗅ぐ。クンクンクンクンと。が、餌はそのままに顔が上がる。「食べたい」という欲求はあるみたいだ。それなのに食べない。となれば、これは食べないのではなくて、食べられないのだ。

どうやら、鼻が詰まっている。臭覚が利かないらしい。

猫は匂いで食べる動物。香りを感じないと食べない。更に先ほどからクシャミの連発。

「あ、これは風邪だ。風邪を引いたに違いない」

昨日、一昨日と雪が降った。それがために風邪を引いてしまったのだ。今は曇っているが、本日午後からは雨になるとの予測。その上明日は更に崩れ、風が強まり雪が舞うとも。

そんな気象の下、こんな所に置いておいたら……。生後六カ月は経過しているとはいえ、人間であればまだ十歳。とてもとても体力・抵抗面で、成猫の域には達していない。生命に拘わるおそれが大きい。

「うーん、どうしよう。家に収容しなくては。でも今ケージがない。どうやって運ぶか。ケージを取りに家に帰ろうか。でもその間に、金色丸が姿を消してしまったら……。それはまずい。あーん仕方がないな。一丁やってみるか」

拾い上げた。腕から飛び出さないよう、両腕に渾身の力を込めがんじがらめに金色丸を抱きかかえ抱き締め、そして一路、脇目もふらずに我が住宅棟へ。階段を駆け上がり家の中に。玄関戸が閉じた。「ホー、ヤレヤレ」

速足だったら僅か二分の道中。しかし、何と長く感じたことか。

廊下、床板の上に下ろされた金色丸は、暴れた。暴れに暴れた。

身重だったチビタンは別として、過去我が家に連れ込まれた、ブーチン、チビ、シロスケの雄猫三頭は派手に暴れた。金色丸もその例に洩れず右往左往、風呂場に突進した。ジャンプ一番浴槽に跳び乗った。ところが、蓋が半分開いていた。しかも湯が入っておらず中は空っぽ。

「ドスン」

両手を突っ込んで掴み上げ廊下へ出て洋間に連れ込もうとするも、金色丸（こんじきまる）は身体を激しく震わせて腕から逃れ、再び風呂場へ。興奮しパニックに陥っているからコンのヤツ、自分でも何が何だかサッパリ分からないらしい。またしても浴槽の中に「ドッスーン！」

結局洋間に運び入れたが、そこでも走り回り、最後、窓際、壁の前に置いてあった灯油缶収納箱、高さ五十センチに跳び乗り、更に窓の前に嵌め込んであった金属手摺を跨ぎ越え、僅か七センチ幅しかない窓ガラスと手摺枠の間にズズズと落ちた。

コンはしゃがむこともならず、立ったまま。それでもその姿勢で、近づこうとする私に向かって牙を剥いた。

見ると、口の周りが真っ赤っか。唇からダラーンと鮮血が垂れ落ちている。

「ありゃ、これは大変、浴槽の中に跳び込んだときに、底か側面にマズルをしこたま打ちつけたか。歯でも折れたか。アッチャー、最悪。痛かろうが、可哀想に。〝コン〟ゴメン！」

コンは徐々に後ずさり、窓の端、窓を囲む壁板に腰の背をくっつけ、立ちん坊でカーテンの陰に身を隠した。

さて、時刻はやがて七時。川原の石段に残してきた餌やお皿などが気になる。回収しなくては。急いだ。参番橋に差しかかったとき、右手に痛みを感じた。歩みを止め、右手に目を落とすと、

「アレ？」

右手の甲、親指と人差し指の股の部分に血がベットリ。そしてそこにはクッキリと歯型が。他にも手の甲全体に掻き傷がある。

「え、これは？　あ、ひょっとしたら……」

これはコンの歯型だ。そしてコンの爪痕に違いない。先ほど湯舟からコンを引っ張り上げた際、コンは反抗した。その時、コンは私の右手に噛み付き引っ掻いたのだ。

コンもパニック状態であったが、私だって無我夢中。格闘中、噛まれても掻かれても、痛さを全く感じなかったのである。だったら、先ほどのコンの口の周りに付着していたあの血液は？

あ、そうか、あれはコンが風呂場浴槽にぶつけたことによる出血ではなく、私の手を噛んだが故に、私の血管から流れ出たものである。

「ああ良かった！」

川原でお皿を回収。その足でT棟に行き、そこの連中に餌を食べさせてから家に戻った。

洋間に入ってコンのご機嫌を窺う。コン、私が顔を近づけると、血の付着した口を大きく開け牙を剥き「フィーッ」と吹いて、手摺の間からパンチを繰り出した。

猫という生き物は存外頑固である。

ブーチンは押し入れの中に籠ったきり丸二日間出てこなかった。

今日のコンも強情だった。その日は日中、窓ガラスと金属手摺に挟まれたまま、その窮屈な体勢を少しも崩さず、ひたすら我慢。窓際を離れたのはなんと夜の九時を過ぎてからだった。洋間の押し入れの引き戸を片方開けておいた。中に入ったらしい。


ああしかし、それにしてもコンちゃんよ、よくぞまあ無事に、我が家に収まってくれたもの。コンにとって団地と川原以外は、その周辺といえども全く未知の世界。もし家までの道中、腕から飛び出しでもしていたら……。迷い猫となりひょっとしたら、そのまま生命は……。危険な賭けだった。

六

難儀はしたけれど、一応、コン（金色丸）はこれで片付いた。しかし、子猫はもう一匹いる。漆黒丸、通称〝コク〟と私が呼んでいるヤツが。

　こいつも三日前から餌場に顔を見せていなかった。コンに比べコクの成育具合はもう一つ。体格がコンの半分しかない。もし風邪に罹っているとすれば、こちらの方が重篤な状態に陥っているはず。十三日は、お皿の回収時と、及び午後からも再度団地の中に入り、心当たりを捜してはみたが、見つけることは出来なかった。

　十四日。外れてくれればよいものを、天気予報はズバリ的中。深夜から猛烈な雨風。それが午前中いっぱい続き、更に昼からは雨が霙にそして雪に。外へは一歩も出られなかった。

　十五日。明け方、やっと嵐が終息。探索に出た。しかしコクの姿はなし。コクが餌を食べに来なくなってこの日で六日目。「婆ちゃんたちにもらってくれておれば良いんだけれど……」、微かな希みを抱きながら夕方も、団地に向かった。

　八棟ある住宅棟を南側から順に一棟ずつ、一階部分のベランダ下を覗き回った。ある家からは「お前何してる。ドロボーか！」という声が。

　六棟目。無造作に押し込めてある古タイヤの奥に、何やら黒い影。近づき屈み込んで覗いた。コクだった。

が、どこか変。

コクは異常なほどの怖がり屋で、川原に来ても皆が集まっている石段には下りてこず、草地に置かれている大きな石の陰に身を隠してこちらを窺っているようなヤツ。だから、今、私が近づこうものなら、ベランダ下から飛び出して逃げるは必至。それが逃げ出さない。それどころか微動だにしない。倒れているのではない。コクは腰を下ろしているものの、前足はきちんと揃えて坐っている。顔も前に向けている。おかしい、奇妙だ。

私は手を地面につけて首をベランダ下に突っ込み入れた。

「ああ、これじゃあ」

風邪のせいか、はたまた、従来からの栄養失調によるものか、両眼から流れ出た目脂がベットリとその両眼を塞いでしまい、かつ、それが渇ききってガッチガチ、眼が開けられない。まさに盲目状態。多分鼻も利かないのだろう。私が眼の前十センチに顔を寄せても無反応。まるでぬいぐるみ。

ケージを取りに家に戻る必要もなし。

首筋を掴んで片手で引っ張り出し、胸に抱くとゆっくりと家路についた。

お湯にガーゼを浸し、コッペコッペになっていた目脂を拭き取った。眼がちょっとだけ開いた。目薬を点した。目薬の刺激でコクは一旦目を閉じた。しばらくして再び目を開けた。

次の瞬間。

「エッ⁉　ここはどこ、どこなんだ。ボクの居る所はどこなんだ！　何でどうして？　どうなってるんだ。このおっちゃん、一体ボクに何をするつもりなんだ！」

目薬を持っていた私の右手を強烈に引っ掻いたかと思うと、体を捻じり震わせて跳び上がった。後は、コンと同様、初めて家に連れ込まれた歴代の猫どもの礼式に従い、家中を駆け巡った。そして最後、洋間、私が誘い込むために開けた押し入れの中に突進、二日ぶりで兄弟と再会した。

コンは我が家に収容されてから、何を与えようと一切を口にしなかった。

コクも団地では何も食べてはいなかったのであろう。二匹ともゲッソリ。

翌日の月曜日、朝一番にA町の動物病院に電話を入れた。

「その猫たちは、おとうさんに馴れていますか。え、懐いていない。噛みついたり引っ掻いたりする。じゃあ、私のところでは無理ですわ。他の病院に連れて行って下さい。それに四日も五日も食べていないとしたら、もう助かりませんわ。諦めた方がいいですよ」

予期していたとはいえ、余りの言葉。

人医は人の、そして獣医は動物の、〝生命（いのち）〟を救うことこそが、己に課せられた職責使命ではないのか。

この獣医師は野良猫を診るのを嫌がった。無理にお願いした雌猫の避妊手術は、何とか四頭まではやってくれたが、五頭目、メヤニーに至ると拒否された。

となると、B町の動物病院だが、ここは今回、何故か気が進まなかった。腕は良いし患者も多い。病気・怪我の説明も丁寧。でも、私の思い過ごしだろうが、何となしに波長が合わない。

〝備わらんことを人に求めず〟とは言うものの、この機会に思い切って新しい病院に当たってみるのも一法。そう思って溜め込んであった新聞のスクラップを一枚ずつ繰って探した。

あった。小さな切り抜きが。そこには、ある動物愛護団体の電話番号が載っていた。

電話した。

突然、一面識もない人間、それも男からの変てこな電話で、先方は面喰らったらしいが、それでも二軒の動物病院を紹介してくれた。

タクシーを走らせた。奇妙なことに、私が選択したのは、家から遠い方、異なる行政区にある動物病院の方だった。

病院に入り、受け付けの女性に、来院の目的・理由を話した。

女性は言った。

「当院は、飼い猫であろうと野良であろうと、区別はいたしません」

「ホッ」

胸を撫で下ろした。上機嫌になった。饒舌になった。初めての訪問なのに、喋らなくてもいいこと、野良猫の世話をしているなんてことまでも得意になって話した。

先生はそれを黙って聞いていた。そして、診察・治療を終えた後、三人居た女性スタッフの一人に言った。

「タクシー代もバカにならないでしょうから、家まで車で送ってあげて」

二〇〇九年三月十六日、月曜日のこと。錆びたナイフでも拾ってくれる人がいた。

七

帰りしなに先生が言われた。

「とりあえずの処置はしておきました。まあこれで大丈夫だと思いますけど、もし薬を飲まないようでしたらもう一度連れてきて下さい」

猫に薬を飲ますのは難しい。それもかなり。

コンもコクも私を敵のように思っている。

「こんな所に閉じ込めやがって、この親父、とんでもねえ野郎だ、許せん」

と、まあこんな具合に。

押し入れの中を覗く度、目を吊り上げて、

「フィーッ」

と吹く。時にパンチが飛んでくる。薬を飲ますには、それが錠剤ならば片方の手の指で口の両脇を押し挟んでこじ開け、もう一方の手の人差し指と親指で薬を抓(つま)んで口の中へ入れ込まねばならないが、懐いている猫でも、それを嫌がって逃げ惑う。家中追い掛けっこ運動会になる。ましてやこの兄弟は、と、ここまで書いて……、訂正しなくては。

私はコクを、てっきりオスと思っていた。だからこそ漆黒丸と名付けたのである。が。この猫、意外や意外、何とメスだった。

病院の動物看護師さんから、ケージを手渡されたとき、

「この黒猫の方は、メスですよ」

と教えられたのである。

外で給餌している時、コンは曲がりなりにも触ることが出来たから、おケツに手を当てて、タマタマが付いているのを確認しておったけれども、コクは長毛のうえに、私を怖がって近づくと逃げ出す奴だったから、確かめようがなくて、その顔立ちで判断。こいつはオスと思い込んでいた。はーん、でもでもこの猫がメスならば……、コクちゃん、ああ、何と可哀や、ずいぶんとブッチャイクな女の子でありますなあ。

それはともかく、直接口の中に薬を放り込めないとしたら、薬を服用させる残る手段は唯一つ。餌の中に薬を混ぜ込むしか他に方法はない。

ところが、これも中々に容易ではないのだ。

猫は匂いに敏感。

嗅覚が失われると食べ物を口にしないのだが、逆に、嗅覚が正常であっても、餌に顔を背ける場合がある。餌から異様な、馴染みのない臭いが漂ってきたときに、猫は餌を食べない。勿論、個体差はある。

ブーみたいな、食い意地が張っている猫は扱いが簡単だった。錠剤であれ、粉薬であれ、ブーは全く気にしないで、薬が混ぜ込まれた餌をパクパク食った。

さて、コンとコクはどうか。

夜中午前三時に、粉末薬をまぶしたウエットフードのお皿二枚を押し入れの中に置いた。午前七時に覗いてみた。餌は丸々残っていた。午前中いっぱい様子を見、もし食べないようだったら、病院行きだな……、でもねえ。

捕まってたまるかと、必死の抵抗を試みるコンとコク。それとの格闘で、またぞろ流血の騒ぎとなるのか、ああ難儀なことよと、お午前(ひる)、沈痛な面持ちで押し入れの中に顔を突っ込むと、

「おー、おやおやこれは」

幸いなるかな、お皿は二つとも空になっていた。これだけでは腹の足しにはなるまいと思い、更に、カリカリを盛ったお皿を差し入れ、夕方には、夜中と同様、薬混じりのウエットを入れて置いた。

これらの餌は、その晩十一時には綺麗に無くなっていた。

食欲が出てくれれば一安心。注射が効き、点滴、そして薬の効果が出てきたらしい。翌十八日は両猫共に、顔に生気が戻り、気のせいか動きも出てきた。どうやら最悪期は脱した模様。

「あー良かった良かった。あとは出された分の薬をキッチリと飲み、餌をたっぷり食べてくれればば」

臆病で気難しいコクの方は押し入れの奥に引きこもり、容易にそこから出ようとはしなかったが、コンは体力が回復するにつれて、洋間の中を活発にウロウロするようになった。

この時分、まだ洋間のドアを閉めたままにしておいたのだが、コンが部屋の中を動き回る音がお茶の耳に伝わった。

お茶は興味を持った。廊下との仕切りドアの板を搔いた。そこで、ドアを開放した。

お茶を見て、コンは「フィーッ」と吹いた。

一方お茶の方は、というと、
お茶は生まれてこのかた凡そ半年の間、共に暮らしてきたのは、お父さんとお母さんの人間のみ。我がは人間だと思っている。だから人間は怖くない。むしろ親しみを感じている。現に、電話で病院を紹介して頂いた動物愛護団体の会長さんが、

「電話をしてきた変なおっさん、一体どんな猫の飼い方をしているんだ。ひとつ教えてやらなけ

れば」

と、調査・指導のために我が家を訪れた際にも、お茶は会長さんに寄って行き、愛想を振りまいた。

一方で猫という動物に対してはお茶は馴染みがない。過去、チビタン、そしてガッツに威嚇された経験もある。好ましいとは思っていない。変てこな生き物、という認識だ。

洋間でガタゴトいわせているヤツ、そいつは一体何者なのだ、誰なんだ、と、半分興味津々、半分戦々恐々で洋間に踏み込んだ。

すると、そこで目にしたのは、金色(きんいろ)をした毛むくじゃらのヤツ。しかもそいつが、自分に向かって、

「ウウーッ」

と唸り上げるではないか。

ところが、どういう風の吹き回しか、お茶はコンに対し、好意を抱いた。

お茶、自分がお気に入りであった、お母さんの厚手のソックスを口にくわえて、コンの許にせっせと運んだのである。

「ね、これ、ボクからのプレゼント。ボク、お茶。仲良くしよう」

生まれたのはコンもお茶も、共に前年の九月。日にちも近い。同週齢である。お互い仲良く出

来れば幸い、これに越したことはない。独りぼっちのお茶に友だちが出来ることになる。一方のコンとコクにしても、あんな殺伐とした、憎悪の念がこもった冷たい住人の眼に晒されて生きていくよりは、たとえ狭くとも、ここで暮らしていく方が良くはないか。それに第一、せっかく苦労してこの家に連れ込んだのだ。団地に戻したあと、もしまた何かあって団地の中を追いかけ回すことにでもなれば、そのとき、血みどろの闘いの再現となるのは必定。ああそれはご免蒙りたい。

「よし、コンとコク、このきょうだいを内猫とするか」

こうやって二頭は我が家に滞在となったのである。

八

子猫らの体調はすっかり元に戻った。押し入れの中に籠ったきり、そこに仕舞い込んであったガラクタ、段ボール箱の陰に身を隠し、そこから一歩も外に出ようとしなかったコクも、やがてコンともども廊下に出、台所に現れ、茶の間にも出入りするようになった。

好かった。

何より二匹の子猫の生命を救うことが出来た。その上、彼らを家に留め置くことにより、もうこの猫らは、あの団地で怒鳴られたり、石を投げつけられたり、オドオド、人の目を気にしなくてもよくなった。

私は満足だった。

だが、猫の方はどうであったろうか。

彼らはまだ子猫。生理的には別として、精神的な乳離れを果たしてはいない。もっとお母ちゃんに甘えたい気持ちは強い。それなのに、母親の許を引き離されたのである。

コンとコクには、おっさんのお陰で病気を治してもらったという感謝の念はなかった。それよりも、母親から引き離され、こんな所に連れてこられた、という腹立たしさの方が強かった。


有無を言わせずに抱き抱えられ、見慣れぬ風景を流れるように眼にしながら、アレヨアレヨという間に、見知らぬ空間にポンと放たれた金色丸。何が何だか分からぬまま、暴れに暴れた。家中を、走り、駆けずり巡り、捕まえようとするおっさんに対し、その手といわず腕といわず、我が身に迫り来るもの何であれ、引っ掻き噛み付いて抗った。その際、とりわけ深く牙を差し込んだおっさんの右手から噴き出し流れ出た鮮血が、己の口の周りを真っ赤に染め、その血をタラーリと口元から滴らせた。そのコンの形相たるや……当にその昔、映画館のスクリーンで、両手で眼を覆いながら、それでも恐々見入った、あの化け猫の貌そのものだった。

コクにしても大同小異。

溢れるように流れ出た目脂によって、両眼が完全に塞がれてしまい、身動き出来なくなっていたところを救助された。そしてそのゴッチゴッチになっていた目脂を、お湯に浸したガーゼで取っかえ引っかえ、丹念に拭い取ってもらった末、やっとこさ開いた眼に映った光景は……、これまた、見たこともない未知の世界。

吃驚仰天慌てて飛び上がった後の暴れようときたら、コンのそれに毫も劣らず、それはそれは天晴れなもので、走り回り疲れ果てた挙げ句、部屋の片隅に蹲り、身を伏せて、床すれすれくっつけるようにした顔を横にして、私を睨み上げたその眼差しは、憎しみと敵愾心に満ち溢れていた。

それでも、二頭はまだ好かった。

見知らぬ家とはいえ、きょうだいが一緒に居ることが出来たのだから。たとえ母恋しさが募ったにしても。

では、団地に独りポツネンと残された母親マルワッチはどうであったろうか。

母恋しさがあるならば、我が子愛しさもあって然るべき。ワッチの心情、その哀しみ、苦しみたるや、如何ばかりであったろうか。

ワッチにしてみれば、可愛い我が子が……ある時、息子も娘も二匹揃って忽然として自分の前から姿を消したのである。

それが、どれほどの衝撃をワッチにもたらしたものか……、察して余りある。

ワッチは驚愕した。困惑した。懸命必死、それこそ血眼で団地の中及び周囲を捜し回ったに違いない。だが、どこをどう捜しても子供らを見つけることが出来なかった。

落胆した。気も狂わんばかりの苦しみに襲われた。嘆いた。そして悲しみに打ちひしがれた。

その折のワッチの心痛、悲嘆を想うと……、言葉は無い。私はワッチにひどい事をしたのである。私の行為が、ワッチを苦しめ、その心を深く傷つけたのは疑いようがない。

ワッチは私によって、独りぼっちにさせられてしまったのだ。

九

望んで来たのではない。無理矢理連れてこられた。この家に。

すると……、
何と、消えてしまったはずの、あの我が子が、それもきょうだい揃ってここに居るではないか。

初め、ワッチはキョトン、としていた。

何が何だか、さっぱり訳が分からなかった。事情が飲み込めなかった。

「え、何で？　どうしてこんな所に、お前たちが居るんだ。ええーっ！　どうして？　何で？　ホント、お前たちかい？　ホントに、私の子どもたちなのかい?!」

信じられなかった。頭が混乱した。

きょうだいの方も同様だった。

眼の前に、ヒョッコリと現れた猫が……、自分たちの母親、と気づき、はっきりと認識するまで、それ相応の時間を要した。

親子が対面したとき、お互い両方共に、再び会えて良かった、という喜びよりも、「え、何で？」という戸惑いの方が大きかった。その度合いは、母親マルワッチの方が強かった。

親子の再会が成ったのに、ワッチはしばらくの間、コンとコクを遠ざけた。きょうだいが近づこうと試みても拒絶した。体を後ろに退き、身構え、胡散臭そうな眼で彼らを見た。

「お前たち、どうしてこんな所に居るんだい。私を裏切ったのかい。ハハーン、お前たち、あの親父とグルになって、この私をたぶらかそうとでもいうんかい！」

これを目の当たりにして、私はワッチに対し、本当に済まない、申し訳ないことをしてしまった、と、つくづく感じないわけにはゆかなかった。

しかし、ワッチよ、そうしなければならなかった理由もまた、これあったのだから、そこんところは、よーく理解してくれ、とお願いしたけれど、ワッチにしてみればそんな事は知ったことではなかった。

ワッチの側から見た事実は、
自分の身辺から子供たちが消えた。自分も捕らえられ、お腹を切られ赤ちゃんを失い、挙げ句、こんな見も知らない狭っ苦しい場所に押し込められた。そうしてそこには、居なくなっていた我が子が居た。

これが全てである。

おっさんにしてみれば、コン、コクのきょうだい子供たちにも、そして母親ワッチに対しても、〝善かれ〟と思って為したことなのである。だが、彼らにとっては、ことにワッチにしたら、それによって己が苦しめられた。それ以外の何ものでもない。

一方の善は他方の悪となる。世の中、こういう齟齬は存外に多いのではないだろうか。

ましてや、猫という代物は、〝理性〇、感情一〇〇％〟の生き物だ。理屈は通らない。

でも……、人間世界だって、案外こんなもんじゃないかしらん？


四月十日、ワッチは親父のニコニコ顔に騙された。通常は眼の前に餌皿を置いてくれる。それがこの日はケージの奥深くに餌が仕込まれてあった。その餌から立ち漂ってくるマタタビの香りに誘惑され、ケージの中に足を踏み入れた。途端いきなりパシッと扉を閉められた。

ワッチは親父を信用していた。だのにこの仕打ちは……、親父に裏切られた。そう感じた。

実のところ、ワッチは私を本心から嫌っている訳ではなかった。勿論、どこか心の片隅に一抹の懸念は潜ませてはいただろうが……。

　前年六月下旬から開始した川原での給餌。初めのうちこそ、来たり来なかったりであったが、八月六日以後は、ほぼ毎日顔を出した。

　私に対する警戒心も徐々に解け、やがては私の傍らに来て、撫でてやると目を細めるまでになった。また、稀ではあったが、自ら私の膝に乗り込んできたりもした。コマッチみたいに、ベタベタ懐きではなかったにしても、ワッチはワッチなりに、親愛の情を示そうとしていた。

　それなのに、マタタビを振りかけた餌で釣って、自分を狭いケージの中に閉じ込めるとは。


　捕獲は金曜日だった。

　土曜日は患者が多く、手術も先約が数本入っていたので、ワッチの手術は休日明けの月曜日に組まれた。で、三日もの間、ケージの中に閉じ込めておく訳にもゆかず、一旦ケージの外に出した。

　三日後、病院へ運ぶため再びケージに収容しようとした際、ワッチは暴れた。その暴れようは、これまで家に連れ込んだいずれの猫よりも激しかった。

　彼らの暴れというのは、アパートという広がりのない囲まれた狭い空間に連れ込まれた、囚われの恐怖から発したものだった。何とかしてこの場から逃れたい、と、ひたすら出口を求めて駆け回ったに過ぎない。が、ワッチは違った。

おっさんに対しての反逆だった。

親父憎し、捕らまってたまるかの反抗であった。

捕まえようとする私の手といわず腕といわず、それがどこであれ何であれ噛み付き、引っ掻いた。牙を食い込ませ、爪を立て皮膚を引き裂いた。瞬く間に肘から下が真っ赤、着衣までもが血に染まった。

ワッチは病院の診察室でも暴れた。

だが、抵抗虚しく、結局最後はお腹にメスを入れられ、子宮・卵巣ともども赤ちゃん四体を失った。

ワッチの怒り、悲しみは如何ばかりであったか。

ワッチは親父を憎悪した。最早裏切られたというような生易しいものではなかった。怨念を抱いた。「終生呪ってやるぞ」と。

ところが一方親父の方は……、
ノンキなもの。そんなワッチの心情を全く理解せず、ワッチが心の奥で自分に対し、そんなにも激しい憎しみ、恨みの炎を燃やしているなんて夢想だにせず。それどころか、手術のあと、ワッチをこのまま家の中に留め置くことによって、
「さあ、これまで、散々嫌な目に遭わせたけれど、これからはこの家で親子揃って何の気遣いも

なく楽しく暮らしてゆけるぞ。もうあの団地でビクビクしながら生きていく必要もないんだ。極楽じゃないか。どうだ、それもこれもみーんな、このお父さんのお陰なんだぞ、感謝しろよ」

そんな風に考えていた。

能天気といおうか、鈍感というのか。


ワッチの思いは違っていた。

「親子三匹が再び一緒になれたから良かったじゃないか、そしてそれはお父さんのお陰だ、有り難く思え、感謝しろだって……。何言ってやがんだ。元々うちら三匹はあの団地で、家族水入らず、愉しく暮らしていたんだ。それを勝手に子供らを拉致し、ウチを独りぼっちにさせたのは、一体誰なんだよ。どこのどいつだ！　ウチがどれほど心配し、どんなに苦しみ悲しんだか、お前は知っているのか。解っているのか。己（おのれ）がウチら親子を引き裂いておいて、今また一緒にさせてやったからそれでいいじゃないか、なんて、ようもそんな事言えたもんだな。それはあんたの論理、屁理屈だ。ケージに押し込められたときなんぞ、あれ、一体どこに連れて行かれるんだ、ウチはどうなるんだ、何をされるんだ、もしかして殺されるんじゃないか、って、どんだけ不安になったか、どれほど怖かったか！　その恐怖心、貴様に解るか！……一体、何の恨みがあって、ウチらをこんなひどい目に遭わせるんだ。こんなにも苦しめるんだよ━。ウチはお前を許さないぞ。絶対に許すもんか。憎んで怨んで呪い殺してやる‼」

マルワッチにしてみれば、子供と再会できた、という喜びよりも、そのそもそもの原因を作った私の行為が許せなかった。

ワッチは私を敵と見做した。私を憎んだ。

ワッチの復讐が開始された。

十

ワッチは親父のやること為すこと全て、何もかもが気に入らなかった。親父の存在そのものが不快、許せなかった。親父を見るにつけ腸が煮えくり返った。何かにつけことごとく反発した。私と目が合えば目尻を吊り上げ歯を剥いた。

ワッチに対して、私が特別何もしていないにも拘わらず、私の脇を通り過ぎる度私にパンパンとパンチを浴びせた。いくら何でもこんな風にされては私だって腹が立つ。

「何するんだー！」と怒鳴った。

ところがワッチは、その声にひるむどころかまるで逆、「フィーッ」と吹いた。

当初遠ざけていたコンとコク。ワッチは彼らをいつの間に手なずけたのか、きっちり自(おの)が陣営に取り込むと、きょうだいを煽って親父に反抗するよう仕向けた。

コンとコクにしても、元来が私に好い感情を抱いてはいない。それに何といってもワッチは実の母親。当然きょうだいはワッチに味方する。お母ちゃんの命令に従ってきょうだいは私に対し牙を剥いた。そしてワッチは必死になって我が子を庇う。子供らはお母ちゃんに加勢する。マルワッチ一家の結束は堅く、親子三匹一致団結して親父に歯向かった。

それはそれは凄まじいもので、一家のうち誰かが親父に叱られでもしようものなら、他の二頭がすっ飛んできて一頭を防衛、親父に対抗、集団的自衛権を行使した。

親子三匹が横一列に並び、揃って口を大きく耳まで裂けんばかりに開け、歯を剥き出し喉の奥まで見せて、一斉に、

「フィーッ」

と吹く光景は、恐ろしくも、ある種圧巻であった。ワッチ一家は互いに協力し合い、私ら夫婦だけでなく、他の猫——お茶、及びワッチの三週間後に入居してきた〝タン子ちゃん〟——に対しても共同防衛戦線を張った。

この様に、三匹が一丸となって事に当たっていた時は、ワッチも威勢がよかった。

ところが、その堅い結束の輪にも綻びが生じ始めた。これはワッチにしたら誤算であった。

子供が独立、親離れを始めたのである。

先ず雄の金色丸が自立した。というより母を必要としなくなった。

コンは恋をした。それも同性のお茶に。

コンは雄のお茶が好きになってしまった。単に仲良くしましょう、というのではない。恋愛なのである。こんな事ってあるのだろうか。

人間世界ではよくあることらしいのだが。

それにもう一つ、この両者の関係に於いて不思議な現象が。


コンが我が家に入ってきたとき、初めはお茶の方がコンに言い寄って行った。お茶は自分がお気に入りだった、我が奥さまの足の匂いが染み込んだ冬用厚手のソックスを口にくわえ、コンの前に持って行き、

「これをプレゼントするから、ボクと遊ぼ」

と誘ったのだった。

が、コンはそれを受け入れず、唸り声を上げて威嚇した。

ところが、何があったのか、どうした心境の変化か、一転、今度はコンがお茶に近づいて行った。コンは自分の頭をお茶のほっぺに擦りつけて馴染もうとした。お茶のあとを追い回した。

一方お茶の方は、これまた何が原因か知らないが、コンを嫌うようになった。

「ニャーン、ニャーン」と甘い声で迫り来るコンに対し、

「ンガンガンガー」と悲鳴を発しながら逃げ惑った。

これも人間の社会ではよくあること。

好き嫌いの感情、立場の逆転。このようなことは、同性異性間を問わず、たびたび目にするところである。

こう見ると、人間は偉そうに振る舞っているけれど、その実、やってることは猫と変わりない。

人間どもよ、調子に乗るんじゃない、驕るんじゃない。万物の霊長だなんて、ほざくんじゃない。あれもこれも、やることといったら、畜生と変わりはない。いや、もしかして、畜生以下かも。だって猫は、原子爆弾を落としはしないよ。自然破壊・環境汚染もしないしさ。


それにしてもコンの想いは一途であった。

どんなに嫌がられ逃げられようとも、コンはただひたすら一所懸命、お茶を追い回し、お茶の身体に顔を擦りつけに行った。

こんな金色丸に、最早、母親の存在は必要なかった。

雌の漆黒丸、通称コクは、女同士という事情もあって、かなり長い間母親とベッタリだった。

外回りが多く、家を留守にする時間が多い私は、実地にそれを目にしたことはなかったが、家に居て内猫の世話をしていた家内は、

「コクはワッチのお乳を飲んでいる」

と言った。

避妊手術を受け、子宮・卵巣を取ってしまった雌猫に、まさか乳は出ないだろうと思ったけれど、コクがワッチのお腹に顔を突っ込むという場面そのものは私も見たことがある。

そんなコクにも親離れの時期が来た。

コクの自立の発端は猫ではない。それは餌……、〝お刺身〟であった。


コクは団地に居た時、食べ物に苦労した。

生来の臆病な性格が災いし、せっかく餌場に顔を出しても大きな石の陰に隠れ、皆が集う石段には下りてこなかった。それでは、というのでこちらから餌をコクの眼前にまで運んでやったが、食べようか食べまいか迷っている間(うち)に、他のすばしこいのがやってきて、たちまちのうちにかすめ取られた。

野良の生活では、如何にして食べ物を素早くせしめるかに、その生存が懸かっている。にも拘わらず、餌の争奪戦ではコクはいつも遅れをとった。

栄養不足は誰の目にも明らか。川原食堂に参加以降、積極的に石段に下りてきて、他の大人の

猫と競い合うようにして餌を求めたコンに比べ、コクは痩せてガリガリで、大きさはコンの半分しかなかった。

それが我が家に連れてこられた後は、かりに順番が最後になろうとも、常時大きなお皿にたっぷりと餌が盛られてあったから、食いっぱぐれはなかった。

ましてやお刺身だなんて。

団地時代には、お目にかかったこともなければ想像だに出来なかった、とんでもない大ご馳走である。

「コクよ、食べてごらん」

と一切れもらった赤イカのお造りの美味しかったこと。

コクはすっかりお刺身の虜となった。

夕飯時、食卓にお造りが上がると、駆け寄ってきた。そうして、ちゃっかりとお父さんの真横に陣取ると、私の顔を見、小声で「ニャニャッ」と鳴いて催促した。

コクは口が小さいため、大きな切れ端だと食べづらそうにしたから、お箸や鋏を使って小間切れにしてお皿に容れて渡した。

お父さんのお造りは旨かった。

何といってもお父さんの前職は魚屋。フクラギ、アジ、イカなどを、食べる直前に捌いてくれる。パック詰めのお刺身とはどこか違った……ん？……まさか、コク、スーパーのお刺身を食べたことないはずなのだが。

細かいことは言うまい。旨いものは旨いのだ。猫は味にうるさい。不味けりゃ食わない。それが喜んで食うというのは……、旨い証拠じゃないか。

どんな理由か不明だが、コクもブーチンと同様、とりわけイカを好んだ。

食べ物には魔力がある。コクは、お父さんに馴染み始めた。

十一

相次ぐ子供たちの離反で、ワッチは独りぼっちになってしまった。

ワッチは孤立した。孤独になった。

ワッチの心の拠りどころは子供だったのに、その子供らは、ワッチと同じ屋根の下で暮らしているものの、精神的な自立を果たし、以前のようにワッチに慕い寄らなくなった。

ワッチは寂しかった。侘しさを募らせた。

といって今更、親父に媚びようなんて思わなかった。

ワッチは思案した。

子供が自分から離れてしまった以上、もうこんな所に居たってしょうがない……。

「そうだここを出よう。脱出するんだ」

決心した。そうしてその思いを日を逐うにつれ強めた。

が、親父には決して気取られまい、と細心の注意を払った。

時折、親父がわざとらしい作り笑いを浮かべ、ワッチに近づきワッチの頭を撫でようとした。

身の毛がよだつほど気持ち悪かったけれど我慢した。

何の反抗的態度を示さないのを見て、親父の奴、

「ほーれ見ろ、ワッチもお父さんに懐いてきたぞ。やっぱり愛情やな。辛抱やな」

得意気に小母さんにほざいた。

「ウチが心底で何を考えているのか、少しも気づいていない。理解しようともしない。哀れな男よ」

ワッチは親父を心の中で嘲笑い、軽蔑した。

ワッチは、脱出の願いを胸の内、奥深くに秘め、虎視眈々とその時を窺っていた。


それは、意外と早く来た。

新しい年が明けた。

二〇一〇年正月五日。

またとない機会が訪れた。

この日の朝、小母さんが大阪の母親の家に行った。

親父一人になった。

いつもは親父が外出する際、家の猫どもが表へ飛び出さないよう、小母さんが目を光らせる。その監視が今日からしばらくの間、なくなる。

これは好機だ。


午後三時。

親父が外猫給餌のため玄関に立った。

ドアを押し開けようとした。が、ドアがスムーズに開かない。親父、何やらもたついている。この時、ドアの外側には外の猫四匹が屯していた。彼らは腹を空かし、おっちゃんが出てくるのを今か今かと待っていた。四匹全員が身体をドアにくっつけていた。その重みでドアが開けにくくなっていたのだ。

一方内側ではコンが玄関に出ていた。

親父はコンが外へ出ないよう足でコンを牽制しながら、力を込めてドアを押した。ほんの少しドアが開いた。コン、その僅かな隙間から頭を出そうと試みた。そのコンの鼻先に外の猫、ガッツが顔を寄せてきた。

内側のコンは外に出ようと、外に居るガッツは中に入ろうと、それぞれ画策していた。

私は右手に餌の入ったレジ袋をぶら下げ、左手はドアの取っ手を握っていたので両手が塞がっている。その為、コンとガッツの二頭を制御するのに足を使わねばならず、モタモタしていた。

この状況を、茶の間から息を詰めて見つめていたマルワッチ、私が、ちょっとバランスを崩し体重がドアに掛かったところを、

「今だ！」

猛ダッシュをかけた。

親父の足下をスルリと抜けた。

「あっ！」

思った瞬間、ワッチは既に階段を駆け下りていた。


完全に油断していた。

家の猫のうち、お茶は子猫の時期から室内で育てられたため、外の世界を知らない。お茶はドアの外がどんなところなのか興味を持った。隙あらば外へ出てそれを見たいと思っていた。そのため、私がドアを開けた時、たびたび表へ飛び出した。だから、このときもお茶には注意していた。

今は珍しくコンが出たがっていたが、こと、ワッチに関しては、「それはない」と思っていた。いや、思い込んでいた。

実際、ワッチはこれまで、外へ出ようとする素振りを一切見せたことがなかった。そのため、ワッチが脱出を企てているだなんて、毛ほども思い至らずにいた。それにこの時も、ワッチは玄関近く、廊下に出ていたのではない。離れた茶の間に居たのだ。

まさか、脱走するとは。

完全にノーマークであった。

油断していた。迂闊だった。

すぐさまワッチを追った。

が、心の中では観念していた。

反抗心の塊みたいなワッチを、もう一度捕まえるのは至難の業。不可能である。

四階から階段を下り、私が一階に達した時、ワッチは我が家の真下、一階戸の庭の中にいた。

我が家はワッチの居た団地とはそれほど離れていない。むしろ近いといってもよい。しかし、ワッチは私が住むところ、及びその周辺の地理には不案内である。

そのせいであろう。ワッチは一階戸の庭に入ったものの、さてそこからどの方向に進めばよいものか、迷い、決めあぐねていた。

それを確認して、私は家に戻った。そうして無駄とは知りながら、ケージと捕獲用ネットを手に再び階段を下りた。

が、ワッチはもうそこには居なかった。

周囲を探索した。

すると、住宅棟の東側にある細長い花壇に沿った小径を、南の方に向かって小走りで行くワッチの姿が目に入った。ワッチはその先の四つ角に出た。

その十字路を東の方角、つまり左に舵を切り、そのまま真っ直ぐ七十メートル進み、橋を渡りきれば、ワッチがもといた棲み処、団地にたどり着く。

「ワッチ、左だ、左に曲がれ！」

私は心の中で叫んだ。

が、その祈りにも似た願いも虚しく、ワッチは直進した。

私と、同じ一つ屋根の下で過ごさねばならなかった生活。

さぞかしそれはマルワッチにとって苦痛で、地獄以外の何物でもなかったであろう。

タッタッタッタ……、
小気味よく軽快な足取りで、嬉しそうに走り行くマルワッチ。
段々と遠ざかり、そして次第に小さくなっていく彼女の後ろ姿。
私は虚しく見送った。

これでもう、二度と会うことはあるまい。ああ、ごめんなマルワッチ、サヨウナラ……。

あとがき

二〇〇四年十月に、私が〝ブーチン〟と名付けた、キジトラの雄猫と偶然出会い、その世話を始めることとなったのであるが、爾来、今日に至る迄、およそ七十四に及ぶ猫と係わってきた。勿論一時に七十頭全員という訳でなく、時の移り変わりとともにその顔ぶれは変遷し、中にはわずか数日の縁しか結べなかった猫も存たが、平均して常時十頭乃至三十頭にわたる猫を相手としてきた。

当初は何故にこんな狭い地域であるにも拘わらず、次々続々と新しい猫が出現してくるのか、洵に不思議に惟ったものだが、やがて事情が判明した。地区内に猫を遺棄する行為を常習とする家が存在したのである。而もその数三軒。詳察するにそれら家族に共通する点は、自宅の猫に不妊手術を一切施さない、という次第であった。となれば猫は交尾を繰り返しその数を増やす。さすれば餌代が嵩み賄いきれなくなって外に放つ。更にそれら飼い主は猫が病気に罹っても怪我をしても、病院には連れて行かない。疥癬でも患おうものなら、「汚い、気持ち悪い」と言って放り出す。だがそういう飼い主たちは決して、「捨てた」とは言わない。異口同音に「勝手に出て行ったのだ」と宣う。注意し、「せめて避妊手術だけでも」とお願いしても聞く耳は持たない。

従前通り遺棄行為を繰り返す。現行『動物愛護法』には、犬猫等愛護動物遺棄に対し罰則規定もあるのだからと行政に訴えもしたが、警察は全く取り合おうとしないし、役所は腰が重い。そのくせ「猫に餌をやっている者がいる」と通報が入れば素っ飛んで来て、「餌をやるな。止めろ、周囲の迷惑を考えろ」と非難を浴びせる。日本とは不思議な国である。

さて、幾ら「餌をやるんじゃない」と言われても、現実に眼の前でバタバタと死んでいくのを、そのまま傍観する訳にもいかない。且これ以上不幸な猫を生み出してはいけない、との念に駆られ己の分際を顧みず、二〇〇八年の暮れから、ノラたちの不妊手術に乗り出した。

幸いにも、私の考えに理解を示して下さる、一人の獣医さんに巡り合うことが出来、その方の多大なる御協力、御支援によって、現在迄に三十頭の手術を行い終えた。その成果かどうかは不明だが、近所の、私に好意的な人たち何名かから、「最近、以前ほど猫を見かけなくなったね」というお言葉を頂戴している。

そういう訳で、私がノラ猫たちに給餌する理由は、勿論生命の尊厳さを尊重する気持が第一義ではあるけれども、餌やりによってノラたちを私に懐かせることができれば、彼らを抱き上げケージに収容し、動物病院に運ぶことが可能になるからである。そうして手術が為されれば、最早新しい誕生は見られなくなり、長期的に見てノラ猫の数の減少に繋がる。そんな思惑の下に給餌を行なっているのであるが、世間の人は斯様な深謀遠慮が在る事には想像が及ばないらしく、眼前の給餌行為に立腹、瞋恚(しんい)するのである。
　私のこの十年余は、そういう無知で冷淡な近隣住人と常習的な猫遺棄者、及び非難するだけで何も善処しようとしない行政との、虚しい蟷螂が斧のたたかいであった。

　ところで、ノラ猫は自ら望んでノラになったのではありません。飼い主に捨てられたが故にそういう境遇に身を置かざるをえないからである。が、そんな目に陥(おとしい)れられても抗議する事も不平を述べる事も出来ず、只々非惨な運命に身を委ねるしかない。世人の中には「ノラネコは野生だ」と言う者もいるが間違いも甚だしい。野生のネコは〝ヤマネコ〟と呼ばれ、自らの力で獲物を得ることができるもので、日本には〝ツシマヤマネコ〟と〝イリオモテヤマネコ〟の二種しか棲息していない。いずれも絶滅の危機に瀕している。私たちが通常街中で目にするネコは、厳密には〝イエネコ〟といい、イヌと並んで、牛、馬、豚、鶏と同様、歴とした家畜である。家畜ならば人間から食べ物を供給されなければ生存は不可である。よってノラにされたからといって野生になった訳ではない。自然が豊富な無人の孤島であればとも角、都会のコンクリート・ジャングルの中では自力で獲物は調達できない。しかしノラと雖も生きてゆかねばならない。であれば生ゴミを漁ることもあるだろう。その結果、人に嫌われ虐められ追っ払われ、挙句飢えて死ぬ。遠い昔古代エジプト人によって、小麦などの穀類をネズミの害から守るため、リビアヤマネコが家畜化されて以来、人間に貢献してきたイエネコであるのに、こんな風に人間によって捨てられ虐待され餓死しなければならないとしたら、余りにも不憫ではなかろうか。可哀想に。彼らはどんなに悔しい思いをし、苦しんで死んでいったか。

そういう彼らの無念・悲痛・怨念を代弁すべく、ここに幾つかの小編をまとめたのです。もし譬いわずかでも心の琴線が揺らぐことがあるとすれば、彼らへの追悼になると存じます。

最後に、物語文中に登場する人物の描写に関しては、私という、狭量・偏屈・狷介たる小人（しょうじん）による一方的な見方、つまり偏見に過ぎません。人間の顔は一つではありません。幾つもの顔を持っています。その方の全体像を映し出しているものではございません。ご賢察のほどお願い申しあげます。

二〇一八年八月　　　河合宗二

野良猫の物語

ISBN 978-4-86627-056-2
二〇一八年十一月十五日　初版発行
定価　本体一、八〇〇円＋税

著　者　河合宗二

発行者　勝山敏一
発行所　桂　書　房
〒九三〇-〇一〇三　富山市北代三六八三-一一
電話　〇七六（四三四）四六〇〇

印　刷　モリモト印刷株式会社

地方小出版流通センター扱い